À PROPOS DE L'AUTRICE

Janice Preston a grandi à Londres avec une passion pour la lecture, l'écriture et les animaux. Par le passé, elle a travaillé comme agricultrice, opératrice dans un centre d'appel d'urgence pour la police et administratrice dans une université. Elle vit aujourd'hui dans les Midlands avec son mari et ses deux chats.

Le silence d'une gouvernante

JANICE PRESTON

Le silence d'une gouvernante

Traduction française de
FLORENCE BELLOT

Les Historiques

HARLEQUIN

Collection : LES HISTORIQUES

Titre original :
THE GOVERNESS'S SECRET BABY

Ce roman a déjà été publié en 2018

HARPERCOLLINS FRANCE
83-85, boulevard Vincent-Auriol, 75646 PARIS CEDEX 13
Service Lectrices — Tél. : 01 45 82 47 47 - www.harlequin.fr
ISBN 978-2-2804-9491-5 — ISSN 1159-5981

Composé et édité par HarperCollins France.
Imprimé en août 2023 par CPI Black Print (Barcelone)
en utilisant 100% d'électricité renouvelable.
Dépôt légal : septembre 2023.

FSC www.fsc.org MIXTE Papier issu de sources responsables FSC® C159065

Pour limiter l'empreinte environnementale de ses livres, HarperCollins France s'engage à n'utiliser que du papier fabriqué à partir de bois provenant de forêts gérées durablement et de manière responsable.

Prologue

Début octobre 1811

Nathaniel Pembroke, marquis de Ravenwell, sella en hâte Zéphyr, son étalon noir, l'enfourcha et le lança au galop en direction de la colline. Le contenu de la lettre embrasait encore ses pensées et son cœur. Alors que les sabots de Zéphyr martelaient le sol, les larmes de Nathaniel s'évaporaient dans le vent. Il n'y avait âme qui vive pour entendre ses rugissements de rage. Les villageois tout comme les fermiers locaux évitaient la lande au-dessus de Shiverstone Hall, et c'était précisément pour cela que Nathaniel aimait ce lieu.

Son cheval ralentit l'allure de lui-même, et Nathaniel le mit au trot avec réticence. La colère et le chagrin qui lui brûlaient la poitrine ne s'étaient pas atténués. La zone grise où son cœur flétri avait lutté pour survivre, durant les neuf dernières années, était toujours là, vide, immense et ténébreuse désormais. Il aurait dû savoir, pourtant, qu'on ne pouvait distancer le chagrin. Il s'accrochait à vous tel le lichen aux rochers de la vallée, en contrebas.

Hannah ! Les larmes lui embrumèrent de nouveau la vue et il cligna des yeux avec fureur, fixant désespérément le ciel gris acier. Hannah, sa sœur bien-aimée, était morte. Plus jamais il ne reverrait son visage, ne l'entendrait rire, ne sentirait le contact si précieux de ses bras l'enlaçant, le câlinant, le rassurant. Et

David, son mari, de huit ans l'aîné de Nathaniel et son fidèle ami, n'était plus, lui non plus.

La boule de douleur dans sa gorge serrée devint insupportable, tandis que les mots de sa mère — il avait reçu sa missive alors qu'il prenait son petit déjeuner, ce matin-là — retentissaient de nouveau dans sa tête. Un accident de voiture à chevaux. Hannah et David tués tous les deux sur le coup. La petite Clara, leur fille âgée de deux ans, était l'unique survivante.

Mon fils, vous avez été désigné tuteur de l'enfant. Vous savez que je ferai tout mon possible pour vous aider, mais à mon âge, je ne puis vous épauler pour son éducation. Pas plus que je ne veux vivre dans cet endroit perdu que vous vous plaisez à appeler votre maison, pour vous seconder dans cette tâche.

Je vous presse donc de venir vous installer à Ravenwell, et nous élèverons Clara ensemble. Il est temps que vous repreniez votre place dans le monde.

Si tel n'était pas votre choix, il faudrait que vous veniez chercher votre pupille. C'est votre devoir, et vous devez bien à votre pauvre chère sœur de prendre en charge et de vous occuper au mieux de l'enfant qu'elle a chérie plus que la vie elle-même.

Votre mère qui vous aime.

Nathaniel guida Zéphyr en direction de la maison, accablé par la dure réalité de ce dilemme. Il ne pouvait nier le bien-fondé des arguments de sa mère. Elle avançait en âge et ne serait pas heureuse à Shiverstone Hall, propriété secondaire située près de la frontière entre le Yorkshire et le Westmorland, et qui ne serait pas bonne pour sa santé. Elle vivait la majeure partie de l'année au manoir de Ravenwell, propriété principale de Nathaniel sise dans une campagne plus civilisée, aux environs de Harrogate, de l'autre côté des vallons du Yorkshire.

Cependant, aucune de ces options ne lui plaisait vraiment. Rentrer à Ravenwell ? Il refusa d'un hochement de tête. Jamais ! Il ne pourrait tolérer ni les souvenirs ni les regards compatissants de ceux qui l'avaient connu autrefois. Encore moins supporter de voir des étrangers reculer à sa vue.

Quand il arriva dans la cour de Shiverstone Hall, sa décision était prise. Il irait chercher Clara et l'amènerait à Shiverstone pour qu'elle vive avec lui. À cette pensée, son courage fut près de flancher : quelles notions avait-il au sujet des enfants, notamment aussi jeunes que sa nièce ?

— Vous avez des responsabilités, Nathaniel, le sermonna sa mère. Vous ne pouvez pas continuer à vous cacher. Sinon, comment pourrez-vous engendrer un héritier ? Toutes les femmes ne réagiront pas comme Miss Havers.

Nathaniel ravala un grognement à ce rappel. Dès que sa mère lui avait parlé de ce mariage de convenance avec cette femme, il avait subodoré le dénouement de l'affaire. Même l'appât de sa richesse et de son titre n'avait pu suffire à faire oublier ses cicatrices. Miss Havers avait changé d'avis après leur première rencontre. Il s'était donc retiré à Shiverstone Hall, bien résolu à mener une vie solitaire. Miss Havers n'avait pas été la première femme à réagir avec horreur à l'altération de son aspect : Lady Sarah Reece, avec laquelle il avait conclu un accord, avant d'avoir été blessé, s'était empressée d'accepter la demande d'un autre homme.

Autrefois, il avait mené la vie insouciante d'un célibataire comptant parmi les meilleurs partis de la société. Ces plaisirs frivoles ne lui manquaient pas, il n'en voyait plus le charme. Il en allait de même pour ses amis d'alors. Il n'oublierait jamais leurs visages choqués, ni la promptitude avec laquelle ils lui avaient tourné le dos, après l'incendie.

Il était heureux de sa vie actuelle. Il avait ses animaux et ses faucons, qui ne le jugeaient pas sur son apparence, eux.

Un morceau de grouse rôtie dans la bouche, sa mère replaça son couteau et sa fourchette sur son assiette, puis le regarda avec espoir.

— J'ai trente ans, Mère. Il me reste bien assez de temps pour engendrer un héritier.

— Pourriez-vous me verser un autre verre de vin, je vous prie, Nathaniel ?

Il satisfit obligeamment cette demande. Ils dînaient en tête à tête dans la salle à manger du manoir de Ravenwell, sa mère ayant prié les serviteurs de sortir sitôt les plats servis. Cette demande avait incité Nathaniel à suspecter que leur conversation prendrait un tour inconfortable, aussi ses défenses étaient-elles déjà bien en place.

— Je vous remercie, mon fils.

Elle but une petite gorgée, puis reposa son verre sur la nappe finement brodée.

— Ne croyez pas que je n'ai pas idée de ce que vous avez en tête, poursuivit-elle. Vous arrivez ici à la nuit tombée, à une heure où vous savez que Clara sera endormie. Quelle est votre intention ? L'enlever avant l'aube et être au loin avant de voir quiconque, ou d'en être vu ?

Il détesta la commisération dans le regard de sa mère, tout en sachant que derrière ce sentiment il y avait une foi d'acier en la notion du devoir. Celui qui lui incombait : envers la propriété, sa famille, la mémoire de son père et l'avenir du marquisat. Et son sarcasme quant à Clara était passé trop près de la vérité.

— Je suis venu aussi vite que possible après avoir lu votre lettre, Mère. Mon arrivée tardive est due au fait que je ne voulais pas attendre demain pour partir. Cependant, je dois repartir dans la matinée.

— En quoi le faudrait-il ?

— Il ne semble pas très approprié de faire voyager de nuit une enfant de cet âge.

— Alors, restez quelques jours. Au moins cela donnera-t-il à cette pauvre enfant l'occasion de se souvenir de vous.

La dernière fois qu'il avait vu Clara, c'était quatre mois plus tôt, lors d'une visite que lui avaient rendue Hannah et David, venus de leur maison du Gloucestershire. Ils étaient restés en sa compagnie une semaine durant. Repenser ainsi à eux le bouleversa et, de nouveau, sa gorge se serra. Il baissa la tête et fixa sans vraiment la voir la nourriture en face de lui, son appétit envolé.

— Je pourrais inviter quelques voisins à dîner, poursuivit sa mère. Seulement des gens que vous connaissez déjà, pas des étrangers.

Je ne peux pas…

De la bile brûlante et amère lui monta dans la bouche.

D'un mouvement violent, il écarta son assiette. Sa mère sursauta, sa fourchette cliquetant sur son assiette. Son visage se crispa, les coins de sa bouche s'affaissèrent par saccades, tandis que ses yeux brillaient. Le sentiment de culpabilité, si familier, envahit alors Nathaniel, qui contourna la table pour aller la serrer dans ses bras.

— Je suis désolé, Mère, murmura-t-il.

Il se reprocha son égoïsme. Certes, il avait perdu une sœur, mais pour elle, c'était sa précieuse fille.

— Bien sûr, je vais rester quelques jours, concéda-t-il.

Il ne pourrait en endurer plus, sachant pertinemment que sa mère consacrerait tous ses efforts à le réintroduire dans la société locale.

— Mais pas de dîners mondains, je vous en prie. N'oubliez pas que nous sommes en deuil.

— Vous avez raison, dit-elle avec un tremblement d'épaules. Mais… s'il vous plaît… restez avec moi un petit moment.

Il déposa un baiser sur sa tête grisonnante.

— C'est d'accord.

Pauvre Mère, songea-t-il, dont il représentait désormais la seule famille. Il ne pouvait être un substitut d'Hannah. Pourquoi n'était-ce pas lui qui était mort ? Hannah avait tant de raisons de vivre, alors que lui…

Il chassa cette mauvaise pensée. Quelque sombre que lui eût semblé son avenir, il n'avait jamais été tenté de mettre fin à ses jours. Il était assez content de la vie qu'il menait. Les villageois l'évitaient, mais ses chiens, ses chevaux et ses faucons lui procuraient toute la compagnie dont il avait besoin.

Il retourna à sa place, mais ne termina pas son assiette.

— Et qu'en est-il de la nourrice de Clara ? demanda-t-il.

Il avait fait la connaissance de cette femme lors de la dernière visite de sa sœur à Shiverstone. Au moins, ce n'était pas une totale étrangère.

— Je suppose qu'elle est ici et qu'elle restera avec Clara ? poursuivit-il

— Je crains que non, répondit sa mère, dont le regard fixe s'échappa dans le vague. Elle a de la famille à Gloucester et ne veut pas déménager aussi loin. Il te faudra engager une autre nourrice, et plus tard une gouvernante.

Il s'efforça de masquer son désarroi, lequel dut cependant transparaître en partie, car sa mère poursuivit :

— Les besoins de Clara doivent prévaloir. Elle n'a que deux ans. Que sais-tu de la façon dont on s'occupe d'une si jeune enfant ? De quelque enfant que ce soit, d'ailleurs ? Et Mrs Sharp a déjà bien assez à faire avec sa charge d'intendante. Tu ne peux pas lui imposer des responsabilités supplémentaires.

Elle a raison. Je sais qu'elle a raison…

Et pourtant, chacune de ses fibres se rebellait contre l'idée que non seulement une, mais deux personnes étrangères puissent s'installer chez lui. Il regarda sa mère.

Peut-être…

— Et ne crois pas que je vais céder, si tu essaies de me persuader d'élever Clara à ta place !

Elle avait, comme toujours, une longueur d'avance. Il devait accepter cela. Une fois de plus, il n'avait pas le choix.

— Je vais publier une annonce pour engager une gouvernante, assura-t-il.

Une seule personne… il devrait pouvoir le supporter. Une fois qu'elle se serait habituée à son apparence, tout devrait bien se passer.

— Ainsi Clara n'aura pas à s'adapter à une autre personne plus tard, poursuivit-il. Après la perte de ses parents, elle a besoin de constance.

Pauvre petite âme ! Une enfant non désirée par sa propre

mère — une malheureuse fille — et désormais privée de ses parents adoptifs. Pourtant, quelle douce poupée elle était ! Trop jeune pour s'horrifier des cicatrices de Nathaniel, comme les autres enfants l'avaient fait par le passé. Elle l'avait accepté tel qu'il était, et l'avait délecté de ses gazouillis et premiers mots. Un fourmillement inhabituel lui réchauffa la poitrine. Elle serait *sa* Clara. Elle pouvait bien n'avoir que deux ans, elle lui procurerait un contact humain en plus de ses serviteurs.

— Tu dois faire ce que tu estimes être bon pour Clara, reprit sa mère, dont l'expression sceptique suggérait que la raison de ce choix d'une gouvernante plutôt que d'une nourrice ne lui échappait pas. Et aussi pour ma chère Hannah, ajouta-t-elle.

Une larme solitaire se mit à couler le long de sa joue ridée. Comment avait-il fait pour ne pas remarquer ces plis auparavant ? Sa mère avait vieilli. C'était l'effet du chagrin sur les êtres, supposa-t-il, et elle avait eu à en affronter plus que bien d'autres.

— Oui, je le ferai, promit-il.

Il le devait à sa sœur, qui avait elle-même surmonté, avec tant de dignité et de grâce, l'immense chagrin d'avoir échoué à donner la vie à un bébé en bonne santé. Elle était devenue folle d'amour pour Clara dès le moment où elle l'avait tenue dans ses bras. Une rage impuissante se déchaîna en lui à la pensée qu'elle ne pourrait jamais éprouver la joie de voir grandir et mûrir sa fille adoptive.

Hannah avait été l'une des rares personnes à lui être restée fidèle depuis que le feu avait pris la vie de son père, et changé la sienne pour toujours. Il ne la laisserait jamais tomber. Il écrirait au directeur du *York Herald* afin qu'il fasse paraître une offre d'emploi pour une gouvernante qualifiée qui accepterait de venir vivre à Shiverstone Hall.

Pour la première fois, le doute l'effleura : quelle sorte de femme accepterait de venir s'enterrer dans ce lieu si isolé ?

Chapitre 1

Début novembre 1811

Grace Bertram respira plus aisément tandis qu'elle arrivait au bout de la dense forêt peuplée d'arbres aux troncs moussus, de bruissements et grincements étranges, et d'invisibles créatures dont elle avait à peine entraperçu la fuite à travers les fourrés. Le chemin qu'elle avait suivi depuis le village de Shivercombe — passé l'église, elle avait traversé une prairie et une rivière, puis cette étrange forêt — débouchait sur la lisière d'une lande désolée. Elle fit là une pause pour reprendre son souffle et regarder les alentours.

La lande, ou plutôt les « montagnes », selon les villageois qui s'étaient évertués à la dissuader de s'y aventurer, s'élevaient devant elle, avant de se fondre telle une brume dans le ciel couvert. Elle pouvait à peine distinguer au loin le toit d'ardoise et les hautes cheminées d'une maison tapie dans un repli du paysage, le seul signe d'occupation humaine dans cet environnement menaçant.

Son pouls s'accéléra sous l'effet de la peur et de l'anticipation mêlées. Ce devait être Shiverstone Hall. Et là-bas, sous ces ardoises noires qui luisaient, se trouvait Clara. Son bébé, sa petite fille, qui vivait désormais dans ce lieu isolé avec, toujours selon les villageois, un homme effrayant à regarder et qui promettait enfer et damnation à quiconque s'aventurait sur ses terres : le marquis de Ravenwell.

Elle ne voulait ni ne pouvait se laisser dissuader par ces

mises en garde. Elle avait survécu à cette épouvantable forêt, et survivrait au courroux de Lord Ravenwell. Elle ne se détournerait pas de la mission qu'elle s'était assignée deux ans auparavant.

C'était bien le moins qu'elle devait à sa fille, alors qu'elle l'avait abandonnée à la naissance.

Grace fit passer son sac de voyage dans sa main gauche et considéra avec dégoût ses bottines maculées de boue. Son pied gauche pataugeait à grands *flic-flac* dans sa chaussure. Quant au droit, elle y percevait une humidité suspecte. Quelle sorte de *lord* pouvait donc vivre ainsi au milieu de nulle part, sans même avoir pris la peine de bâtir un pont au-dessus de la rivière qui coulait entre sa demeure et le village ? Un tel lord ne pouvait être que du genre non civilisé, selon elle. Il y avait bien un gué pour les chevaux et les voitures, mais pour les personnes à pied, le seul moyen de traverser le cours d'eau consistait en des roches énormes, humides et glissantes, posées sur son lit en guise de pierres à gué. Elle avait donc eu de la chance que seul son pied gauche fût trempé.

Elle marcha avec peine, grommelant à voix basse, mais poursuivit son chemin. À dix-sept ans, élève dans une école formant des gouvernantes, elle n'avait eu d'autre choix que d'abandonner son bébé. Dès lors, elle l'avait regretté chaque jour, sans exception. Aussi s'était-elle fait la promesse qu'un jour elle rechercherait la trace de sa fille, pour s'assurer qu'elle était heureuse, aimée et avait la vie qu'elle méritait. Il était devenu encore plus urgent aujourd'hui qu'elle la retrouve pour avoir la certitude qu'elle était bien traitée et désirée, puisqu'elle avait découvert que les parents adoptifs de Clara avaient péri dans un accident de calèche.

Chemin faisant, des doutes la tourmentaient encore, en dépit de sa résolution d'aller jusqu'au bout de sa mission. Elle était peut-être audacieuse, mais pas stupide. Si le marquis ne l'autorisait pas à voir Clara ? Quelle raison pourrait-elle lui donner pour justifier le fait qu'elle la recherchait ? La vérité était exclue : Lord Ravenwell l'enverrait promener. Non, il lui fallait trouver un autre motif.

Et s'il s'avérait que Clara n'était ni heureuse ni aimée ?

En ce cas, que pourrait-elle faire, elle, une gouvernante de dix-neuf ans, fraîchement diplômée, sans maison et avec quelques sous en poche seulement ? Elle écarta cette pensée avec un soupir d'impatience. Elle s'occuperait de cela le cas échéant.

Elle continua à avancer péniblement, évitant les pires des flaques qui ponctuaient le chemin. Enfin, elle franchit le sommet de la dernière colline et s'arrêta : elle était arrivée. La maison semblait plus grande qu'elle ne l'avait imaginé. Mais son apparence austère et grise, avec ses murs couverts de plantes grimpantes, et son emplacement ne correspondaient guère à ce que l'on pouvait attendre de la demeure d'un lord aisé.

Un cri perçant résonna soudain dans l'air. Grace se retourna vivement, mais ne vit rien.

Au moins, elle n'était plus dans la forêt, où ce cri surnaturel lui eût fait perdre courage. Elle inspecta le morne paysage à la ronde, mais rien ne bougea. Un autre cri plaintif lui mit les nerfs à rude épreuve. Elle leva les yeux et repéra un oiseau géant, le plus grand qu'il lui eût jamais été donné de voir, glissant et planant. Puis le volatile décrivit un cercle dans le ciel, avant de plonger à pic, sombre silhouette floue contre les nuages. Il disparut ensuite derrière la colline qui s'élevait à l'arrière de la maison.

Grace déglutit, contracta les épaules, changea de nouveau son sac de main, et s'efforça de tenir bon. Son éducation chez son oncle dans le Wiltshire, puis à partir de neuf ans à l'École pour jeunes filles de Mme Dubois, à Salisbury, l'avait mal préparée à affronter la nature à l'état brut.

Après vingt minutes de marche, elle arriva devant un portail qui ouvrait sur une allée de gravier. Celle-ci dessinait une courbe vers la gauche, jusqu'à une vaste étendue de pelouse devant Shiverstone Hall, traversée en son centre par un chemin pavé qui menait en ligne droite jusqu'à la maison.

Grace l'emprunta et rejoignit le terre-plein devant la porte d'entrée principale, gravillonné pour faciliter la circulation des voitures.

Elle s'arrêta, son cœur battant sourdement tandis qu'elle scrutait le manoir de pierre, ses fenêtres austères et menaçantes, ainsi que sa porte de bois massive, tout juste visible dans les sombres profondeurs d'un porche central à pignon.

Il n'y avait aucun bruit, nulle part. Même l'air environnant était calme et silencieux.

On dirait que la maison est à l'affût de ma venue. Tel un château enchanté endormi, jusqu'à ce que la fée princesse le réveille et libère ses habitants. À moins que ce ne soit la tanière d'un monstre guettant l'imprudent voyageur.

Elle se mordit la lèvre, frissonnant et se blâmant d'avoir des pensées si fantasques, dignes des romans gothiques qu'Isabel introduisait clandestinement à l'école et leur faisait lire. Une vague de nostalgie la submergea à l'évocation d'Isabel, Joanna et Rachel, ses plus chères amies. Que faisaient-elles à présent ? Étaient-elles heureuses ?

Elle secoua la tête pour se libérer de l'emprise de ses souvenirs. Ses trois amies, qu'elle ne reverrait peut-être jamais. La migraine qu'elle avait eue, le jour où elle avait dû quitter l'école de Mme Dubois. Pendant des années, elle y avait été intégrée, aimée, valorisée et désirée — un sentiment bien rare dans sa vie jusqu'alors.

Résistant à l'envie impérieuse de rebrousser chemin et de fuir, elle traversa le terre-plein, tressaillant alors que le crissement du gravier sous ses bottines déchirait le silence. Elle gravit les marches de l'entrée voûtée menant au porche puis hésita, fixant avec appréhension la porte qui la surplombait.

Je suis allée jusqu'ici. Je ne peux pas abandonner maintenant.

Elle inspira profondément et agrippa l'imposant marteau de porte. Elle voulait poser ses questions, obtenir de quoi apaiser ses inquiétudes, puis retourner au village. Elle n'avait aucune envie de retraverser la forêt au déclin du jour, qui se produisait bien trop tôt en cette époque de l'année. Il fallait seulement qu'elle frappe à cette porte. Et qu'elle formule sa demande. Pourtant, elle hésitait encore, les doigts enroulés autour du métal froid. Le marteau semblait raide, comme s'il ne servait que rarement. En proie à un accès de nervosité, elle le relâcha.

Avant qu'elle ait pu rassembler à nouveau son courage, un fort aboiement suivi d'un bruit de cavalcade désordonnée la pétrifia de terreur. Une meute de chiens de toutes tailles et couleurs, bondissait, aboyait et haletait autour d'elle. Terrorisée, elle recula et se pressa contre la porte, serrant son sac bien haut contre sa poitrine pour le protéger. Une paire de pattes humides et boueuses s'était plaquée non loin de son estomac. Et une gueule grimaçante, pleine de dents et la langue pendante, s'était lancée à l'assaut de son visage, de concert avec un mufle flairant et reniflant.

En dépit de ses efforts pour se contenir, Grace laissa échapper un gémissement d'effroi. Désespérée, elle replia la jambe de façon à tambouriner avec le talon sur la porte. Les habitants humains de cette maison perdue ne seraient certainement pas aussi effrayants que les animaux ?

Après ce qui lui parut une heure, elle entendit le bruit bienvenu d'un loquet qu'on tirait et le grincement des gonds de la porte qu'on ouvrait.

— Descends, Brack ! ordonna une voix profonde qui semblait ne pouvoir tolérer la moindre désobéissance. Et vous tous, allez-vous-en !

Grace se tourna lentement. Elle leva les yeux, et avala sa salive avec difficulté. Un homme puissamment charpenté la dominait de toute sa hauteur, le visage tourné de sorte que seul son profil gauche était visible. Ses cheveux brun sombre étaient d'une longueur passée de mode. Ses épaules et sa poitrine, très larges. Et son expression, du moins ce qu'elle pouvait en voir, grimaçante.

L'eût-elle voulu, elle n'aurait pu s'enfuir tant ses jambes tremblaient. De plus, elle n'aurait pu aller nulle part avec ces chiens tapis dans les parages.

— Vous êtes en retard, grogna l'homme.

Le temps sembla ralentir. Il continuait à ne pas la regarder franchement. Le cerveau de Grace passait en revue et rejetait toutes les réponses sincères à sa disposition.

— Je suis désolée, fut tout ce qu'elle trouva à dire.

— Vous avez l'air bien jeune pour être gouvernante. Je m'attendais à quelqu'un de plus âgé.

Gouvernante ? Y aurait-il donc ici des enfants plus âgés que Clara, puisque la petite en était encore à l'âge où l'on avait une nourrice ?

La similarité avec sa propre vie déclencha un frisson le long de son dos. Elle savait ce que c'était de grandir avec des cousins qui ne vous acceptaient pas comme faisant partie de leur famille.

— J'ai reçu une formation complète, répondit-elle en haussant le menton.

Les hypothèses tourbillonnaient dans son esprit à mesure qu'elle pénétrait plus profondément les implications de ce que l'homme venait de dire. Si Lord Ravenwell attendait une gouvernante, pourquoi ne ferait-elle pas l'affaire ? Elle était qualifiée. Si Sa Seigneurie jugeait qu'elle convenait, elle resterait. Elle verrait Clara chaque jour et pourrait ainsi veiller à ce que sa fille soit heureuse et aimée. Qu'elle ne soit pas considérée comme un fardeau, comme elle-même l'avait été.

Le regard scrutateur de l'homme se dirigea vers le bas de sa personne, et s'y attarda. Grace jeta un coup d'œil dans la même direction et découvrit les raies boueuses sur sa cape grise.

— C'est la faute de votre chien, dit-elle avec indignation.

L'homme grommela, puis s'écarta pour ouvrir grand la porte et lui fit signe d'entrer. Rassemblant son courage, Grace passa devant lui, percevant au passage son odeur mêlant air frais, cuir et savon à barbe. Elle avança encore de deux pas et se mit à grelotter.

Le hall dans lequel elle venait d'entrer était immense, il s'élevait sur deux étages jusqu'à la charpente voûtée. Les murs étaient lambrissés de bois foncé jusqu'à mi-hauteur. Sur la gauche, un escalier menait d'abord à un palier, puis tournait pour monter encore un étage, débouchant sur une galerie surplombant le hall sur trois de ses côtés.

À mi-chemin de la seconde volée de l'escalier, un petit visage, doté d'yeux immenses et d'une bouche inquiète, scrutait la scène à travers la balustrade. Le cœur de Grace fit une embardée. Elle s'avança comme dans un rêve, son attention totalement concentrée sur ce visage.

Clara.

Ce devait être elle ! L'amour de Grace inonda alors chaque cellule de son être, alors qu'elle traversait le hall, les larmes lui brouillant la vue.

Clara était réelle. C'était une petite personne vivante. Aux souvenirs d'un joli bébé, ôté trop tôt de ses bras, pouvait maintenant se substituer ce petit ange. Un ange malheureux, réalisa-t-elle, en avisant la tristesse de ce cher petit visage, la désolation de ses yeux immenses. Abandonnée par la mère qui lui avait donné la vie, de nouveau orpheline et condamnée à être élevée par…

Grace se retourna pour faire face à l'homme, qui l'avait suivie dans le hall. Il détourna brusquement la tête, mais elle put néanmoins apercevoir fugitivement la peau ravagée de sa joue droite, à demi cachée par les cheveux qui lui tombaient sur le visage. Son impatience la poussa à ne pas tenir compte de cet aspect physique. La seule chose qui comptait pour elle était de s'assurer que l'on s'occupait de sa fille comme il le fallait.

— Qui êtes-vous ? demanda-t-elle.

Le front de son interlocuteur se plissa aussitôt et il afficha une expression renfrognée.

— Je suis le maître de cette maison, dit-il. Et vous-même ?

Le maître. L'oncle de Clara. Le marquis.

Eh bien, titre ou non, défiguré ou pas, vous ne me ferez pas peur !

Elle se haussa du haut de son mètre soixante, avant de lancer :

— Grace Bertram.

— Bertram ? Je ne… Vous n'êtes pas la personne que j'attendais.

— Je suis venue à sa place.

— Oh ! fit Lord Ravenwell, avant de poursuivre d'un ton

bourru : Veuillez me suivre. Il faut que je me renseigne sur vous, si je dois confier ma nièce à vos soins.

Le cœur de Grace en oublia un instant de battre. C'était maintenant qu'elle devait lui dire la vérité, mais elle resta muette. Pouvait-elle, oserait-elle écouter son cœur ? Elle avait besoin d'un emploi et, par miracle, il semblait qu'il y en eût un ici pour elle.

— Clara, viens avec moi ! appela le marquis en faisant signe à la fillette, postée sur l'escalier.

Clara descendit les marches sur le derrière. Grace grava chaque seconde de cette scène dans sa mémoire, son cœur se dilatant à tel point qu'elle crut qu'il allait exploser dans sa poitrine. Elle cligna des yeux avec force pour disperser ses larmes.

— Viens, ma poupée, dit-il encore, en tendant la main.

Clara traversa le hall en traînant les pieds. Sa réticence était palpable. Elle rejoignit son oncle, mit sa petite main dans la sienne, fourra dans la bouche le pouce de sa main libre et coula à Grace un bref et timide regard de biais.

Comme elle paraissait petite et délicate, à côté de ce géant qui avait tout d'un ours ! Avait-elle peur de lui, se demanda-t-elle ?

— Gentille fille, dit-il.

Son ton n'était en rien cruel ou dépourvu de gentillesse, cependant Grace eut de la peine pour sa triste petite fille. À deux ans, elle ne pouvait pleinement comprendre ce qui était arrivé et pourquoi sa vie avait changé d'une façon si drastique ! Pourtant, elle aurait du chagrin et, à coup sûr, sa mère et son père lui manqueraient. À cet instant, Grace se promit de faire tout son possible pour rester dans la place, afin de prendre soin d'elle, et de son bonheur qui était son unique souci.

Sentant le regard de Lord Ravenwell fixé sur elle, elle détacha son attention de Clara. Elle devait maintenant faire une impression telle à cet homme qu'il lui proposerait le poste de gouvernante.

— Vous feriez mieux d'ôter vos bottines crottées, dit-il, sinon Mrs Sharp va faire une attaque.

Grace jeta un coup d'œil à ses bottines maculées, et le rouge lui monta aux joues lorsqu'elle remarqua les empreintes boueuses qu'elle avait laissées sur le dallage immaculé.

Pour l'impressionner, c'est réussi !

— Mrs Sharp ? demanda-t-elle, s'asseyant sur une chaise et déboutonnant ses bottines.

— Mon intendante.

Grace examina le hall. Chaque surface boisée était cirée et reluisait de belle façon. Elle inspira pour sentir l'odeur si douce et si caractéristique de la cire d'abeille. Les apparences pouvaient être trompeuses, songea-t-elle, se rappelant sa première impression de la demeure, son aspect extérieur si inhospitalier. Quoique… Regardant une nouvelle fois à la ronde, elle se rendit compte que ce hall si impeccablement propre semblait aussi austère que les collines s'élevant derrière la maison.

On n'avait pas fait de feu dans l'imposante cheminée de pierre, et aucune touche de confort ou d'agrément ne ressortait : ni peintures, ni vases, ni ornements à même d'égayer l'endroit. Pas de tapis qui pût rompre avec la froide monotonie des dalles de pierre. Pas plus de mobilier, à l'exception d'une console, dont le petit volume paraissait incongru dans cet immense espace, et de la sobre chaise de bois sur laquelle elle était assise. Le tout manquait d'une touche féminine. Son atmosphère convenait plus à une institution qu'à une demeure.

Grace regarda furtivement le marquis. Était-il marié ? Elle n'avait pas pensé à s'enquérir de cela avant de se mettre à sillonner la région à la recherche de sa fille.

Elle posa avec soin ses chaussures côte à côte près de la chaise, et se leva. Des frissons remontaient le long de ses jambes jusqu'à son dos, à mesure que la froideur du dallage s'insinuait dans ses bas de laine.

— Attendez ici, dit Ravenwell en lui indiquant d'un geste brusque une porte donnant sur le hall.

Chapitre 2

Grace pénétra dans un grand salon. À l'instar du hall d'entrée, le mobilier y était fort clairsemé. Deux cheminées assorties se faisaient face aux extrémités de la pièce, une seule étant allumée. Au-dessus d'un lambrissage similaire à celui qui décorait l'entrée, les murs étaient tapissés d'un papier vert sombre à rayures ivoire. La cheminée en service était flanquée de deux bergères, accompagnées de dessertes soigneusement astiquées. Devant les trois grandes fenêtres trônait une table de plus grandes dimensions, assortie de deux sièges à dossiers à barrettes. À côté de la cheminée sans feu, Grace distinguait deux formes drapées dans des housses de toile de Hollande. L'ensemble dégageait une impression générale d'obscurité et de désuétude, en dépit du feu qui brûlait.

C'était une demeure bien entretenue, mais mal aimée. Il ne faisait pas froid dans le salon, et Grace marchait sur du parquet ciré plutôt que sur des dalles de pierre. Elle dut néanmoins réprimer un frisson.

Lord Ravenwell revint bientôt, seul, une lettre à la main.

— Asseyez-vous, dit-il.

Il lui désigna la bergère à droite de l'âtre. Grace dut passer devant le feu pour aller s'asseoir. Le marquis utilisa le siège opposé, qu'il orienta de sorte à s'éloigner du foyer. Il s'assurait ainsi, comprit Grace, que son profil défiguré ne serait ni éclairé par le feu, ni exposé à ses regards. De telles précautions suscitaient en elle l'envie de voir ses cicatrices pour de bon. Était-il aussi terrifiant qu'il semblait le croire ?

— Pourquoi cette autre femme, Miss Brown, n'est-elle pas venue ? commença-t-il, après avoir consulté la lettre. Je l'attendais il y a trois jours de cela.

Ce commentaire fit resurgir en Grace un souvenir.

— Je crois qu'elle a trouvé que l'endroit était trop isolé, dit-elle.

Les villageois l'avaient divertie d'anecdotes joyeuses à propos de jeunes femmes qui, impressionnées par leurs histoires, étaient parties du village, après avoir jeté un coup d'œil sur la forêt ancestrale et sombre qu'il leur fallait traverser pour gagner Shiverstone Hall.

— Et notre isolement ne vous dissuade pas vous-même ?

— Je ne serais pas ici, si tel était le cas.

Il tourna la tête pour la regarder en face. Ses yeux étaient sombres, enfoncés dans leurs orbites, maussades. Le dessin de sa bouche, une ligne ferme. Une large entaille lui barrait la joue droite, de la mâchoire à la tempe, laissant sa peau blanche et plissée, en un fort contraste avec le hâle qui colorait le reste de son visage.

Grace n'essaya pas de scruter plus avant cette cicatrice. Elle laissa plutôt son regard dériver sur les larges épaules du marquis, sa poitrine, puis ses cuisses musclées, enserrées dans ses pantalons en peau de daim et ses bottes. Sa haute taille l'intimidait. Comment sa fureur se traduirait-elle, s'il découvrait qu'elle l'avait berné ? Son pouls s'accéléra, tambourinant dans sa poitrine, et elle chercha une diversion à ces pensées.

— Mrs Sharp ne va-t-elle pas vous faire les gros yeux, pour porter vos bottes à l'intérieur ? demanda-t-elle avant d'avoir pu tenir sa langue.

Les épaules de Ravenwell se raidirent, et il laissa échapper un grognement étouffé.

— Comme je l'ai dit, je suis le maître ici. Et mes bottes sont propres ! souligna-t-il.

Sous l'effet de cette réprimande, Grace cacha ses pieds déchaussés sous sa chaise. Elle se trouvait dans un lieu inconnu, en présence d'un homme étrange par qui elle espérait être employée, et non pas à l'école. Ou chez son oncle, où elle avait grandi. Elle n'était plus une enfant et devait donc choisir ses mots avec plus de soin. Elle était une adulte responsable, et avait à faire son chemin dans le monde. Lord Ravenwell avait déjà mentionné sa jeunesse, aussi devait-elle éviter à tout prix de lui donner la moindre raison de penser qu'elle ne serait pas apte à s'occuper de Clara.

Elle le regarda de nouveau furtivement et découvrit que le dos de sa main droite, qui tenait la lettre, était aussi couvert de cicatrices.

Comme les mains de Caroline.

L'une de ses camarades d'école avait eu la peau des jambes ravagée dans son enfance, sa robe ayant pris feu, alors qu'elle s'était aventurée trop près d'une cheminée sans pare-feu. Elle avait été chanceuse de survivre.

Est-ce ce qui est arrivé à Lord Ravenwell ? A-t-il été brûlé ?

Comme s'il avait deviné ses pensées, il posa la lettre sur la table et croisa les bras, sa main droite allant se nicher hors de vue. Puis il l'assaillit de questions.

— Quel âge avez-vous ?

— Dix-neuf ans, milord.

— Où avez-vous été formée ?

— À l'École pour jeunes filles de Mme Dubois, à Salisbury.

— D'où êtes-vous originaire ?

— J'ai grandi chez mon oncle, dans le Wiltshire.

— Qu'en est-il de vos parents ?

— Ils sont morts quand j'étais bébé. Mon oncle et ma tante m'ont recueillie chez eux.

Il décroisa les bras et se pencha en avant, appuyant ses avant-bras sur ses cuisses, ce qui lui permit de se concentrer encore plus intensément sur elle. Grace se fit violence pour le regarder droit dans les yeux, au lieu de laisser son regard dériver sur ses brûlures. Ce n'était que de la peau abîmée. Elle ne devait pas les fixer, et lui occasionner de la gêne.

— Ainsi, vous savez ce que c'est que d'être orpheline, fit-il d'une voix adoucie.

— Oui.

C'est être solitaire. Toujours le deuxième, négligé, sans importance. C'est savoir que l'on est différent et ne jamais se sentir à sa place.

— Je ne me souviens plus de mes parents, continua-t-elle. J'étais tout bébé quand ils sont morts.

Comme Clara, quand je l'ai abandonnée.

Lord Ravenwell se redressa.

— J'espère que Clara se souviendra de ses parents, mais je n'en suis pas sûr. Elle n'a que deux ans.

— Elle s'en souviendra si vous lui parlez d'eux et gardez leur souvenir vivant. Mon oncle et ma tante ne m'ont jamais parlé de mes parents. Ils s'étaient brouillés avec eux quelques années avant, et ils ne m'ont recueillie que parce qu'ils considéraient que c'était leur devoir de chrétiens.

Le silence s'installa alors que son hôte fixait l'âtre en fronçant les sourcils. Grace assembla tel un tricot les fils de ses pensées et réalisa qu'il y avait des trous dans ce qu'elle croyait comprendre.

— Vous ne parlez pas de Clara. Vous dites qu'il vous faut en savoir plus sur moi, pour décider si vous pouvez la confier à mes soins. N'est-elle pas trop jeune pour avoir une gouvernante ? À moins que Lady Ravenwell et vous n'ayez besoin d'une gouvernante pour vos autres enfants ?

Cette question le tira brusquement de sa contemplation des flammes.

— Il n'y a pas de Lady Ravenwell, ni d'autres enfants. Clara serait votre seule responsabilité.

— Mais une nourrice, ou une bonne d'enfants, ne conviendrait-elle pas mieux ?

Ses paroles avaient jailli avant qu'elle ait pu les stopper.

Qu'est-ce que tu fabriques ? Tu veux le persuader de ne pas t'engager ?

— Êtes-vous capable ou non de veiller sur une si jeune enfant ? insista-t-il d'un air désapprobateur. À moins que vous ne pensiez que c'est une tâche trop subalterne pour vous, en tant que gouvernante qualifiée ?

— Oui, j'en suis capable et non, ce n'est pas une tâche trop subalterne pour moi. Je me demandais simplement…

— Je ne veux pas que Clara s'attache à quelqu'un et que, dans quelques années, elle doive s'adapter à une autre personne. Elle a déjà affronté assez de bouleversements. Voulez-vous le poste ou non ?

— Oui… Oui, bien sûr, bredouilla-t-elle.

Son cœur s'était mis à planer. Comment la vie aurait-elle pu lui être plus douce ?

Lord Ravenwell la dévisagea, fronçant les sourcils.

— Cela va être bien solitaire ici, pour une si jeune femme. Êtes-vous bien sûre de vous ?

— Je suis sûre.

Elle débordait de joie. De joie *réelle*. Loin des sourires forcés et des plaisanteries fabriquées derrière lesquels elle dissimulait la peine de son cœur et son chagrin à ses amies.

À présent, elle serrait les dents pour s'efforcer de contenir son sourire qui ne cessait de rayonner, sachant toutefois, même sans l'aide d'un miroir, que son bonheur devait transparaître dans l'éclat de ses yeux. Elle ne pouvait feindre la nonchalance, en dépit des constants rappels de Mme Dubois : les manifestations déplacées d'émotions par les gouvernantes n'étaient pas appréciées de leurs employeurs.

— Je vais aller chercher Clara et vous présenter, dit le marquis.

Le cœur de Grace débordait d'une houle qui croissait sans cesse. Elle brûlait de parler à Clara, de la toucher.

Lord Ravenwell se leva, parut hésiter, puis tendit la main.

— Donnez-moi votre cape. Je vais demander à Mrs Sharp de vous la brosser.

Étonnée par cette courtoisie inopinée, Grace enleva son vêtement et le lui remit. Sa cape grise était chaude, pratique et, de plus, convenant bien à une tenue de gouvernante. Des doutes l'assaillirent soudain. Jusqu'à ce moment, elle n'avait pas pleinement considéré le fait qu'accepter le poste de gouvernante de Clara signifiait qu'elle deviendrait un membre de ce foyer et vivrait ici avec Lord Ravenwell.

Elle croyait pourtant avoir appris la leçon sur le risque qu'il y avait à agir impulsivement et à ne penser aux conséquences qu'ensuite. Mais peut-être, au plus profond d'elle-même, était-elle restée la fille impulsive qu'elle avait toujours été. Elle s'était tout entière concentrée sur le fait de pouvoir rester avec Clara, oubliant tout le reste. Lord Ravenwell, qui n'avait pas même esquissé un sourire depuis son arrivée, et semblait vivre en reclus dans cette maison froide et isolée, était désormais son employeur. Cet homme peu disert et renfrogné ferait désormais partie de son existence.

Cela en vaut la peine pour vivre avec Clara. Quel genre de vie aura mon pauvre petit ange, si je ne reste pas ?

Il n'était pas question qu'elle refuse ce poste, quand bien même elle n'avait pas mesuré tout ce qu'il impliquait. Elle apporterait à sa fille du soleil, des rires et de l'amour. Clara ne douterait jamais qu'elle était aimée et désirée. Elle lui garantirait cela.

— Combien de domestiques y a-t-il ici ? demanda-t-elle.

— Trois à l'intérieur et deux hommes à l'extérieur. Nous vivons simplement.

Sur ce, le marquis quitta la pièce à grands pas, laissant Grace méditer sur le tour inattendu que venait de prendre sa destinée.

Que dirait Miss Fanworth si elle pouvait la voir en ce moment ? Des doutes l'assaillirent à l'évocation de son professeur préféré. C'était Miss Fanworth qui était venue l'aider, quand elle avait accouché. Elle aussi qui lui avait conseillé de faire adopter son enfant. Elle enfin qui l'avait prise à part le jour où elle avait quitté l'école pour toujours, lui révélant le nom du couple à qui sa fille avait été confiée. « Faites ce que bon vous semble de cette information, Grace, mais je pense que vous méritez de le savoir. »

Grace avait quitté l'école, ce jour-là, pleinement déterminée à retrouver les parents adoptifs de sa fille, ne sachant que leur nom et le fait qu'ils vivaient dans le Gloucestershire. Quand ses recherches avaient enfin abouti, il était trop tard. Ils étaient décédés et sa fille vivait désormais chez son oncle et tuteur, le marquis de Ravenwell.

Cela ne l'avait pas dissuadée de se rendre dans la région où demeuraient les Ravenwell, au sud de Harrogate. Après avoir interrogé sans relâche les habitants locaux, elle avait découvert que le marquis vivait à Shiverstone Hall, où elle avait fini par arriver. Et elle avait réussi ! Elle avait retrouvé son bébé ! Elle pouvait presque entendre le ton mesuré de Miss Fanworth : « Faites bien attention, chère Grace. Vous marchez sur une pente fort glissante. »

Ces mises en garde qu'elle avait imaginées étaient la sagesse même. Elle devait en effet se montrer très prudente. Son cœur flancha de nouveau à la pensée du rébarbatif marquis découvrant son secret.

Ce que je fais n'est pas mal agir, en réalité. Je suis gouvernante et il a besoin d'une gouvernante. Et je vais protéger Clara jusqu'à mon dernier souffle. Comment pourrais-je avoir tort ?

La porte s'ouvrit, l'arrachant à ses pensées. Lord Ravenwell entra à pas lents, tenant par la main Clara qui trottinait à ses côtés, une poupée de chiffon serrée dans le creux de son bras.

— Clara, dit-il, comme ils faisaient halte devant Grace, voici Miss Bertram. Elle est venue pour prendre soin de toi.

Un flot d'émotions traversa Grace. Venant du plus profond de son être, il se ramassa en un nœud de souffrance dans sa poitrine. Sa gorge se serra douloureusement. Elle s'agenouilla devant sa petite fille et ne perdit pas une miette de ses cheveux bruns bouclés, de ses yeux vert doré — *pareils aux miens* —, de ses joues grassouillettes et des doux boutons de rose de ses lèvres.

Oh mon Dieu ! Merci !

Elle avança la main pour toucher celle de Clara, s'émerveillant de la douceur de sa peau. Comme elle était devenue grande, cette menotte, depuis le moment où elle avait tenu son minuscule poing de bébé et y avait pressé les lèvres pour la dernière fois ! Elle avait soigneusement mis de côté ces quelques précieux souvenirs, sachant qu'il leur faudrait durer toute sa vie. Et à présent, elle avait une deuxième chance.

Elle inspira profondément, essayant désespérément de refouler son émotion. Lord Ravenwell avait lâché la main de Clara et s'était légèrement éloigné. Grace sentait cependant ses yeux fixés sur elle, attendant, jugeant.

— En voilà une belle poupée, dit-elle.

Sa voix était nouée, elle voulait absolument retenir ses larmes.

— Comment s'appelle-t-elle ?

Clara se mit à sucer son pouce, tout en la fixant de ses yeux immenses trop solennels pour une si jeune enfant.

— Elle n'a guère parlé depuis qu'elle a perdu ses parents, dit le marquis.

Trop désarmée pour pouvoir résister, Grace ouvrit les bras et attira Clara près d'elle, l'étreignit, respirant sa douce odeur de petite fille, tandis que ses boucles délicates lui chatouillaient le cou et les joues. Elle jeta un coup d'œil furtif à Ravenwell, qui la regardait avec un froncement perplexe. Elle inspira, pour se calmer. Elle ne devait en aucun cas éveiller ses soupçons.

— Je sais ce que c'est qu'être orpheline, lui rappela-t-elle. Mais Clara nous a. Nous… Nous allons l'aider à redevenir heureuse.

Elle frictionna doucement le dos de la fillette, la berça, se délectant de ce petit corps ferme pressé contre le sien. Elle fut récompensée par un léger soupir de l'enfant, qui se détendit et frétilla plus près d'elle. Grace sentit les larmes lui monter aux yeux. Elle ne put rien faire pour les endiguer. Un sanglot la secoua vivement. Puis un autre.

— Vous pleurez ? dit Lord Ravenwell.

Ce grommellement sourd finit par s'insinuer dans la conscience de Grace, fascinée par l'enfant parfaite nichée dans ses bras. Avec réticence, elle leva les yeux et à travers la buée de ses yeux noyés vit le marquis qui lui tendait la main. Clignant des yeux pour disperser ses larmes, elle s'aperçut qu'il lui proposait son mouchoir. Elle le prit, se tamponna les yeux, hoqueta, et se sentit ridicule.

Elle se força à ouvrir les bras, pour libérer Clara. Elle aurait bien d'autres occasions de la tenir contre elle, aussi longtemps que Ravenwell ne changerait pas d'avis quant à son emploi. Sa tête résonna des mises en garde de Mme Dubois à propos de la nécessité de garder le contrôle de ses émotions, en toutes circonstances.

C'était facile pour Madame. Elle n'avait pas la moindre once de sensibilité.

Ces mots remontèrent à la surface, spontanément. Pourtant, au plus profond d'elle-même, Grace savait qu'elle avait été injuste envers la directrice de son ancienne école. Si la rumeur était vraie — ce que suggéraient à la fois la confidence qu'avait faite Miss Fanworth à Joanna le jour de son départ, et la découverte par Rachel de Mme Dubois pleurant sur une pile de vieilles lettres —, Madame avait souffert sa propre tragédie, dans le passé. L'évocation de la stricte directrice raffermit Grace, qui se reprit.

Lord Ravenwell serait-il dégoûté pour de bon par cet étalage de ses émotions ? La renverrait-il ? Elle se redressa sans la moindre élégance, espérant qu'elle ne s'était pas trop donnée en spectacle. Elle devait à tout prix fournir une explication quelconque. Pas la vérité cependant, ce n'était pas possible. Elle s'essuya de nouveau les yeux, et lui rendit son mouchoir. L'expression du marquis n'augurait rien de bon.

— M… Merci, dit-elle. Veuillez m'excuser d'avoir ainsi laissé cours à mes émotions. Je…

Son cœur s'arrêta presque de battre quand elle sentit une petite main se glisser dans la sienne. Clara se tenait à côté d'elle et, de son autre main, lui tendait sa poupée. Ses larmes menaçant de se déverser à nouveau, Grace cligna furieusement des yeux, saisit la poupée, s'accroupit à côté de l'enfant, et lui sourit.

— Merci, Clara. Maintenant, je peux voir ta poupée correctement. Et je constate qu'elle est encore plus jolie que je ne le pensais. Presque aussi jolie que toi.

Elle caressa la joue satinée de Clara, puis son menton. Elle fut gratifiée en retour d'un timide sourire. Le cœur planant tel un oiseau, elle se releva et fit face au marquis, soutenant son regard intense. Sa force et sa détermination reprirent le dessus. Elle ne voulait pas lui laisser la moindre occasion de changer d'avis. Elle restait, un point c'est tout.

— Comme j'allais vous l'expliquer, reprit-elle, j'ai été

bouleversée par les ressemblances entre la situation de Clara et ma propre enfance. Ainsi que par le soulagement d'avoir obtenu une si bonne position.

Elle haussa le menton, puis ajouta :

— C'était une défaillance impardonnable. Cela ne se reproduira plus, je vous le promets.

Chapitre 3

Nathaniel, sentant que ses sourcils se fronçaient à nouveau, radoucit précipitamment son expression, écartant ses doutes au sujet de Grace Bertram. Ne nourrirait-il pas des doutes envers quiconque aspirerait au rôle de gouvernante, pour la simple raison qu'au plus profond de lui le révoltait encore l'idée qu'un étranger vînt vivre sous son toit ?

Il détestait ce sentiment d'être emporté par l'irrésistible marée des événements. Cependant, au moment même où il avait lu la lettre de sa mère, il avait su que son destin était scellé. Il était le tuteur légal de Clara et il devait… Non, il voulait faire ce qui était bon pour elle, et ce à la fois pour elle et pour Hannah. La douleur familière du deuil lui emplit la poitrine et lui comprima la gorge, lui rappelant que ce n'était pas la simple obligation qui le faisait agir, mais son amour pour Hannah et David, et leur enfant. Il avait fait vœu de rendre la vie de sa nièce aussi heureuse et insouciante que possible, cependant les trois semaines passées depuis son retour de Ravenwell lui avaient confirmé qu'il avait besoin d'aide.

Mais cette Miss Bertram est-elle la bonne personne pour ce travail ?

Ces doutes s'insinuèrent une fois de plus dans ses pensées.

Il y avait toutes sortes d'excellentes raisons de ne pas l'engager. Elle était jeune et, il se l'était avoué quand il l'avait observée avec Clara, trop jolie. Mrs Sharp, son intendante, désapprouverait ce choix pour ce type de raisons : elle n'avait pas caché son opinion que seule une femme d'âge mûr conviendrait pour ce poste. Il savait que Mrs Sharp disait cela par souci pour lui plus que pour le bien de Clara, et cela l'irritait qu'elle le pensât faible au point de ne pouvoir résister à un joli minois vivant dans son foyer. Il avait appris la rude façon de protéger son cœur et sa fierté du regard d'autrui.

Certes, Miss Bertram avait fait étalage de ses sentiments d'une manière fort peu appropriée pour une femme à qui il devait confier non seulement le bien-être de sa nièce mais aussi son éducation morale. En outre, elle avait fait montre d'une spontanéité de parole qui lui avait donné à réfléchir. Manquait-elle de bon sens pour ignorer qu'il valait mieux garder pour soi certaines pensées, spécialement face à un employeur potentiel ? Bien sûr qu'on devait enlever ses chaussures sales ! Mais s'il voulait se montrer juste, il devait considérer que ce serait son premier poste après sa formation ; elle devait forcément être nerveuse.

Il y avait aussi de très convaincantes raisons de ne pas lui refuser cet emploi. Elle était agréable et elle avait bon cœur. Pour s'occuper d'un enfant, c'était un avantage incontestable. Il se refusait d'abandonner le soin et l'éducation de sa toute jeune nièce à une gouvernante stricte qui ne pourrait — ou ne voudrait — lui témoigner de l'affection. Plus important encore, Clara semblait bien aimer Miss Bertram. Sans compter qu'il n'y avait personne d'autre sur les rangs ! Autrement dit, pas d'alternative. Lors de son séjour au manoir de Ravenwell, espérant trouver quelqu'un sur-le-champ, il avait eu des entretiens avec deux candidates qui, toutes deux, avaient refusé le poste. Et puis, il y avait eu cette autre postulante, Miss Brown, qui n'avait jamais montré le bout de son nez.

Il observait la jeune femme qui lui faisait face, tête haute. Elle semblait posséder une trempe d'acier tout à fait surprenante, comme si elle lui jetait le gant pour le défier. Elle voulait rester. Sa détermination brillait dans son regard, qui soutenait le sien.

Elle n'a pas eu de mouvement de recul devant mon apparence.

Pas une fois elle n'avait bronché, scruté avec insistance, ou même détourné le regard, comme si ses cicatrices n'avaient pas d'importance pour elle.

Bien sûr qu'elles n'en ont pas, idiot que tu es ! Tu lui fais passer un entretien pour le poste de gouvernante, pas pour être ta femme ou ta maîtresse.

Ce fut cette pensée qui emporta sa décision. Ils passeraient peu de temps ensemble, mais le fait qu'elle accepte son apparence était un point décisif en sa faveur.

— Venez, dit-il, je vais vous présenter à Mrs Sharp. Elle vous fera faire ensuite le tour de la maison.

Il souleva Clara et l'installa sur ses épaules, se réjouissant du petit couinement de l'enfant ravie, et les conduisit à la cuisine. La conscience que Miss Bertram le suivait en silence lui provoqua des picotements sous la peau. Il avait besoin d'être seul, d'avoir du temps pour s'adapter à cette nouvelle situation.

Au moment où ils arrivèrent à de la cuisine, ses nerfs étaient si tendus qu'il craignit que la moindre parole déplacée de son intendante ou de Miss Bertram suffît à faire tourner les choses au désastre. Il poussa la porte et entra en se baissant pour protéger la tête de Clara.

Mrs Sharp, qui coupait des pommes, s'interrompit.

— Est-ce qu'elle convient, milord ? demanda-t-elle.

Miss Bertram, qui se trouvait encore derrière lui, se mit de côté pour entrer à son tour dans la pièce.

— Oui. Mrs Sharp, je vous présente Miss Bertram.

Les lèvres de Mrs Sharp se pincèrent à mesure qu'elle examinait la nouvelle venue de la tête aux pieds.

— Où sont vos chaussures ? s'enquit-elle.

Nathaniel sentit plutôt qu'il ne vit Miss Bertram lui jeter un coup d'œil de biais. Il se devait de lui faciliter les choses avec l'intendante, mais il éprouvait un impérieux besoin de s'en aller. Miss Bertram devrait apprendre à ne rien espérer de lui ; il avait sa propre vie à vivre et ne voulait pas s'habituer à celle des autres.

Il souleva Clara pour la faire descendre de ses épaules, s'excusant silencieusement de son manque de manières. Ce n'était qu'une gouvernante, après tout. Il lui paierait son salaire, lui fournirait le gîte et le couvert. Il n'avait pas à tenir compte de ses sentiments.

— Mrs Sharp, vous voudrez bien montrer la maison à Miss Bertram, sa chambre, les appartements de Clara et tout le reste ?

Il tourna abruptement les talons et sortit de la cuisine à grands pas, étouffant ses regrets, car il venait de comprendre qu'il verrait beaucoup moins Clara désormais. Ces dernières semaines, bien qu'elles lui eussent causé de l'inquiétude et pris beaucoup de temps, avaient ranimé en lui le simple plaisir de la compagnie d'autrui, même si Clara n'était qu'une petite personne de deux ans. Elle avait été agitée la nuit, aussi l'avait-il fait dormir dans la chambre qui jouxtait la sienne, car il fallait que quelqu'un puisse l'entendre et intervenir si elle pleurait. Bien que les Sharp et Alice, la jeune domestique qui avait fait le voyage avec lui quand il était revenu de Ravenwell, l'eussent aidé, il ne pouvait attendre d'eux de veiller au bien-être de Clara comme lui-même se devait de le faire. Mais à présent, cela ne serait plus nécessaire. Des appartements avaient été préparés en vue de l'arrivée d'une gouvernante, aussi Clara dormirait-elle cette nuit dans sa nouvelle chambre, à l'extrémité de la maison, loin des siens.

Il attrapa son pardessus suspendu à un crochet de la porte de derrière, et l'enfila, tout en se dirigeant à grands pas vers les granges. Les chiens l'entendirent arriver et vinrent s'attrouper autour de lui, bondissant, frétillant frénétiquement de la queue, haletants d'excitation.

— On se calme, mes garçons ! bougonna-t-il.

Son agitation s'apaisa alors qu'il caressait la tête d'un premier animal, puis d'un autre. Son préféré, Brack, un chien noir et feu de lignage inconnu, se fraya un chemin à travers la meute et vint donner un coup de tête sur la main de Nathaniel, réclamant son attention. Nathaniel s'arrêta et prit la tête de Brack dans ses mains, flattant ses oreilles dépareillées — l'une pendante, au poil hirsute, l'autre simple moignon, résultat d'une morsure quand il était bébé —, regardant l'animal en extase, les yeux mi-clos.

Les chiens étaient si simples, songea-t-il. Ils vous offraient leur amour sans condition.

Il poursuivit son chemin et entra dans la grange. Ned, son palefrenier, émergea de la pièce à fourrage, au bout du bâtiment.

— Vous allez faire un tour à cheval, milord ?

Ned était un homme simple et peu loquace, qui vivait seul dans le grenier au-dessus du garage où l'on remisait les voitures à cheval.

— Pas maintenant, Ned. Comment va la jument ?

— Elle va s'en tirer.

L'un des poneys de race locale, qu'ils gardaient pour mener paître le troupeau de moutons sur les collines, avait un boulet enflé.

Nathaniel entra dans la stalle où la bête était attachée. Il lui flatta l'encolure, puis palpa sa patte avant.

— Tiens bon, Peg, murmura-t-il.

Il demeurait encore un soupçon de gonflement, mais ce n'était en rien comparable à l'inflammation de la veille. Il se redressa.

— Il y a du mieux, dit-il en s'adressant à Ned. Continuez ce bon travail. Je vais aller à l'enclos.

— Vous avez bien raison, milord.

Les chiens, plus calmes à présent, trottèrent à ses côtés tandis qu'il dépassait la grange, puis bifurquait sur le chemin montant vers l'enclos où il gardait ses oiseaux d'élevage. Son employé Tam s'en occupait. Nathaniel ne vit aucun signe de la présence de celui-ci, qui vivait dans un cottage à quelques centaines de mètres de là avec Annie, son épouse. Quand les enclos qui abritaient ses oiseaux de proie — trois faucons pèlerins, une buse et une crécerelle — furent en vue, il embrassa d'un œil très vigilant leurs occupants. Tous sans exception avaient le regard brillant, les plumes luisantes, alors qu'ils se posaient sur leurs perchoirs. Il avait fait voler deux d'entre eux plus tôt, et maintenant il fallait les nourrir.

Répugnant à les déranger, il ne s'attarda pas, mais fit le tour des enclos pour pénétrer dans la vieille grange où ils étaient adossés. Il ferma la porte derrière lui, pour que les chiens restent à l'extérieur. La lumière du jour filtrait à travers les trous du mur et les deux petites fenêtres sans vitres. Un battement d'ailes et des bruits de pattes se firent entendre dans le grand enclos occupant l'un des coins, où un aigle était perché sur une grosse branche.

C'était une femelle, trouvée avec une aile cassée par le cousin de Tam, qui la leur avait expédiée depuis l'Écosse, car il savait que Nathaniel était expert en oiseaux de proie. Tam et lui l'avaient soignée conjointement, et lui réapprenaient à voler.

Nathaniel l'avait baptisée Amber, bien qu'il sût qu'il lui faudrait la relâcher dans la nature. Ses autres rapaces, élevés en captivité, n'auraient aucune chance d'y survivre par leurs propres moyens. Amber, cependant, était différente et même si Nathaniel eût beaucoup aimé la garder, il estimait injuste de la maintenir en cage, alors qu'elle pourrait de nouveau planer en toute liberté au-dessus des montagnes et des vallées de son pays d'origine.

Dans une assiette posée sur l'établi de Tam, il choisit un gros morceau de viande de lièvre fraîche, puis se rendit à la cage, en déverrouilla la porte, et y pénétra. Son appel à voix douce alerta l'oiseau, qui pivota la tête et fixa sa main de ses yeux dorés perçants. D'un geste adroit, il lança alors la viande en direction de l'oiseau qui l'attrapa au vol et l'engloutit avec célérité.

Ensuite, Nathaniel verrouilla la cage, mais ne s'en alla pas. Il lui fallait pourtant retourner dans la maison, où il avait bien des choses à faire : des lettres à lire et à écrire, des factures à payer, des décisions à prendre pour régler les innombrables problèmes qui survenaient concernant ses propriétés.

Il posa le front contre les lattes verticales de la cage d'Amber, qui l'observait sans ciller. Au moins n'était-elle plus aussi pétrifiée que les premiers jours suivant son arrivée d'Écosse.

— Je sais ce que tu ressens, murmura-t-il. Notre vie peut changer en un instant, et nous devons nous adapter du mieux que nous le pouvons.

Le tournant décisif de sa vie avait été le feu ayant détruit en partie le manoir de Ravenwell. On l'avait reconstruit, bien sûr. C'était facile de restaurer un bâtiment, mais pas aussi aisé de réparer une vie bouleversée au-delà de toute mesure. Il effleura sa joue abîmée, sa peau cicatrisée, fine et parcheminée sous ses doigts. Il était impossible de restaurer une vie perdue à jamais. À cette pensée déferla sur lui le mélange familier de culpabilité et d'affliction que déclenchait le souvenir de son père.

À présent, un autre tournant décisif avait été atteint avec la mort d'Hannah.

En dépit de ses efforts acharnés pour tenir le monde à distance, il semblait que le destin en avait décidé autrement. Ses poings se serrèrent, mais il maîtrisa son envie impérieuse de marteler les barreaux de la cage, la fréquentation des animaux lui ayant inculqué la nécessité de contrôler ses émotions. Il se dirigea vers la porte, retournant sa colère contre lui-même. Que faisait-il à se terrer ici, alors qu'il avait du travail ? Il voulait s'enfermer dans sa bibliothèque et s'efforcer d'ignorer la toute récente intrusion qui venait de se produire dans sa vie.

Grace grimaça quand la porte se referma avec fracas derrière le marquis. Elle s'efforça de ne pas prendre ombrage du fait qu'il l'avait laissée se débrouiller seule avec Mrs Sharp, qui semblait aussi désapprobatrice que Mme Dubois au comble de sa sévérité. Elle essaya de masquer sa nervosité, tandis que les yeux gris de l'intendante l'examinaient sous toutes les coutures. Pendant ce temps, Clara avait trottiné devant elle et essayait maintenant d'escalader une chaise, près de la table. Grace alla l'aider machinalement. Clara ne semblant pas être intimidée par Mrs Sharp, elle ne le serait pas non plus.

— Eh bien, Miss Bertram ? Vos chaussures ?

— Sa Seigneurie m'a demandé de les enlever quand je suis entrée dans la maison. Elles étaient pleines de boue.

Elle regarda la coupe remplie de pommes. Elles allaient se décolorer, si on ne les utilisait pas rapidement.

— Puis-je vous aider à finir d'éplucher celles-ci, avant que vous ne me montriez ma chambre ? demanda-t-elle. Je n'aimerais pas qu'elles se gâtent.

Sans piper mot, Mrs Sharp lui tendit un couteau et une pomme non épluchée. Elles travaillèrent en silence durant quelques minutes, puis Mrs Sharp disparut par une porte donnant hors de la cuisine, et réapparut avec une boule de pâte dans une main, un moule à tarte dans l'autre. Elle les posa sur la table, fouilla dans son tablier et en retira un biscuit qu'elle tendit à Clara, restée silencieusement — un peu trop selon Grace — sur sa chaise. Clara prit le biscuit et le porta à la bouche. Grace tendit le bras et lui retint la main.

— Qu'est-ce que tu dis à Mrs Sharp, Clara ?

Les immenses yeux verts la contemplèrent d'un air songeur. Grace s'accroupit à côté de la chaise.

— Tu dois dire « merci », quand quelqu'un te donne quelque chose, Clara. Allez, maintenant, fais-moi entendre le « merci » que tu dis à Mrs Sharp.

Le regard intense de Clara se dirigea lentement vers Mrs Sharp, qui s'était arrêtée de saupoudrer de la farine sur la table et d'étendre sa pâte.

— Sa Seigneurie ne vous a pas avertie ? Il n'a guère parlé, depuis qu'il est arrivé ici.

— Si fait. Il me l'a dit. Mais il faut bien que je commence, comme je compte continuer ensuite. Clara doit être encouragée à retrouver sa langue. Allez, ma chérie, peux-tu dire « merci » ?

Clara dodelina de la tête, ses boucles rebondissant contre ses oreilles. Puis, alors que Grace l'empêchait encore de manger son biscuit, elle ouvrit la bouche. Le son qui en émergea était loin de ressembler à un mot, c'était plutôt un soupir, cependant Grace lui relâcha aussitôt la main, et approuva :

— En voilà une petite fille intelligente ! C'est très gentil de ta part d'avoir remercié Mrs Sharp. Tu peux manger ton biscuit maintenant.

Grace jeta un coup d'œil en direction de Mrs Sharp qui, tête baissée sur la pâte qu'elle étalait, ne répondit pas. Grace ravala son irritation. Cela n'aurait pas coûté grand-chose à cette femme de féliciter la petite, ou de réagir de quelque façon. Cependant elle tint sa langue, de crainte de nourrir davantage son hostilité.

Une fois la tarte aux pommes mise au four, Mrs Sharp la guida pour sa visite du manoir. Elles montèrent d'abord à l'étage, Grace portant Clara, puis traversèrent le palier de la galerie et tournèrent pour aboutir dans un sombre corridor, qu'éclairait seulement une fenêtre située à l'extrémité.

— Voici votre chambre, annonça l'intendante.

Grace franchit la porte et entra dans une pièce contenant un lit, une énorme penderie et un solide lavabo. Les rideaux des fenêtres étaient à demi tirés, baignant l'endroit d'une lueur aussi triste et inhospitalière que le reste de la maison. Sa valise avait été déposée au pied du lit.

— Qui l'a apportée ici ? demanda-t-elle, se penchant pour poser Clara à terre.

La pensée de Lord Ravenwell acheminant son bagage à l'étage, jusque dans sa chambre, suscita en elle d'étranges sensations.

— Sharp. Mon mari.

— Ainsi, lui aussi travaille au manoir ?

— Oui.

Sérieusement agacée, Grace refusa de se laisser intimider par les sèches répliques de la vieille femme.

— Sa Seigneurie a fait mention de trois domestiques pour l'intérieur de la maison et de deux pour l'extérieur. Qui d'autre y a-t-il, hormis votre mari et vous ?

Un soupir exaspéré siffla entre les dents de Mrs Sharp.

— Alice, la bonne. Elle n'est là que depuis trois semaines. Sa Seigneurie l'a ramenée de Ravenwell, pour m'aider aux corvées. À l'extérieur, poursuivit-elle, il y a les hommes qui s'occupent des animaux de Sa Seigneurie. Ned est célibataire, il vit dans le logement au-dessus du garage des voitures. Tam vit dans un cottage sur la propriété. Sa femme, Annie, tisse la laine des moutons du domaine et m'aide les jours de lessive. À présent, il faut que je prépare le dîner. Je n'ai pas le temps pour toutes ces questions.

Elle se dirigea vers la porte.

— Dépêchez-vous, j'ai encore bien des choses à vous montrer pour le peu de temps qui nous reste.

— Il faut juste que je mette mes chaussures.

Après être restée debout sur le dallage de la cuisine, elle avait de nouveau très froid aux pieds. Ignorant un nouveau sifflement de l'intendante, Grace ouvrit son sac et en extirpa ses solides chaussures, que Mme Dubois estimait tout à fait appropriées pour l'uniforme d'une gouvernante. Lequel se composait pour Grace de deux robes à col haut, manches longues et sans ornement, l'une grise, l'autre marron.

Elle se dépêcha d'enfiler ses chaussures, tandis que Mrs Sharp tapait impatiemment du pied près de la porte.

À peine fut-elle chaussée, que Mrs Sharp disparut, ses semelles faisant claquer sa contrariété sur le parquet de bois. Grace reprit Clara dans ses bras et suivit le mouvement.

— Nous sommes dans la partie est de la maison, expliqua l'intendante en ouvrant la porte suivante. Laquelle sera votre domaine à l'étage. Vous avez déjà vu votre chambre, celle-ci est celle de Clara — les deux communiquant, ainsi que vous pouvez le voir. Vous avez également un petit salon réservé à votre seul usage ; on y accède par la porte d'en face. Enfin, la pièce tout au fond vous servira plus tard de salle de classe. Pour l'instant, Miss Clara pourra y jouer sans déranger Sa Seigneurie.

Toutes les pièces étaient meublées dans le même style que la chambre de Grace, dégageant une atmosphère aussi froide que rébarbative. Clara méritait mieux et Grace fit le vœu d'apporter les changements nécessaires pour rendre les lieux plus douillets.

— Sa Seigneurie est-elle riche ? demanda-t-elle.

— En quoi cela pourrait-il vous concerner, mademoiselle ? répliqua Mrs Sharp en la foudroyant du regard.

Chapitre 4

Grace prit conscience trop tard du fait que sa question ne pouvait qu'être mal interprétée par l'intendante, à l'évidence mal disposée à son égard. Aussi essaya-t-elle de se rattraper.

— Non, non… Je ne voulais pas dire…

Elle s'arrêta, les joues en feu tant elle était mortifiée.

— Je pensais simplement… J'aimerais rendre ces pièces un peu plus gaies. Dans l'intérêt de Clara.

Mrs Sharp se raidit.

— Sachez que cette maison est impeccable !

— Je le vois bien, Mrs Sharp. Loin de moi l'idée de vous offenser. Vous faites de l'excellent travail.

Elle demanderait au marquis. Nul doute qu'il ne serait pas aussi difficile de négocier avec lui qu'avec l'intendante.

— Peut-être voulez-vous me montrer le reste de la maison, maintenant ?

Elles revinrent sur leurs pas jusqu'en haut de l'escalier.

— Les appartements de Sa Seigneurie occupent toute l'aile, avec deux chambres d'invités.

Puis elle indiqua l'autre extrémité du palier, avant d'ajouter d'un ton découragé :

— Vous n'aurez pas besoin d'aller par là. Alice, Sharp et moi y avons nos quartiers, dans les combles. Je vais vous montrer les pièces du rez-de-chaussée que vous n'avez pas encore vues ; ensuite, je devrai retourner à la cuisine. Le dîner va m'occuper tout entière, et Miss Clara voudra souper avant d'aller au lit.

Grace la suivit jusqu'au hall, aidant Clara à descendre l'escalier.

Elle se mordit les lèvres, voyant de nouveau les traînées de boue qu'avaient laissées ses bottines, de la porte d'entrée jusqu'à la chaise près de laquelle elle les avait déposées ; elle sut gré à l'intendante de ne pas le mentionner.

L'horloge du hall sonnait la demie de 4 heures quand Mrs Sharp la guida au pas de charge dans les pièces du rez-de-chaussée. Le salon de réception, où Lord Ravenwell lui avait fait passer son entretien d'embauche, une grande salle à manger encombrée de meubles, recouverts eux aussi de housses en toile de Hollande. Un petit salon vide. Enfin, une petite salle à manger, meublée d'une table et de six chaises, où Lord Ravenwell prenait ses repas.

Grace se demanda où elle-même dînerait, mais préféra ne pas le demander. Avec Clara dans les pièces de la nurserie ? À la cuisine avec les autres serviteurs ? La petite montrant des signes de fatigue, Grace la reprit dans ses bras. Conformément à sa première impression, la maison était austère et froide, mais propre. Elle brûlait d'envie d'y insuffler un peu de lumière et de chaleur, bien consciente toutefois qu'il lui faudrait avancer sur des œufs pour tout ce qui concernerait peu ou prou la très susceptible intendante.

Elles atteignirent enfin la dernière porte, débouchant du hall à droite de la porte d'entrée. Clara était de plus en plus somnolente et lourde dans les bras de Grace.

— Voici la bibliothèque, déclara Mrs Sharp, tout en l'y faisant entrer.

Grace embrassa du regard cette pièce aux murs tapissés de meubles vitrés. Elle s'arrêta net, découvrant Lord Ravenwell qui la considérait d'un regard mauvais derrière un bureau situé à l'extrémité de la pièce, entre la cheminée et une fenêtre.

Derrière elle, Mrs Sharp poursuivit :

— C'est ici que…

Elle s'interrompit soudain, agrippant le bras de Grace pour la retenir.

— Excusez-moi, milord. Nous allons vous laisser en paix.

— Attendez !

Grace sursauta à cet ordre aboyé, et Clara se réveilla avec

un gémissement de protestation. Grace la serra plus fort dans ses bras, lui massant le dos pour l'apaiser, et lança un regard courroucé au marquis.

— Clara est fatiguée et elle a faim, milord, dit-elle. Me permettrez-vous de…

— Mrs Sharp, prenez Clara et donnez-lui son repas. Il faut que je parle à Miss Bertram.

— Bien, milord.

Grace céda son enfant avec réticence, ses bras se languissant déjà de la chaleur du petit corps ferme. Elle observa avec anxiété son employeur, alors que la porte se refermait derrière Mrs Sharp et Clara.

Le marquis inclinait la tête, toute son attention focalisée sur une feuille de papier posée devant lui.

A-t-il découvert qui je suis ? Va-t-il me renvoyer ?

Ses genoux tremblaient à mesure qu'elle réalisait combien elle voulait… *devait*… rester.

— Assis !

Elle eut aussitôt le souffle coupé. Même si elle n'était qu'une gouvernante, il n'avait pas à s'adresser à elle d'une manière si brusque ! Il n'avait pas même eu la courtoisie de la regarder en aboyant son ordre, la tête penchée vers sa droite. Était-ce encore pour lui cacher sa défiguration ? D'un pas raide, Grace marcha droit vers son bureau, et prit place sur la chaise en face de la sienne.

Il sourcilla. Elle haussa le menton et, bien déterminée à ne pas lui révéler son appréhension, s'exhorta à ne pas le quitter des yeux.

Au bout d'un temps qui lui sembla interminable, un coin de la bouche du marquis tressauta.

— Avez-vous pris ça pour vous ?

— Plaît-il ?

— Je parlais au chien, expliqua-t-il en tournant de nouveau ostensiblement la tête vers la droite.

Grace suivit le mouvement, se levant à demi pour voir par-dessus le bureau l'endroit qu'il lui indiquait. Là, se tenait assis à côté de lui le chien à poil dur qui avait bondi sur elle lors de son arrivée.

— Oh ! s'exclama-t-elle.

Elle se trouvait décidément stupide, et plus encore nerveuse car le chien était très gros, et son expérience des animaux très restreinte.

— Maintenant, au travail !

Toute trace d'humour s'était volatilisée dans l'expression de Lord Ravenwell, comme si rien ne s'était passé. Grace se rappela, le cœur battant, qu'elle avait beaucoup plus à craindre de l'homme que de son chien.

— Je n'arrive pas à comprendre que votre lettre de candidature ait pu s'égarer. Mais puisque vous êtes ici, nous devons en tirer le meilleur parti possible. Vous avez dit qu'il s'agissait de votre premier emploi, est-ce exact ?

Grace réprima l'impulsion d'avouer qu'elle n'avait pas envoyé de lettre de candidature.

— Oui, milord, répondit-elle.

— Avez-vous apporté une lettre de recommandation ?

— J'ai en effet une recommandation de mon professeur Miss Fanworth, déclara-t-elle avec enthousiasme.

Peut-être se faisait-elle du souci pour rien. Il ne semblait pas projeter de la renvoyer.

— Elle se trouve dans mon sac de voyage, à l'étage, précisa-t-elle.

— Eh bien, allez me la chercher tout de suite, s'il vous plaît Il me faudra aussi le nom de la directrice de votre école, ainsi que l'adresse de l'établissement.

— La… La directrice ? suffoqua Grace, son cœur chavirant Pour… Pourquoi le demandez-vous, alors que j'ai déjà une lettre de Miss Fanworth ?

Dans leur groupe de quatre amies, toujours au centre des moindres diableries, elle était l'élève la moins en grâce auprès de Mme Dubois. « Vous êtes le drame de ma vie », lui avait dit celle-ci après une farce particulièrement vilaine. Bien sûr cela s'était produit avant qu'elle n'ait Clara — grâce à Dieu

Mme Dubois n'en avait jamais eu vent ! Dès lors, la conduite de Grace s'était considérablement améliorée. Peut-être Mme Dubois ne rédigerait-elle pas un rapport trop accablant au sujet de sa conduite à l'école.

Le marquis continuait de la considérer, imperturbable.

— Il me semble que cela va de soi, dit-il. Et vous n'êtes guère en position de contester ma décision.

— Non, milord.

Elle se releva, tout en jetant un coup d'œil soucieux au chien. En réaction, sa queue en panache se mit à fouetter l'air, et elle détourna prestement le regard.

— Avez-vous peur de lui ? Brack, viens ici !

Lord Ravenwell contourna le bureau pour se placer à côté d'elle ; elle réprima aussitôt son envie de reculer. Elle avait oublié combien il était grand et intimidant, avec sa large carrure. Il portait avec lui les mêmes odeurs qu'elle avait notées auparavant : le cuir, le grand air et le savon. Cependant, comme il était très près d'elle, elle put déceler aussi l'odeur de sa chaleur virile, et sentit comme une faim longtemps négligée s'éveiller en elle. Les longs cheveux du marquis avaient glissé vers l'avant, de sorte qu'ils occultaient partiellement la peau ravagée de sa joue et de sa mâchoire droites. Mais il ne semblait pas qu'il l'eût fait délibérément pour dissimuler ses cicatrices. Grace risqua un très bref regard, balayant la surface rugueuse, avant de reporter toute son attention sur Brack. Le chien s'était considérablement approché d'elle, et elle ne put s'empêcher de reculer.

— Tout va bien. Vous ne devez pas avoir peur de lui.

Il y avait une pointe d'impatience dans son ton. Grace lui jeta de nouveau un coup d'œil, et croisa cette fois son regard intense. Il était intimidant par sa taille et sa brusquerie, mais elle se plut à imaginer qu'il y avait de nouveau une lueur d'humour dans ses yeux bruns.

— Essayez de vous détendre. Tendez votre main.

Il s'en saisit et, à ce contact, elle ressentit une étrange secousse au plus profond de son être. Son pouls s'accéléra. Ravenwell appela Brack, qui se précipita vers eux avec enthousiasme, renifla, puis poussa le haut de sa tête sous leurs mains jointes, son pelage raide sous les doigts de Grace. Il avait l'air bien miteux, avec une oreille qui pendait lourdement en lui recouvrant presque l'œil, et l'autre toute déchiquetée. Mais le marquis ne garderait pas un animal dangereux à l'intérieur de la maison, n'est-ce pas ?

— Tout ce qu'il veut, c'est de l'attention, dit-il d'une voix chaude.

Grace eut soudain du mal à respirer, le souffle court.

— Où sont les autres chiens ? demanda-t-elle.

— Brack est le seul qui soit autorisé à entrer dans la maison, répondit Ravenwell qui lui relâcha la main et s'écarta. Je l'ai élevé depuis son plus jeune âge, après la mort de sa mère.

Grace caressa le dos de Brack, ce qui était pour elle d'une grande hardiesse.

— Je suis sûre que je vais m'habituer à lui.

Elle s'imagina racontant cela à ses amies : comme elles riraient de sa peur ! Puis, le cœur gros de regrets et de tristesse, elle se rappela qu'elle ne pourrait plus jamais partager de confidences avec elles. Elles pourraient lui écrire, naturellement, mais ce serait bien différent de leurs échanges en tête à tête, à partager leurs espoirs et leurs craintes, à murmurer leurs secrets, couchées, la nuit, ou encore à s'épauler et se réconforter au gré des hauts et des bas de leurs jeunes vies. Joanna, Rachel et Isabel l'avaient soutenue et consolée durant les pires heures de sa vie. L'amour qu'elles lui avaient prodigué était le seul qu'elle eût jamais connu.

Elle se languissait d'apprendre comment se passaient leurs débuts, et savait qu'elles voulaient connaître le sort de son bébé, dont elle avait fait vœu de retrouver la trace. Mais pour l'heure, aucune d'entre elles ne savait comment la contacter. Personne de son monde d'avant n'était au courant de ses faits et gestes depuis son départ de l'école, ni ne savait où elle se trouvait.

Il fallait qu'elle le leur fasse savoir.

— Milord… Puisque vous allez écrire à Mme Dubois, pensez-vous que… Pourrais-je écrire pour ma part à Miss Fanworth ? J'aimerais l'informer que je suis bien arrivée.

— Et votre oncle et votre tante ? Ne voudront-ils pas, eux aussi, avoir de vos nouvelles ? lui demanda-t-il aussitôt.

— Si, bien sûr, répondit-elle en hâte.

Cependant, elle doutait fort que son bien-être les préoccupât. Ce qui leur importait avant tout, c'était qu'elle ne revienne pas échouer sur le pas de leur porte, et ne leur coûte de l'argent ! Elle leur avait rendu visite avant de se mettre en quête de Clara. Ils lui avaient alors clairement signifié que leur foyer n'était plus le sien, qu'elle était désormais une adulte.

— Je vais leur écrire également, précisa-t-elle.

— Vous pourrez rédiger vos lettres ici. Ned se rend à cheval au village presque tous les matins, et se charge de poster le courrier.

— Merci.

Grace se dépêcha de monter l'escalier pour aller chercher sa lettre de recommandation, tout en réfléchissant à l'étrange réaction du marquis. À un moment… Quand il se tenait si près d'elle… Quand il lui avait pris la main… Elle hocha la tête, rejetant sa réaction comme pure ineptie. C'était la peur du chien, rien d'autre. Néanmoins, elle devrait éviter d'écrire ses lettres dans la bibliothèque quand il s'y trouverait. Elle attendrait que son troublant employeur vaque ailleurs dans la maison.

La nervosité lui nouait l'estomac quand elle redescendit, puis tendit au marquis la lettre de Miss Fanworth.

— Il faut que… que j'aille, euh… m'occuper de Clara, dit-elle en bredouillant.

Il fronça les sourcils.

— J'écrirai mes lettres plus tard, poursuivit-elle. Elles seront prêtes pour être postées demain matin. Je vous remercie.

N'attendant pas sa réponse, elle sortit de la pièce, sentant sa tension se dissiper comme elle refermait la porte. Elle se rendit à la cuisine, où Clara mangeait du pain beurré avec un bol de bouillon. La pièce était chaude et pleine d'une vapeur au fumet alléchant. Cela fit grogner de protestation son estomac : elle n'avait rien avalé depuis le petit déjeuner.

Un homme aux joues rougeaudes, aux yeux bleus et aux cheveux gris lissés et brillants était assis à côté de la petite. Il l'aidait à manger son bouillon à la cuillère, tout en sirotant par intervalles une chope de bière. Il sourit à pleines dents à son arrivée. Mrs Sharp, qui était assise de l'autre côté de la table parfaitement briquée, se renfrogna quant à elle.

— Que vous voulait Sa Seigneurie ? demanda-t-elle.

— Je vous suggère de le lui demander, répliqua Grace en haussant le menton. S'il souhaite vous faire part de notre conversation, nul doute qu'il vous éclairera.

Les yeux de Mrs Sharp se rétrécirent. Elle n'ajouta rien cependant. Grace reporta son attention sur l'homme, dont le sourire s'était encore agrandi, ses petits yeux disparaissant presque à mesure que son visage se plissait.

— Bonjour, lui dit-elle. Je m'appelle Grace Bertram. Sans doute savez-vous déjà que je suis venue pour m'occuper de Clara ?

L'homme agita les pieds et lui fit un salut de la tête.

— Heureux de vous rencontrer, mademoiselle. Je suis Sharp, son mari, dit-il en adressant un clin d'œil à l'intéressée, dont les lèvres se pincèrent tant qu'elles devinrent presque invisibles. Je m'occupe de Sa Seigneurie à son gré, j'apporte le bois et le charbon et je me charge des feux. Je fais aussi un peu de jardinage.

Il ébouriffa les boucles de Clara.

— Je parie que cette petite-là sera heureuse de vous avoir ici. Et moi aussi, ajouta-t-il en lançant un regard de défi à son épouse, qui soupira bruyamment et se leva pour changer de position un pot accroché au-dessus du fourneau.

Les yeux pétillants, Sharp porta avec sa chope un toast silencieux au dos de sa femme. Il inclina la tête en arrière, buvant avec un plaisir évident.

— Assoyez-vous, mademoiselle, dit-il avant de reposer sa chope avec fracas, ce qui lui valut un autre regard courroucé de son épouse. Et parlez-nous un peu de vous, pendant que Miss Clara termine son repas.

Grace prit bien soin de ne pas leur en dire plus que ce qu'elle avait raconté au marquis. Ce n'était pas strictement mentir. Elle omettait simplement certains faits. Sharp, qui se révélait aussi volubile et curieux que son épouse était taciturne, ne cessa de l'interroger, jusqu'à ce que Clara ait fini de manger. Alors, sans plus attendre, elle se leva.

— Je dois emmener Clara à l'étage, maintenant. Il faut qu'elle puisse s'habituer à sa nouvelle chambre avant qu'il soit temps pour elle de dormir.

Elle adressa à Sharp un sourire destiné à adoucir ce départ plutôt abrupt, et prit sa fille pour la caler sur sa hanche. Elle n'en pouvait plus d'attendre de l'avoir pour elle toute seule, et d'échapper aux questions de Sharp et aux regards suspicieux de son épouse. Elle n'arrivait pas le moins du monde à comprendre, ou même à deviner, pourquoi l'intendante ne l'aimait pas. À moins que…

— Cela va-t-il manquer à Mrs Sharp de ne plus avoir à veiller sur Clara ? Est-ce pour cela qu'elle prend mal ma venue ?

L'intendante était en train de s'affairer à grand bruit dans le garde-manger, et Grace s'était adressée à Sharp à voix basse, afin de s'assurer de n'être pas entendue de cette dernière.

— Ma foi, non, répondit-il à voix basse, lui aussi.

Il jeta un coup d'œil vers le garde-manger avant de poursuivre :

— C'est Sa Seigneurie qu'elle protège. Elle a peur qu'il…

Il pinça les lèvres et hocha la tête.

— Nan, je ne vais pas moucharder. Vous le découvrirez bientôt, si vous ne le savez pas déjà.

— Quoi ? demanda Grace d'une voix presque sifflante.

Pourquoi une intendante se ferait-elle du souci pour un marquis ? Pour le protéger de qui ? D'elle ? C'était absurde !

— Qu'alliez-vous dire ? ne put-elle s'empêcher de demander.

Ce fut le moment que choisit Mrs Sharp pour émerger du garde-manger. Sharp adressa à Grace un sourire en coin. Elle ne pouvait plus l'interroger.

— Sa Seigneurie dîne à 6 heures. Et nous prenons notre repas après qu'il a été servi. Ne soyez pas en retard.

Espèce de vieille pie !

Grace quitta la cuisine et emmena Clara à l'étage.

— Nous voilà enfin seules, mon ange, dit-elle en veillant à bien refermer la porte de la nurserie derrière elles.

Elle frissonna. On n'avait pas allumé de feu dans la pièce, et la seule lumière dont elle disposât était la chandelle qu'elle avait utilisée pour les éclairer depuis la cuisine. Outre un parquet de grandes lames astiquées, la pièce comprenait un volumineux meuble de rangement, deux chaises de bois et une petite table basse.

Grace posa Clara sur le sol.

— Il va falloir que nous fassions quelque chose. Tout ceci n'est vraiment pas assez bien.

Elle jeta un coup d'œil à sa fille, qui la regardait fixement, le front plissé, l'air inquiet. Le cœur de Grace chancela. Elle s'accroupit pour lui murmurer :

— Ne sois pas si triste ! Je ne suis pas fâchée contre toi.

L'énormité de la tâche qu'elle avait entreprise lui apparut sous un jour nouveau. Que connaissait-elle de la façon dont on s'occupait d'une si jeune enfant ? Croyait-elle que, du fait qu'elle était sa mère, elle allait comme par magie savoir l'élever correctement ? Toute sa formation avait porté sur des enfants plus âgés.

Elle prit le visage de Clara dans ses mains en coupe et lui appliqua un baiser sur le front.

— Nous allons apprendre comment continuer ensemble. Mais d'abord, il faudra que je parle à ton oncle, pour m'assurer que tu ne manques de rien. La première étape, ce sera d'avoir une jolie pièce douillette où tu pourras jouer et rire autant que tu veux.

— Onc' Nannel

— Qu'as-tu dit ? demanda Grace, pétrifiée.

Clara, les yeux écarquillés, le pouce maintenant fourré dans la bouche, demeura silencieuse.

Avec douceur, Grace lui retira la main du visage.

— Redis-le, ma puce. Oncle Nathaniel.

Chapitre 5

Saisie d'un doute, Grace regarda par-dessus son épaule, puis se releva tant bien que mal pour faire face au marquis, dont la carrure emplissait l'encadrement de la porte ouverte. Son cœur fut près de cesser de battre. Depuis combien de temps était-il là ? Qu'avait-il entendu ? L'excitation que lui avaient causée les premiers mots de Clara s'estompa, pour laisser place à l'anxiété. Dans son souvenir, elle avait du mal à distinguer ce qu'elle avait dit réellement de ce qu'elle avait seulement pensé.

— Je n'avais pas vu que vous étiez ici, dit-elle.

— À l'évidence.

Son cœur commença à tambouriner dans sa poitrine, alors qu'il la regardait fixement, en fronçant les sourcils.

— Il faudra que vous ayez du feu dès demain, dit-il. Mrs Sharp vous montrera où sont stockés les accessoires. Vous pourrez utiliser tout ce dont vous aurez besoin pour rendre ces pièces confortables, tant pour vous que pour Clara.

Il n'a pas l'air de considérer Clara comme un fardeau non désiré. Il l'accepte comme si elle était vraiment sa nièce.

— Merci, milord.

Il regarda la petite et son expression s'adoucit.

— Tu es une fille intelligente, tu as dit mon nom. Peux-tu le dire encore ? Pour moi ?

— Onc' Nannel, murmura Clara, provoquant ainsi le sourire radieux du marquis.

— Voilà qui est parfait, ma poupée ! Et maintenant, où est mon baiser de bonne nuit ?

Clara trottina, les bras ouverts vers lui. Il l'attrapa et la fit virevolter en l'air, tout en couvrant ses joues de baisers sonores. Clara enroula les bras autour de son cou et le gratifia de deux baisers sur chaque joue, fredonnant doucement, et caressant de ses doigts potelés sa joue abîmée. Le regard de Lord Ravenwell voleta jusqu'à Grace, puis s'en éloigna. Il se détourna d'elle, gardant Clara dans ses bras.

— Viens, dit-il d'une voix bourrue. Oncle Nathaniel va aller voir ta chambre.

Il sortit de la pièce à grandes enjambées, laissant Grace méditer sur ce qui venait de se produire. Elle avait cru que Clara le craignait. Mais, se repassant la scène de sa rencontre avec sa fille, elle se demanda si la réticence de l'enfant, cahotant dans l'escalier puis traînant les pieds dans le hall, n'était pas plutôt due à sa méfiance vis-à-vis d'elle et non du marquis. Car aux yeux de la petite c'était elle l'étrangère.

Cela m'apprendra à ne pas faire de suppositions hâtives !

Après s'être exhortée à plus d'humilité, elle se hâta de rejoindre Ravenwell et Clara dans la chambre d'enfant jouxtant la sienne.

Elle se figea sur le seuil. Un feu de cheminée avait été allumé, probablement par l'insaisissable Alice, et la pièce avait pris un air chaleureux. Devant le feu on avait étalé un tapis sur lequel Brack était étiré de toute sa longueur. L'animal leva la tête pour considérer Grace, sa queue battant doucement sur le sol. Deux fois.

— Je ne pense pas que…

L'objection qu'allait formuler Grace se perdit dans le silence au moment où Clara se tortilla pour quitter les bras de son oncle, criant :

— Brack ! Brack !

Le marquis la posa sur le sol. Elle se précipita aussitôt vers le chien avec des cris de joie, et se lança sur son dos, avant de passer les bras autour du cou de l'animal dont la queue frétillait vigoureusement.

Grace regarda cette scène, bouche bée.

— Vous ne pensez pas que… ? l'incita à poursuivre Ravenwell, une note taquine dans la voix.

— Cela n'a pas d'importance. Clara adore Brack, à l'évidence.

— Et elle n'a pas peur de lui, en dépit de sa taille !

Son accentuation du « elle » hérissa Grace, qui répliqua :

— En effet, mais je ne pouvais pas savoir que Brack était gentil, la première fois que je l'ai vu.

— C'est exact. Et comme vous l'avez dit, vous vous habituerez vite aux chiens.

— Je ferai de mon mieux.

De voir Clara avec Brack réchauffa le cœur de Grace. Elle ne put s'empêcher de sourire à ce tableau. Elle se tourna vers le marquis pour lui faire observer combien la fillette était rayonnante, mais avant qu'elle pût dire quoi que ce soit, la bonne humeur de Ravenwell disparut, et il se détourna. Ce ne fut qu'un infime mouvement, qui n'échappa néanmoins pas à Grace.

— Viens, Brack ! ordonna-t-il avant de sortir de la pièce.

Nathaniel se réfugia dans le sanctuaire de sa bibliothèque. Il se tint debout près de son bureau, dont il fixa la surface d'un regard vide, suivant de son index les rayures et les trous qui s'y étaient accumulés au fil des ans, réfléchissant à sa réaction viscérale face à Miss Bertram.

Au sourire de Miss Bertram, plus précisément.

Il fallait que Clara ait une gouvernante. C'était un fait irréfutable.

Et Grace Bertram était apparue sur le pas de sa porte au moment où il commençait à craindre de ne trouver personne disposé à s'installer à Shiverstone pour s'occuper de l'enfant. L'autre possibilité, à savoir retourner vivre au manoir de Ravenwell, avait commencé à le hanter. Aussi, en dépit de ses doutes, il avait offert le poste à la jeune femme, qu'il avait cantonnée dans son esprit derrière une porte sur laquelle était inscrit *Employée*, et bannie de ses pensées en tant que femme. Elle était aussi bienvenue ou malvenue que toute autre femme qui eût pris le poste. Son apparence physique était… devait être absolument… immatérielle.

Et puis, elle avait souri. Et des souvenirs remontant des profondeurs de son esprit l'avaient submergé d'images de son passé. Les badinages amoureux, le plaisir, le rire. Des souvenirs d'une vie normale.

Des souvenirs indésirables de jolies filles lui souriant spontanément.

Le rappel exaspérant de son monde d'autrefois, avant qu'il n'opte pour la vie recluse qui était désormais la sienne.

Marmonnant un juron, il tira sa chaise de sous le bureau, s'y assit et posa un livre de comptes devant lui. Il l'ouvrit et se força à travailler avec application jusqu'à ce qu'il fût temps de s'habiller pour le dîner.

Il dînait toujours à 6 heures et, bien qu'il n'eût pas de compagnie, s'habillait pour cette occasion. C'était la seule habitude qu'il avait conservée de sa vie d'avant, et cela lui donnait l'illusion d'être encore un gentleman.

Il considéra son apparence dans le miroir, cependant qu'il enroulait sa cravate autour de son cou pour obtenir un nœud soigné. Miss Bertram penserait-elle qu'il avait fait un effort pour elle ?

Et le penserait-elle, en quoi cela importerait-il ? Tu n'as pas de comptes à lui rendre. Tu n'as de comptes à rendre à personne !

Comme la soirée à venir s'étirait devant lui, des nœuds s'enchevêtrèrent au creux de son estomac. L'idée de s'asseoir à table avec elle, de manger et parler avec elle, ne laissait pas d'alimenter sa vulnérabilité. Mais il était sûr qu'une fois le repas en cours, ces nœuds se démêleraient. Miss Bertram avait déjà démontré une absence de répulsion à l'égard de ses cicatrices, ce qui l'aiderait à ne pas être trop mal à l'aise. Quant aux souvenirs que son magnifique sourire avait ranimés ? Eh bien ! Ils n'étaient que cela, des souvenirs. Ils n'exerceraient aucune influence sur lui tant qu'il les bannirait de son esprit.

Il tenta de démêler ses cheveux au moyen d'un peigne, le vent des collines les ayant, comme d'ordinaire, mis en pagaille.

Devrait-il demander à Sharp de les lui couper ? Il fit glisser sa main sur le côté de son visage, sentant cette peau accidentée devenue familière, comme si des cordes à nœuds en boursouflaient la surface. Ses cheveux l'aidaient à cacher les pires ravages du feu, en particulier à la limite de leur implantation, mais comme ils ne pouvaient dissimuler le tout, ce n'était qu'un piètre cache-misère.

Le bruit de la porte de sa chambre qu'on ouvrait le tira brutalement de ses ruminations.

— Je suis désolé, milord, dit Sharp. Je pensais qu'à cette heure…

— Non, non, ne vous excusez pas. Je suis en retard, mais je vais descendre tout de suite, allez-y.

Sharp avait pour habitude de nettoyer la chambre et de raviver le feu quand il descendait pour dîner.

La porte de la salle à manger était entrouverte et la table dressée pour un seul couvert. Nathaniel fit demi-tour et se rendit à la cuisine. Il y trouva Mrs Sharp en train de verser à la louche de la soupe dans une grosse soupière, tandis que Ned et Alice étaient attablés l'un à côté de l'autre, attendant le souper qu'ils prendraient, dès que Sharp aurait fini son travail à l'étage.

— Je vous ai entendu descendre, milord. Votre dîner est prêt. Je…

— Pourquoi n'avez-vous mis qu'un seul couvert, Mrs Sharp ?

— Je ne pensais pas que vous voudriez dîner avec elle, milord, répondit-elle en fronçant les sourcils.

Nathaniel ravala une réplique sèche. C'était lui le fautif en l'occurrence, il n'avait pas précisé où Miss Bertram dînerait.

— Une gouvernante ne s'attend pas à dîner à la cuisine, dit-il. Et ce serait trop de travail de la faire dîner à l'étage, dans sa chambre. Mrs Sharp, ayez donc la bonté de dresser la table de la salle à manger en conséquence.

— Mais… milord…

— Maintenant, je vous prie.

Le toussotement délicat d'une gorge qu'on éclaircissait, derrière lui, le fit se retourner. Miss Bertram se tenait dans l'embrasure de la porte, ses deux mains jointes devant elle, se tordant les doigts. Elle s'était changée et portait une robe grise vieux jeu, le léger rougissement de ses joues étant la seule touche de couleur visible sur sa personne.

— L'endroit où je mange m'est égal, milord, déclara-t-elle.

— Mais cela ne l'est pas pour moi, répond t-il, soucieux d'éviter un débat sur le sujet. Vous dînerez avec moi à la salle à manger. Préparez un autre couvert, Mrs Sharp.

Il fit signe à Miss Bertram de le précéder pour sortir de la cuisine.

Une fois dans la pièce, il lui avança une chaise. Il avait choisi de la placer à sa gauche. Ensuite, il s'assit à sa place habituelle, en bout de table.

Le silence s'installa.

Mrs Sharp entra, disposa l'assiette et les couverts en face de Miss Bertram et s'en retourna, le dos raide.

— Clara est allée se coucher sans problème, dit Grace.

Nathaniel émit un grognement vague et décourageant.

— Je pensais que vous aimeriez le savoir, ajouta-t-elle cependant.

Mrs Sharp revint chargée d'un plateau avec les plats à servir, ce qui lui épargna de répondre. Elle plaça le premier au centre de la table.

— Voici le ragoût de chevreuil, milord. Et voilà les pommes de terre, ainsi que des parts de la tourte d'hier, réchauffées.

— Merci, dit Miss Bertram en adressant un sourire à Mrs Sharp. Cela semble délicieusement bon.

— Je vous remercie, répondit Mrs Sharp du bout des lèvres, tout en jetant un regard inquiet à Nathaniel.

Son mari et elle étaient à son service depuis longtemps, bien avant l'incendie. Et ils s'étaient occupés de lui quand sa souffrance morale avait excédé la douleur de ses blessures physiques. Ils étaient restés loyaux envers lui, étaient venus s'enterrer à Shiverstone sans se plaindre. Ils s'étaient fait beaucoup de souci quant à ses choix de vie.

— Oui, c'est vrai, déclara-t-il, abondant dans le sens de Grace. Merci, Mrs Sharp.

Son remerciement ne se limitait pas à la seule nourriture. Il comprenait sa préoccupation, et la raison pour laquelle elle n'avait pas mis de couvert pour Miss Bertram. Elle avait peur pour lui.

Merci de veiller sur moi, songea-t-il.

Elle le gratifia d'un sourire fugace avant de s'en aller chercher le reste du repas.

Il pivota alors vers Miss Bertram, qui le considérait avec un air quelque peu interrogatif. Il réprima l'instinct qui le poussait à détourner le visage. Il ne pouvait guère la blâmer pour sa curiosité, et il savait qu'il lui faudrait surmonter ce besoin impérieux de dérober à la vue ses cicatrices, comme il l'avait fait avec ses autres domestiques. Elles étaient impossibles à dissimuler, Grace les verrait assez souvent, et il fallait mettre à son crédit que ses réactions avaient été jusqu'ici encourageantes. Plus tôt elle accepterait son apparence, plus tôt il pourrait lui aussi l'oublier, et sa maladresse s'atténuerait. Il lui prit son assiette afin de lui servir du ragoût.

Pendant qu'ils mangeaient, il l'observa subrepticement. Pourquoi une si jeune et si belle femme avait-elle choisi de faire un long voyage vers le nord pour briguer un poste dans un endroit désolé comme Shiverstone ? Elle paraissait plutôt sociable. Un choix bien incongru, donc… Mais il ne doutait pas qu'elle s'occuperait bien de Clara. Quelle que soit la raison de sa venue, il devait la considérer comme une bénédiction pour sa nièce. Il était certain qu'Hannah et David auraient donné leur approbation.

L'évocation de sa sœur et de son beau-frère provoqua en lui l'habituelle bouffée d'angoisse, suivie aussitôt d'une autre pensée. Miss Bertram n'avait manifesté aucune curiosité quant aux circonstances qui avaient rendu Clara orpheline. Pas plus qu'elle ne s'était enquise de ses parents. N'aurait-il pas été naturel de se demander comment ils étaient morts ?

Puis sa conscience l'aiguillonna. Il avait tout fait pour la décourager d'engager la conversation avec lui, car il estimait que, si elle échouait à s'acclimater à Shiverstone, elle n'aurait qu'à repartir, tout simplement. Mais alors, que ferait-il pour Clara ? De plus, quelle que soit la façon dont il avait choisi de vivre ces neuf dernières années, il n'en restait pas moins un gentleman. Et un tel silence prolongé à table contrevenait à tous ses principes d'éducation.

— Qu'est-ce qui vous a fait choisir de venir à Shiverstone ? s'enquit-il.

Elle émit un léger soupir de surprise. C'était sa faute, il l'avait déconcertée avec cette question abrupte, alors qu'elle mangeait.

— N'y avait-il pas de postes à proximité, dans la région où vous avez été élevée ? Le Wiltshire, si je ne m'abuse ?

Elle s'éclaircit la gorge, puis but une petite gorgée de vin.

— Mon oncle m'a encouragée à chercher un poste hors de notre région, commença-t-elle.

Puis elle eut un sourire désabusé en direction de son assiette, évitant tout contact visuel avec lui.

— Il voulait s'épargner la gêne de me voir au service d'une de ses connaissances, poursuivit-elle d'une voix qui se teinta de dégoût. J'ai été la dernière de mon groupe d'amies à quitter l'école, une fois notre formation achevée. Et quand je suis revenue chez lui, à l'évidence je n'étais plus la bienvenue. Mon père m'ayant légué un peu d'argent, je pus louer une chambre dans une pension de Cheltenham… Et… Et j'ai entendu parler de ce poste. J'ai pensé qu'il serait intéressant de découvrir le nord du pays.

— Nul doute que nous sommes loin de Salisbury et de Cheltenham, commenta Nathaniel. Et cela correspond-il à ce à quoi vous vous attendiez ?

— Je… Je… Non, pour être honnête. C'est plus en pleine campagne que je ne l'imaginais. D'un autre côté, c'est très… impressionnant aussi.

— Pensez-vous que vous allez vous y plaire, à la longue ?

— Oh oui ! répondit-elle avec une véhémence qui le surprit. J'en suis certaine.

Nathaniel mâcha une autre bouchée de venaison. Fuyait-elle

quelque chose ? Ce qui expliquerait qu'elle fût contente de s'enterrer dans les parages. Il n'avait pas encore écrit la lettre qu'il comptait adresser à Mme Dubois. Il sonderait la directrice, en formulant ses questions avec tact.

— Si je puis me permettre de vous demander cela, reprit-elle en hésitant, la tête penchée et toute son attention demeurant fixée sur son assiette, loin de moi l'intention de raviver des souvenirs pénibles, mais j'aimerais en savoir un peu plus sur les parents de Clara. Ainsi, je pourrais lui parler d'eux.

On dirait presque qu'elle a deviné mes suspicions.

— Les souvenirs ne sont pas tous pénibles, répondit-il en fermant les yeux, autorisant ses pensées à se replonger dans le passé. Hannah était d'un an ma cadette, et nous avons grandi en étant très proches. Il y a un portrait d'elle dans le petit salon, peint par mon beau-frère, David. Il suffira d'ôter la housse poussiéreuse qui le recouvre pour le contempler.

Il s'était raconté qu'il couvrait ce tableau pour protéger Clara, mais il savait au plus profond de lui que c'était parce qu'il ne pouvait supporter de voir cette image si ressemblante d'Hannah, alors qu'elle n'était plus. Aussi l'avait-il enlevé du grand salon de réception et relégué dans une pièce plus discrète.

Loin des yeux, loin du cœur. Seulement, cela ne fonctionnait pas.

— David était un artiste subtil qui a surtout peint des paysages. Mais il avait fait ce portrait de ma sœur, qu'ils m'avaient tous deux présenté lors de leur dernière visite ici, en juin.

Il reprit une gorgée de vin pour pouvoir refouler la peine qui montait en lui.

Se concentrer sur les jours heureux, s'exhorta-t-il.

— Hannah aimait chanter et jouer du pianoforte.

— C'était une femme charmante, me semble-t-il, dit Grace. Espérons que Clara puisse conserver des souvenirs d'elle, ainsi que de son père.

— C'est aussi ce que j'espère. Elle avait un caractère raffiné et optimiste, même quand elle a dû affronter le drame de sa vie.

— Le drame de sa vie ?

La question laissa place au silence. Nathaniel en avait dit plus qu'il n'en avait l'intention. Ils avaient fini de manger à présent, et Miss Bertram était penchée en avant, le regard fixe et intense.

— Elle ne pouvait pas avoir d'enfant, dit-il enfin. Clara était sa fille adoptive.

De nouveau le silence régna. Miss Bertram serra les lèvres et baissa les paupières. Ses cils projetèrent une ombre dentelée sur ses joues, tandis qu'elle tripotait le couteau et la fourchette qu'elle avait placés avec soin sur son assiette. Ses mains étaient petites et délicates, avec des doigts fins et des ongles d'un ovale parfait.

Elle s'éclaircit la gorge.

— J'ignorais cela.

— Pour Hannah et David, Clara était leur fille. Ils l'aimaient à la folie. Elle a été si heureuse ! Tellement désirée et aimée !

Grace leva la tête. Ses grands yeux vert doré chatoyèrent en reflétant la lumière des chandelles.

— Elle le redeviendra. Je vous le promets, dit-elle.

Chapitre 6

La sincérité de Grace allégea le cœur de Nathaniel. Il y avait désormais quelqu'un qui l'aiderait. La responsabilité — il ne disait jamais « le fardeau » — d'élever Clara et de la rendre heureuse ne reposerait plus sur ses seules épaules. Pour la première fois, il prit conscience des inquiétudes profondes qui l'avaient hanté depuis qu'il avait lu la lettre de sa mère. Et il put envisager les mois et les années à venir avec le sentiment de maîtriser les événements.

— Merci, dit-il.

Elle écarquilla les yeux avant de demander :

— Pourquoi me remerciez-vous, milord ?

Il vit qu'elle cherchait à croiser son regard. Il répondit avec son cœur.

— Je vous suis reconnaissant d'être prête à vivre ici, loin de chez vous, afin de m'aider à élever Clara. Je prie pour que vous restiez très longtemps. Je souhaite que, de toute sa vie, ma nièce n'ait plus à souffrir d'abandon.

Elle le dévisagea sans mot dire, puis baissa le regard sur son assiette. Il dut faire un effort pour discerner les mots qu'elle prononça ensuite.

— Je n'abandonnerai jamais une…

Sa bouche se ferma subitement. Qu'était-elle sur le point de dire ? Elle inspira profondément, leva les yeux et sourit, ce qui chassa de l'esprit de Nathaniel les conjectures qu'il allait formuler. Une fois encore, la splendeur de ce sourire le frappa avec la force d'un coup de poing dans le ventre. Depuis combien de temps une femme ne lui avait-elle pas souri sincèrement et non en se forçant, les yeux pleins de dégoût ?

Pour la deuxième fois ce soir, il refréna sa réaction viscérale. Miss Bertram était son employée. En tant que gentleman, il lui incombait de la protéger, et non de la convoiter. Il imagina sa réaction à toute tentative d'approche de sa part, et l'évocation de la répulsion qu'il lui inspirerait alors eut sur son désir un effet pareil à l'irruption d'une tempête dans un beau jour d'été. Le frisson glacial qui en résulta se propagea sur sa peau et au plus profond de lui.

La porte s'ouvrit soudain, et Sharp entra d'un pas nonchalant, apportant des effluves de brasserie. Nathaniel lui passait cette faiblesse. Au moins n'en abusait-il pas pendant la journée, et il méritait bien quelque compensation pour avoir déménagé à Shiverstone, laissant derrière lui ses amis et ses tavernes favorites de Harrogate. Bien qu'habituellement loquace le soir, il débarrassa les plats en silence. Peu après qu'il eut quitté la pièce, Mrs Sharp vint apporter de la tarte chaude — aux pommes, à en juger par l'odeur — et une jatte de crème.

À la faveur de cette diversion, Nathaniel examina plus avant la nouvelle recrue de son foyer. Elle était d'une délicatesse et d'une beauté raffinées, avec de fines pommettes, une peau claire et soyeuse, une blonde chevelure : il n'était pas étonnant qu'il ait été momentanément attiré par elle. L'habitude aidant, il cesserait de remarquer ses attraits, et elle se ferait de même à ses cicatrices. Finalement, Clara serait aimée et heureuse.

— Je suis fort aise de vous l'entendre dire, reprit-il enfin.

Ce qui eut pour effet de déclencher un preste regard oblique de Mrs Sharp, dont le long nez parut pris d'un tic et l'expression sembla dire : « Mais de quoi parlez-vous donc ? »

Miss Bertram la regarda. Son intendante pinça les lèvres et les fixa d'un air inquiet.

— Mrs Sharp, dit-elle, son amusement affleurant dans sa voix, le ragoût était délicieux, et la tarte a une odeur des plus alléchantes. Je vois qu'il va me falloir brider mon appétit, si je veux que la maison puisse encore me contenir.

— Hum… Je suis sûre que personne, ici, n'a cure de votre poids, mademoiselle.

Le regard de Grace vacilla, croisa celui de Nathaniel et, cette fois, il eut la certitude qu'elle se retenait de sourire. D'un sourire complice. Il lui avait trop parlé, et lui avait donné l'impression qu'ils étaient alliés. Voire qu'ils pourraient devenir des amis. Son instinct lui enjoignit aussitôt de faire attention.

— Quand vous aurez fini votre dessert, vous pourrez utiliser la bibliothèque pour écrire les lettres dont nous avons parlé.

Il se cuirassa contre la déception qu'il vit passer sur son visage. Il valait mieux qu'elle ne se fasse pas de fausses idées. Il n'était pas ici pour être son ami.

— Mrs Sharp, ayez la bonté de servir du thé à Miss Bertram dans la bibliothèque. Disons, dans un quart d'heure ? Et dites à Sharp de m'apporter mon brandy ici.

— Oui, milord.

Deux petits mots pour exprimer une grande satisfaction.

Ils finirent leur repas en silence.

Qu'écrire ?

Grace frottait contre sa joue l'extrémité non taillée de la plume d'oie, tandis qu'elle soupesait ce qu'elle pouvait ou non révéler à Miss Fanworth.

La lettre destinée à son oncle avait été plus facile à rédiger. Elle s'était enquise de sa santé et de celle du reste de sa famille. Puis elle l'avait informé de sa situation de gouvernante de la nièce du marquis de Ravenwell, ainsi que de son adresse, au cas où sa tante et lui souhaiteraient la contacter. Tout en sachant — soupirant d'indignation en son for intérieur — qu'il serait bien déraisonnable de sa part d'attendre que cela se produise.

Mais, concernant Miss Fanworth… Elle inclina la tête et commença à écrire.

Ma chère Miss Fanworth,

J'espère que vous serez heureuse d'apprendre que j'ai retrouvé mon enfant. Elle est heureuse et aimée, aussi suis-je rassurée, et contente de voir que l'on s'occupe bien d'elle. Un grand merci encore pour m'avoir fait confiance et communiqué les noms de ses nouveaux parents. Je vous en serai redevable ma vie durant.

Je dois également vous faire part de la chance que j'ai eue d'obtenir un poste de gouvernante auprès du marquis de Ravenwell. Il a l'intention d'écrire à Madame pour lui demander des références, en dépit de votre propre lettre de recommandation. J'ose espérer que son cœur la conduira à mettre l'accent sur mes dernières années à l'école plutôt que sur les escapades de mes débuts, quand elle rédigera sa missive !

Ma nouvelle adresse se trouve en haut de la présente lettre et je m'estimerais chanceuse si vous pouviez m'écrire une fois de temps à autre pour me faire savoir comment chacune s'en sort à l'école. S'il vous plaît, pourriez-vous également communiquer mon adresse à mes chères amies Rachel, Joanna et Isabel ? Pourrais-je enfin vous demander de m'envoyer les lettres qui auraient pu m'être adressées à l'école ?

Exprimez, s'il vous plaît, mes plus sincères respects à Madame, ainsi qu'aux autres professeurs et personnels de l'école.

Votre très reconnaissante ancienne élève.

Grace Bertram.

Grace lut et relut avec anxiété le fruit de ses efforts. Elle n'avait pas menti, mais elle avait réussi à masquer la vérité. Si Madame était amenée à découvrir ses liens avec Clara, nul doute qu'elle en informerait dûment Sa Seigneurie, qui la renverrait sur-le-champ.

Elle ne parvenait pas à comprendre cet homme. Sa réticence initiale à engager la conversation à table l'avait déçue mais pas surprise : qui choisirait une telle vie recluse, s'il souhaitait de la compagnie ? Mais il n'était pas timide et, selon elle, c'était montrer de fort mauvaises manières que de ne pas faire le moindre effort pour engager une conversation de pure courtoisie. Cependant, s'était-elle dit alors qu'elle demeurait les yeux rivés sur son assiette, elle devait garder à l'esprit qu'elle n'était que la gouvernante et non une invitée qu'il serait tenu de traiter avec déférence.

Mais ensuite, il avait commencé à parler et elle s'était détendue, pensant qu'il n'était tout simplement pas habitué à avoir de la compagnie. C'est ainsi que ses pensées s'étaient mises à vagabonder, et qu'elle s'était imaginé l'aidant à surmonter sa gêne et l'amenant ainsi à prendre plaisir à la société, pour le bien de Clara, dans une maison pleine de lumière et de rires. Puis Mrs Sharp, cette vieille corneille malfaisante, était arrivée et l'avait vite fait redescendre sur terre. Lord Ravenwell était ensuite resté de marbre jusqu'à la fin du dîner.

La perspective des soirées à venir l'inquiétait, mais au moins ne manquerait-elle pas totalement de compagnie à Shiverstone Hall. Sharp était aussi affable que sa femme était revêche. Alice, la bonne de quatorze ans nouvellement arrivée, était une pipelette bien en chair. Ned, quoique taiseux, ne semblait pas inamical.

Et surtout, il y avait Clara ! Grace fut aussitôt réchauffée d'un rayonnement réconfortant. Sa fille. Les jours à venir seraient bien remplis avec elle, et le marquis morose tout comme l'intendante mesquine pourraient aller au… Elle refoula cette pensée. Elle était une mère, à présent, avec des responsabilités, et non plus la fille rebelle d'antan, encline à s'attirer des ennuis.

La lettre suffirait, décida-t-elle. Elle déposerait son courrier, ainsi que celui de Sa Seigneurie, sur la console du hall, pour que Ned les achemine au village de Shivercombe le lendemain matin.

Elle se cala en arrière sur la chaise de bureau, les paupières lourdes. La journée avait été épuisante, tant physiquement qu'émotionnellement. La nostalgie de ses journées d'école et de la compagnie, des rires et de l'amour de ses amies monta en elle. De chaudes larmes lui piquèrent les yeux, et elle battit des paupières avec fureur pour les chasser. La vie lui avait appris qu'il était vain de s'apitoyer sur son sort. Cela ne résolvait rien, ne menait nulle part.

Ses amies et elle étaient des adultes maintenant. Et il était à parier qu'elles ne se complaisaient pas dans la nostalgie, mais embrassaient leurs vies avec espoir et confiance. Enfin, elle était certaine que c'était le cas pour Isabel et Rachel. Mais qu'en était-il de Joanna, si douce et réservée, qu'on avait abandonnée à la porte de l'école de Madame, alors qu'elle était bébé ? Elle avait été recueillie par l'institution, élevée par Madame et les autres professeurs, et avait mené une existence solitaire jusqu'à ses neuf ans, l'âge d'admission des pensionnaires, où d'autres filles l'avaient rejointe. Ses liens avec elles trois étaient ce qui s'apparentait le plus, pour elle, à des liens familiaux, et Grace priait pour que la famille qui l'employait fût gentille avec elle.

Concernant Rachel, elle ne doutait pas que cette jeune femme indépendante ne soit désormais dans son élément, avec l'opportunité de voyager en des lieux exotiques, depuis qu'elle avait été embauchée par un cheikh, dans le royaume de Huria. Elles avaient trouvé sur la carte cette région située au-delà des confins les plus éloignés de la mer Méditerranée. Et Grace s'était émerveillée à l'idée de la distance que Rachel devrait parcourir pour rejoindre son poste. Dire que voyager jusqu'à Shiverstone lui avait déjà semblé bien assez loin !

Quant à Isabel… Grace fut traversée par une brève inquiétude, songeant à l'insouciance de celle-ci quand elle avait quitté l'école. Son acceptation docile d'un avenir de gouvernante était aux antipodes de son personnage, car sa grande ambition était de devenir une chanteuse célèbre. Pourrait-elle se faire à sa nouvelle vie ? Ou risquerait-elle de tout perdre, en quête de choses plus excitantes ?

Elle avait hâte de connaître les dernières nouvelles les concernant. Et elle espérait que, comme promis, elles lui avaient écrit à l'école, ne sachant où elle serait employée. Egoïstement, elle était soulagée d'avoir égaré leurs adresses. Si elle avait pu leur écrire aujourd'hui, quelle part de la vérité aurait-elle osé leur révéler ? Pouvait-elle avouer la réalité de sa nouvelle situation ? Elle ne leur avait jamais rien caché, pas même les plus grands secrets de sa vie, quand elle avait découvert qu'elle attendait un enfant. Mais comprendraient-elles ce qu'elle avait fait, ou bien le réprouveraient-elles ? La seule chose dont elle fût certaine, c'était qu'elles se feraient du souci pour elle.

Le bref épisode au cours duquel Lord Ravenwell avait évoqué de façon si émouvante le souvenir de sa sœur aurait aussi bien pu ne s'être jamais produit. Durant ses premiers jours à Shiverstone, Grace ne l'avait guère vu. Il n'apparaissait que pour le dîner, vêtu de sa queue-de-pie noire et de sa cravate méticuleusement nouée, ornée d'une épingle à rubis. Il restait distant. Aussi, après quelques tentatives de conversation avortées, avait-elle renoncé. Ses journées étaient longues, bien remplies et, le soir, elle était épuisée : elle suivit donc son exemple et mangea en silence.

La quiétude de leurs repas lui laissait le temps de réfléchir. Pourquoi son employeur vivait-il en reclus ? D'où tenait-il ses cicatrices ? Pourquoi s'était-il livré à elle le premier soir, pour se refermer ensuite telle une huître ? Quel personnage déroutant !

Le silence lui donnait aussi le temps de l'observer. Il avait été bel homme. Et l'était encore, si l'on faisait abstraction de ses cicatrices. Le long de sa joue, sa peau irrégulière et pâle contrastait avec le reste de son visage légèrement hâlé, sans doute après une exposition au soleil et au vent de la lande.

Un soir qu'il avait trop bu et que sa femme ne pouvait l'entendre, Sharp lui avait raconté comment Sa Seigneurie avait été brûlée neuf ans plus tôt, lors de l'incendie du manoir de Ravenwell, qui avait causé la mort de son père. Avant cela, Lord Ravenwell était l'un des meilleurs partis de la société locale, et menait une vie insouciante de distractions et de plaisirs. Le feu avait endommagé bien plus que sa peau, avait précisé Sharp. C'était l'essence même de l'homme qui avait été blessée.

Ces propos avaient éveillé la sympathie naturelle de Grace mais, devinant que le marquis n'aurait pas souhaité qu'elle le prenne en pitié, elle s'était abstenue de tout commentaire. Pourtant elle ne laissait pas de s'étonner de la vie recluse qu'il menait. La solitude devait lui être nécessaire.

Sa taille ne l'intimidait plus, contrairement à son silence et ses chiens, hormis Brack auquel elle s'était habituée à la longue. Lord Ravenwell passait la plupart de son temps dehors. Clara et elle s'aventuraient presque chaque jour à l'extérieur pour prendre l'air, mais comme elles restaient à proximité de la maison, elles ne le voyaient jamais. Grace en était désolée pour sa fille. Après ses beaux discours sur le fait qu'il ne voulait pas que la vie de sa nièce fût perturbée, le marquis se rendait-il compte de ce qu'il faisait en évitant tout contact avec Clara ? Il aurait tout aussi bien pu vivre ailleurs, cela n'aurait guère fait de différence.

Grace s'abstint cependant de lui conseiller quoi que ce soit. Pour le moment, du moins. Elle était heureuse d'employer son énergie à rendre plus accueillantes leurs chambres à l'étage, et à obtenir toujours plus de sourires et de paroles de sa fille.

Chapitre 7

— Bonjour !

En ce quatrième jour de leur nouvelle vie à Shiverstone Hall, Grace et Clara avaient joué ensemble sur la pelouse en face de la maison, et la petite gazouillait à présent de son côté, collectant dans l'allée des voitures de jolies pierres qu'elle empilait ensuite en petits tas.

Grace détacha d'elle son attention et, les mains en visière pour se protéger du soleil rasant du soir, considéra le jeune homme souriant, vêtu d'un manteau noir et d'un chapeau tout aussi noir, qui se tenait à quelques mètres d'elles.

— Bonjour, monsieur… ?

— Rendell, Ralph Rendell, répondit-il en soulevant son chapeau, révélant une tignasse de cheveux châtains légèrement frisés. Je suis le vicaire de St Mary.

Son expression dut trahir qu'elle ignorait l'existence de St Mary, car il se mit à rire.

— C'est l'église du village de Shivercombe.

— Enchantée de vous rencontrer, Mr Rendell. Venez-vous souvent en visite au manoir ?

Le sourire du vicaire s'élargit.

— Je suppose que c'est là une façon délicate de vous enquérir de l'objet de ma visite.

Grace dut se mordre les lèvres pour ne pas lui répondre d'un sourire.

— Ma visite, poursuivit-il, a déjà atteint son objectif.

— À savoir ?

— Me convaincre que vous êtes en sécurité, Miss… ?

— Oh ! pardonnez-moi ! Je suis Miss Bertram, Miss Grace Bertram.

Mr Rendell lui fit une révérence.

— Ravi de faire votre connaissance, Miss Bertram. Ai-je raison de supposer que vous êtes la jeune femme qui s'est enquise du chemin pour se rendre au domaine mardi dernier à Shivercombe, et que personne n'a revue depuis ?

— Oui, en effet, répondit Grace. Je suis venue ici en réponse à une annonce pour un poste de gouvernante.

Elle se sentit rougir. Comment croiser les yeux de ce serviteur de Dieu à qui elle venait de mentir de si flagrante manière ? Elle baissa donc la tête vers Clara, qui observait leur conversation, en suçant son pouce. Elle se pencha pour lui retirer doucement la main de la bouche.

— Non, ma puce. Tu as les mains sales.

— C'est donc pour cette petite ? Les rumeurs étaient vraies ? Je ne savais pas que le marquis avait un enfant.

— Clara est la nièce de Sa seigneurie. Elle est orpheline.

Si ce n'est qu'elle m'a, désormais, *même si elle ne le saura jamais. Pauvre Clara : ses parents adoptifs sont morts, son père est tombé à la bataille de Buçaco et moi, sa véritable mère, je ne pourrai jamais lui dire la vérité !*

Elle enterra bien vite ses regrets, alors que Clara s'accroupissait pour se remettre à empiler des pierres. Elle était ici maintenant. C'était tout ce qui importait.

— Pourquoi devriez-vous vous faire du souci pour ma sécurité, monsieur ? demanda-t-elle.

— Certains se sont inquiétés, ne vous voyant pas revenir. Lord Ravenwell est en quelque sorte une énigme pour le bon peuple de Shivercombe. De plus, ses domestiques, se refusant à jaser à son sujet, ne comblent pas ce manque d'informations. Ce qui laisse les villageois sur leur faim. Ils ont donc développé leurs théories et fables à propos de ce lieu et de son maître.

— Oui, je me rappelle ! s'exclama Grace en riant. Quand j'ai demandé mon chemin, on m'a conseillé avec le plus grand sérieux de ne pas me risquer jusqu'ici. Mais je me réjouis de l'avoir fait.

Ces histoires avaient en fait renforcé sa résolution de retrouver sa fille.

— Eh bien, je suis ravi de vous voir en sécurité, et aller pour le mieux, Miss Bertram, reprit Mr Rendell avec un sourire qui plissa les coins extérieurs de ses yeux noisette.

Il s'accroupit à côté de Clara et lui tendit une pierre joliment veinée pour l'ajouter à sa pile.

— Ravi également que vous ayez pu faire la connaissance de ce petit trésor, ajouta-t-il.

— Merci, lui dit Clara en lui souriant.

— Elle a de beaux yeux. D'une couleur vraiment peu commune !

Grace s'efforça de prendre un ton désinvolte.

— Ils sont adorables, en effet.

Elle se pencha pour attraper la main de Clara.

— Viens, ma puce. Il est temps de rentrer.

Mr Rendell se releva et épousseta le bas de son manteau, avant d'adresser un sourire à Grace.

— Et il est temps aussi que je prenne congé de vous. J'ai mené à bonne fin ce que je voulais accomplir.

La culpabilité d'avoir été abrupte incita Grace à ne pas en rester là.

— Une tasse de thé vous agréerait-elle, Mr Rendell ? Avez-vous fait tout le chemin à pied jusqu'ici ?

— Non, je suis venu en voiture. J'ai laissé mon cabriolet dans la cour de l'écurie, aux bons soins de Tam.

Son regard balaya la façade de la demeure, puis retourna à Grace.

— Je ferais volontiers bon accueil à une tasse de thé, merci Miss Bertram, répondit-il avec une politesse teintée de détermination.

Tandis qu'elle le guidait jusqu'à l'entrée de la maison, Grace s'interrogea sur le ton singulier qu'il avait utilisé. Il lui avait donné l'impression d'être en proie à un conflit intérieur. Nul doute qu'il savait que son énigmatique employeur décourageait les visiteurs. Mais les bonnes manières dictaient à Grace d'offrir l'hospitalité à son visiteur. Après tout, il n'avait fait tout ce chemin qu'à seule fin de s'assurer de sa sécurité.

Consciente qu'elle était peut-être en train de transgresser une règle non écrite proscrivant d'inviter les étrangers à entrer dans la maison, elle leva le loquet et, raidissant le dos, s'engagea dans le hall d'entrée. Mrs Sharp était en train de descendre l'escalier, et le courage de Grace fut près de l'abandonner à sa vue. Mais pas tout à fait, car il fallait que Clara rencontre d'autres personnes et se lie avec elles, si l'on ne voulait pas qu'elle devienne plus tard timide et mal à l'aise en société. Elle-même, ne méritait-elle pas d'avoir des amis à l'extérieur du domaine ?

— Mrs Sharp, dit-elle, je vous présente…

Les mots qu'elle allait prononcer s'évanouirent quand elle vit l'intendante se lisser prestement les cheveux, puis dévaler le reste des marches, un sourire accueillant sur le visage.

— Mr Rendell, quelle gentillesse de votre part de nous rendre visite ! Miss Bertram, s'il vous plaît, veuillez faire entrer notre visiteur dans le grand salon. Je vous apporterai le thé.

— Êtes-vous déjà venu ici ? demanda Grace au vicaire, comme elle s'asseyait.

— Non, jamais. Mais Mrs Sharp vient régulièrement à l'église. Donc nous nous connaissons, bien que la dernière fois qu'elle ait assisté à l'office remonte à un mois environ. J'avoue que son accueil me déconcerte un peu, car de telles visites ont été vivement découragées par le passé.

— Lord Ravenwell se rend-il également à l'église ?

— Non. Nous ne l'avons jamais vu au village. Tous ses domestiques viennent à l'église, quand le temps le permet, car le chemin peut devenir traître par mauvais temps. Toutefois, ils ne se mêlent pas aux villageois. Ce fait, en lui-même, engendre un surcroît de spéculations au sujet de Sa Seigneurie.

Il se pencha en avant, et devint soudain plus grave.

— Êtes-vous heureuse ici, Miss Bertram ? Sachez que vous pouvez compter sur mon aide, au cas où vous en auriez besoin.

— Je suis… suffisamment contente, monsieur.

Était-elle heureuse ? En fait, elle était aux anges d'être près de Clara, et rien ne pourrait l'arracher à cela ! Mais heureuse pour le reste ? Avec un employeur brusque et une intendante taciturne, quoique Mrs Sharp l'ait agréablement surprise, en l'assistant dans ses efforts pour rénover l'aile de la nurserie, une fois admis que cela n'était en rien une critique de ses talents. Et avec Sharp, régulièrement éméché ? Ainsi que la sympathique mais rustique Alice ? Il était trop tôt pour le dire. Mais quel choix avait-elle ? Elle n'avait nul autre endroit où aller. Et Clara avait besoin d'elle.

— Et je vous remercie de votre préoccupation à mon égard, poursuivit-elle. Soyez assuré que vous seriez la première personne vers qui je me tournerais, s'il m'arrivait d'avoir besoin d'aide.

— Alors je suis satisfait. Et j'espère avoir l'occasion de vous voir demain à l'église, ainsi que cette petite personne, dit-il en tendant la main pour ébouriffer gentiment les boucles de Clara, qui inclina la tête pour le regarder de ses yeux, depuis le tapis où elle était assise. Il n'est jamais trop tôt pour éduquer un enfant aux voies du Seigneur, ajouta-t-il.

— Je viendrai, lui promit Grace.

Son cœur se gonfla à cette idée. Même si ce n'était qu'une messe, cela briserait la monotonie de la vie au domaine. Jusqu'à présent, elle ne s'était pas aventurée au-delà du jardin potager, pour regarder Sharp bêcher le sol en vue des plantations de printemps.

— Si ce n'est pas cette semaine, ce sera celle d'après, continua-t-elle. Car je n'ai pas la moindre idée de la façon dont je pourrai me rendre au village. Clara ne peut marcher aussi longtemps.

— Vous pourrez venir dans la calèche avec Annie et moi, proposa Mrs Sharp, revenue servir le thé.

Elle offrit une tasse à Mr Rendell, puis une à Grace.

— C'est habituellement Ned qui nous conduit. Sharp s'assied à côté de lui sur le siège de cocher, tandis que Tam va à cheval.

Grace observait avec incrédulité combien Mrs Sharp avait changé d'attitude. Était-ce pour impressionner le vicaire, en faisant montre de ses bonnes valeurs chrétiennes ? Avant qu'elle ne pût trouver une réponse, un bruit de bottes retentit sur le sol dallé du hall.

Clara se releva vivement.

— Onc' Nanniel ! s'écria-t-elle.

Nathaniel traversa le hall à grandes enjambées, Brack sur ses talons. Sa matinée sur la lande, consacrée à faire voler Amber, lui avait donné une faim de loup. Il était ravi des progrès de l'aigle royal. Ses ailes se renforçaient et il se réhabituait à chasser, préparant ainsi son retour à la vie sauvage.

Un bruit de petits pas précipités venant du salon détourna son attention. Il s'arrêta, et oublia totalement sa faim quand il vit surgir Clara, rayonnante, les bras levés.

— Onc' Nanniel !

— Clara !

Il se pencha pour la soulever dans ses bras, et la faire tournoyer en l'air, ce qui la fit glousser de plaisir. Il l'étreignit très fort et lui embrassa la joue. Comme elle lui avait manqué !

C'est ta faute, se reprocha-t-il silencieusement.

Il avait délibérément évité Miss Bertram, et par association Clara, depuis qu'elle était arrivée au manoir. Le premier soir, il s'était senti détendu et avait trop parlé. Il ne voulait pas avoir une amie. Le danger qu'il y aurait à devenir dépendant de la compagnie de cette jeune femme, comme de toute compagnie d'ailleurs, perturbait son sommeil. Qu'arriverait-il, si elle ne restait pas, en fin de compte ? Il ne pourrait supporter de la perdre après s'être habitué à elle, et devrait alors endurer de nouveau le calvaire de se réadapter à l'exil qu'il s'était imposé.

C'était déjà assez difficile de devoir dîner avec elle chaque soir. Le silence — là aussi, c'était son choix — lui accordait trop de temps pour penser et se souvenir. Miss Bertram avec son délicat parfum de muguet, son charme et sa féminité, était un constant rappel de ce qu'il avait abandonné, ainsi qu'un défi toujours plus grand pour ses instincts virils, contenus depuis trop longtemps. Non qu'il voulût risquer une quelconque ouverture envers elle. Une beauté telle que Miss Bertram serait dégoûtée à la seule idée d'une intimité avec un homme comme lui. En outre, la tenue morale qu'il attendait de lui ne lui permettait pas de tirer avantage d'une innocente femme qu'il employait.

Cependant… il était de plus en plus irrité par son propre comportement, qui avait tout de la lâcheté. Si Miss Bertram devait décider de partir, il aurait tout simplement à faire avec. Il avait eu à surmonter bien pire. Le visage d'Hannah flotta dans son esprit, et il en eut le cœur serré. Il voulait mettre sa prudence de côté et accepter la présence de Miss Bertram dans son foyer.

Il allongea le pas en direction du grand salon. Clara venait d'en sortir, Miss Bertram devait donc s'y trouver.

Il était temps pour lui de changer d'attitude.

Il franchit la porte et s'arrêta net en découvrant les trois visages qui se tournaient dans sa direction. Miss Sharp et Miss Bertram avaient la même expression consternée. Le troisième personnage, un jeune homme, se leva aussitôt pour lui tendre la main en souriant.

— Je vous prie de bien vouloir pardonner cette intrusion, milord. Ralph Rendell, vicaire de St Mary, à votre service.

Le vicaire ne se rapprocha pas de lui, mais demeura debout, la main tendue, et la mine confiante. Un beau visage à la peau parfaite.

Nathaniel posa Clara à terre et s'avança vers le jeune homme, luttant contre le besoin pressant de tourner le cou pour cacher ses cicatrices. Il accepta la poignée de main qu'on lui proposait, tout en s'armant de courage pour ne pas se dérober, alors que les doigts du visiteur se refermaient sur les cicatrices au dos de sa main, même si cela ne lui occasionnait aucune douleur physique.

Le vicaire ne manifesta pas l'ombre d'une réaction, et la tension de Nathaniel se dissipa quelque peu.

— Ravenwell, dit-il.

Il lui fit signe de s'asseoir, bien conscient qu'il n'y avait pour lui que deux attitudes possibles. Il pouvait quitter la pièce d'un air indigné. Comme il était notoire que les visiteurs n'étaient pas les bienvenus au manoir, cela ne surprendrait personne. Ou bien il pouvait se comporter en gentleman. Quelques instants plus tôt, il avait admis qu'il était temps pour lui de changer. Du coin de l'œil, il vit Miss Bertram se mordre la lèvre inférieure, le front plissé d'inquiétude, et cette gêne si évidente permit à Nathaniel de faire son choix.

— Mrs Sharp, ayez la bonté de m'apporter une tasse de thé, voulez-vous ? dit-il avant de s'asseoir.

Clara grimpa immédiatement sur ses genoux et se nicha au creux de son bras, avec un soupir de contentement.

— Clara est heureuse de vous voir, milord, dit Grace.

Nathaniel saisit la nuance de reproche.

— J'ai été fort occupé ces derniers jours, se défendit-il.

Ce qui était vrai. Habituer graduellement Amber à voler, ainsi qu'à sa nouvelle liberté, lui avait pris le plus clair de son temps.

Il pencha la tête pour frotter ses joues contre celles de Clara.

— Moi aussi, je suis très heureux de te voir, mon petit bout de chou, dit-il doucement.

Clara retira son pouce de sa bouche, avec un petit bruit sec.

— Onc' Nanniel, murmura-t-elle.

Nathaniel se tourna alors vers le vicaire.

— Il est rare que nous ayons des visiteurs au manoir, Mr Rendell.

— En effet, acquiesça ce dernier, en le regardant droit dans les yeux. Je suis venu m'assurer en personne du bien-être de Miss Bertram.

Nathaniel entendit le petit soupir étouffé de Grace, et fronça instantanément les sourcils.

— Son bien-être ? répéta-t-il.

— C'est bien cela, répondit Rendell sans se démonter. On savait qu'elle était partie pour Shiverstone mardi dernier. Je suis venu m'assurer qu'elle y était arrivée saine et sauve.

Voilà qui est dit avec tact.

Il ne pouvait qu'être impressionné par le courage de son interlocuteur, qui bravait sa réputation soigneusement entretenue pour veiller à la sécurité d'une étrangère.

— Voilà une démarche des plus louables, approuva-t-il.

Mrs Sharp, en effervescence, revint avec la tasse supplémentaire, ainsi qu'une assiette de cake aux fruits tranché. Cette vision fit gargouiller l'estomac de Nathaniel, sa fringale se vengeant en refaisant surface. Il en accepta une part et y mordit à belles dents, tandis que Mrs Sharp lui servait du thé.

— J'ai promis à Mr Rendell que Clara et moi assisterions à la messe demain, dit Miss Bertram. Bien sûr, s'il vous plaît de nous en donner la permission, milord…

La bouche pleine de gâteau, Nathaniel ne put répondre immédiatement.

— Je suis certain que Sa Seigneurie ne fera pas obstacle à votre édification morale, Miss Bertram, intervint Rendell. Et je serais très honoré de vous recevoir au presbytère, s'il vous restait du temps libre pour visiter le village. La fille du pasteur a le même âge que vous, et…

Il se pencha pour chatouiller le menton de Clara, qui s'en tortilla d'aise.

— … nous avons une portée de chatons qu'il plairait peut-être à cette jeune lady de rencontrer.

— Des chatons, Clara ! Comme c'est excitant ! s'exclama Miss Bertram, dont l'attention quitta Clara pour se reporter sur le vicaire. Je suis sûre qu'elle aimerait les voir ! Elle adore déjà les chiens de Sa Seigneurie. Mais ne serez-vous pas trop occupé vous-même, car demain, c'est dimanche ?

— Oh ! je ne pensais pas à demain. Vous trouverez sûrement une bonne occasion pour venir rendre visite à vos voisins. Après tout, tout le monde ne choisit pas de vivre reclus.

Nathaniel ravala une réplique acerbe. Comment Rendell pouvait-il oser le critiquer vertement dans sa propre maison, et le mettre ainsi au pied du mur ?

J'ai été déjoué par un fin tacticien… et par un homme de Dieu, qui plus est.

Son exaspération se calma, remplacée par une envie de rire. Que croyait-il ? Qu'il avait l'intention de retenir Grace prisonnière au domaine ? Il avait fait le choix de ne pas frayer avec ses voisins, mais rien ne justifiait qu'il l'obligeât à l'imiter. De plus, ce serait bon pour Clara.

— Vous avez raison, dit-il. Savez-vous conduire une voiture ? ajouta-t-il à l'intention de Miss Bertram.

— Non, répondit-elle avec regret. Mon oncle n'a pas jugé bon de me l'apprendre. Je vous remercie pour votre offre, Mr Rendell, mais je crains de ne pas être en mesure d'accepter votre invitation.

— Votre employé va au village à cheval ou en voiture presque tous les jours, n'est-ce pas, milord ? Miss Bertram et Clara pourraient sûrement venir avec lui ?

— En effet, répondit Nathaniel, mais d'ordinaire, il part de très bonne heure et s'en retourne sitôt sa tâche accomplie. Ce ne serait pas assez long pour une visite mondaine.

Le vicaire inclina le menton avec une obstination suggérant qu'il n'abandonnerait pas facilement la partie, ce qui incita Nathaniel à ajouter :

— Vous pourrez vous rendre au village en cabriolet, Miss Bertram. Notre vieux cheval, Bill, est tout à fait fiable.

Grace s'empourpra aussitôt, ses yeux verts étincelant d'excitation. Était-elle donc si enthousiaste à l'idée de s'en aller du domaine ? À peine cette question prit-elle forme dans son esprit que Nathaniel en réalisa l'absurdité. Bien sûr qu'elle était impatiente de rencontrer d'autres personnes ! Quel plaisir y avait-il à rester au manoir avec une petite de deux ans, un employeur qui lui parlait à peine, et une poignée de domestiques ?

— Ce serait..., bredouilla-t-elle. Mais non... Je ne sais pas si je pourrai. Je ne suis pas habituée aux chevaux

— C'est absurde ! Bill est très placide. Il pourrait aller les yeux fermés au village, et son allure ne dépasse jamais le trot lent. Je vous apprendrai à conduire l'attelage. Vous vous en sortirez admirablement. J'en suis certain.

Tandis qu'il parlait, elle souriait avec un plaisir si évident que son estomac se noua. Il observa la claire et belle expression du vicaire, et sentit avec un vif déchirement que plus jamais une femme ne le regarderait ainsi.

Aucune femme ou Miss Bertram particulièrement ?

Il se releva d'un coup et tendit Clara, qui somnolait, à Miss Bertram, aiguillonné par la voix insidieuse dans sa tête.

Je ne suis pas jaloux de Rendell. Simplement, je ne veux personne ici, dans ma maison.

Sa réputation avait tenu les visiteurs à distance depuis presque neuf ans. Et en moins d'une semaine, depuis l'arrivée de Miss Bertram, sa maison était envahie. C'était plus que ce qu'un homme devrait avoir à supporter.

Vois-tu l'effet que peut produire un joli minois sur un homme ? Tu fais bien de garder tes distances. Rendell serait-il venu, si la gouvernante avait été un laideron ?

Il balaya l'idée qu'il pût se montrer injuste envers cet homme. Il n'était pas d'humeur à être raisonnable — il ne voulait pas de gens chez lui. Il préférait la compagnie de ses bêtes et de ses oiseaux.

— Merci pour votre visite, dit-il en s'efforçant de prendre un ton agréable. Je m'excuse, mais des affaires urgentes requièrent mon attention.

Rendell se leva et Nathaniel lui donna une poignée de main.

— Je suis enchanté d'avoir enfin fait votre connaissance, milord. Oserais-je espérer vous voir à l'église un de ces dimanches ?

Nathaniel le dévisagea, puis tourna les talons et quitta la pièce avec raideur.

Quel diable d'impudent !

Chapitre 8

— Mrs Sharp ?

L'intendante, qui était en train de servir le repas du soir, s'interrompit.

— Lundi matin, j'aurai besoin que vous me réserviez une heure ou deux pour garder Clara.

— Oui, milord.

Nathaniel attendit qu'elle quitte la pièce pour annoncer à Grace :

— Lundi, je vous apprendrai à harnacher et à conduire Bill, Miss Bertram.

Il avait été tenté de déléguer cette tâche à Tam, mais une fois que l'idée de le faire lui-même s'était enracinée en lui, il n'avait pu y renoncer. Grace finit de mâcher sa bouchée, puis tourna vers lui ses yeux verts scintillants. Elle était si belle, alors que lui… Il menait son habituelle bataille pour se retenir de lui cacher ses cicatrices. Réaction stupide, digne d'une tête sans cervelle. Elle savait qu'il en avait, alors quel intérêt avait-il à se détourner ainsi ?

— Je vous en suis reconnaissante, dit-elle, mais il n'est pas nécessaire que Clara reste avec Mrs Sharp. Elle peut venir avec nous. Elle ne nous gênera en rien.

— Clara aime bien Mrs Sharp. Il ne faut pas que vous pensiez qu'elle sera malheureuse à rester dans la cuisine avec elle. En outre, ce sera bien pour Clara d'être gardée par quelqu'un d'autre que vous, au cas où…

— Au cas où quoi ? Au cas où je la quitterais ?

Nathaniel reposa son couteau et sa fourchette pour se donner le temps de réfléchir. Pourquoi était-elle montée sur ses ergots ? Elle courbait la tête, un muscle de sa joue tressautait, alors que sa fourchette poussait à la diable sa nourriture dans son assiette.

Elle le regarda furtivement.

— Je vous prie de m'excuser, dit-elle, je ne voulais pas vous couper la parole.

— Si vous m'aviez laissé finir ma phrase, j'allais dire « au cas où vous seriez malade, ou indisposée ». Mrs Sharp peut être un peu abrupte, mais elle adore Clara.

— J'en suis bien consciente. Ce n'est pas pour cette raison que je vous ai parlé ainsi. Je n'aurais pas dû le faire, mais…

Elle s'était lancée avec une belle résolution, mais à présent elle hésitait manifestement, ses yeux cherchant les siens, les particules dorées de ses iris reflétant la lumière des chandelles. Il attendit patiemment qu'elle poursuive.

— Le jour de mon arrivée, vous m'avez dit que Clara avait subi assez de bouleversements dans sa vie.

— Vous ne pouvez pas croire que rester avec Mrs Sharp constitue un bouleversement.

— Non, bien sûr que non ! Cependant… Votre conclusion a été que Clara ne devrait plus jamais avoir à faire face à la perte de quiconque d'autre, dit-elle.

Puis elle leva la tête et haussa les sourcils, avant d'ajouter :

— Mais qu'en est-il de vous ?

— Moi ? répliqua-t-il d'une voix grave. Mais que diab… diantre voulez-vous dire par là ?

Le souffle court de Grace résonna dans le silence.

— Ses parents sont morts, reprit-elle. Elle ne vit ici que depuis quelques semaines, et commence à s'habituer à vous, puis voilà que j'arrive à mon tour. Si l'on excepte cet après-midi, elle n'a pas posé les yeux sur son oncle Nathaniel depuis mardi dernier.

Il aima la façon dont elle dit son nom. *Nathaniel.* Puis il chassa cette pensée inopinée et se concentra sur le sens de ses propos. Soudain honteux, il comprit qu'elle avait raison. Dans l'après-midi, il avait admis qu'il devait changer, mais il n'avait pas encore mesuré l'effet de son comportement sur Clara. Il se rappela la délicate réprimande pleine de tact de Miss Bertram : « Clara est heureuse de vous voir, milord. »

Tout à ses efforts pour se protéger lui-même, il avait échoué à préserver Clara de ce qu'elle devait redouter le plus au monde : perdre un être aimé. Aussi n'était-il pas étonnant qu'elle se fût délectée de le voir, tout à l'heure, ni qu'elle se fût collée à lui quand il lui avait souhaité bonne nuit, alors qu'elle s'apprêtait à monter à l'étage pour aller au lit.

Miss Bertram continuait de manger, et il se rendit compte qu'il n'était pas mal à l'aise après cet échange. Il lui sembla qu'il s'était déjà habitué à sa présence, et n'était plus agacé par son impertinence. Au contraire, son cran et sa détermination l'intriguaient. Comment la blâmer de se faire du souci pour le bonheur de Clara ?

— Je bats ma coulpe, dit-il. Et je vous remercie de m'avoir signalé ce manquement à mon devoir.

— À votre devoir ? s'exclama-t-elle, des étincelles dorées fusant de ses yeux flamboyants.

— Vous vous oubliez, Miss Bertram ! répliqua-t-il en se raidissant, ce dont elle ne tint pas compte.

— Un enfant ne demande pas du devoir à ceux dont il est totalement dépendant ! Il a besoin d'amour. Et qu'on lui consacre du temps. Et…

Nathaniel leva les mains, paumes face à elle et doigts écartés.

— Cela suffit ! J'admets que je me suis maladroitement exprimé et que vous avez raison. Je veillerai à passer plus de temps avec Clara, à l'avenir. En attendant, j'espère que vous admettrez qu'elle ne souffrira pas, si Mrs Sharp s'occupe d'elle lundi. Bill est docile, mais je ne pense pas que l'on puisse entreprendre de harnacher un cheval et de l'atteler à une voiture avec un jeune enfant dans les jambes. Elle sera mieux bien au chaud dans la cuisine.

— C'est entendu, capitula-t-elle en inclinant la tête.

Ils finirent leur repas en silence, comme de coutume. Mais comme Sharp apportait le brandy et que Miss Bertram s'était levée pour se retirer, Nathaniel éprouva un besoin de compagnie aussi ardent qu'inattendu.

— Je prendrai mon brandy dans le salon de réception, ce soir, Sharp. Et, s'il vous plaît, dites à Mrs Sharp d'y faire parvenir le plateau de thé, avec une tasse supplémentaire.

— Très bien, milord.

— Jouez-vous aux échecs, Miss Bertram ? Je me suis entiché de ce jeu.

— Non, milord.

— Auriez-vous envie d'apprendre à jouer ?

Comprenant le doute que cette question fit naître dans les yeux vert doré de Grace, il ajouta :

— N'y voyez aucune obligation. Je ne vais pas vous démettre de votre poste si vous refusez. Nous pourrions aussi bien faire une partie ou deux de cartes.

— J'aimerais bien apprendre, dit-elle. On m'a dit autrefois que ce jeu n'était pas à la portée d'un esprit féminin.

Ses lèvres se raffermirent, puis elle sourit en haussant le menton.

— Je voyais cela comme un défi, précisa-t-elle, mais je n'ai pas eu l'opportunité de découvrir s'il avait raison ou non.

— Et quel était cet « il » ?

Elle ne répondit pas immédiatement. Ils marchaient côte à côte en direction du salon. Il lui jeta un coup d'œil et surprit son froncement de sourcils, ainsi que le rose qui lui colorait les joues.

— Un vieil ami, répondit-elle d'une voix qui tremblait imperceptiblement. Il est parti pour s'engager dans l'armée.

Un soupirant, peut-être ?

Elle lui avait raconté le strict minimum sur sa vie d'avant son arrivée à Shiverstone. Lui en révélerait-elle jamais la substance ? Il ne lui poserait pas de questions. Pourquoi devrait-il en savoir plus sur son passé ? Elle était gouvernante. Tout ce qui importait, c'était qu'elle s'occupât bien de sa nièce.

Ils pénétrèrent dans le salon, et Nathaniel s'arrêta net.

— La table d'échecs, j'allais oublier ! dit-il. Elle a été remisée ailleurs.

Il n'y avait aucune nécessité à la garder dans cette pièce : elle prenait la poussière, ce qui donnait du travail à Mrs Sharp ; en outre, elle ravivait en lui de douloureux souvenirs. David avait été son unique adversaire depuis qu'il vivait ici. Et maintenant que David n'était plus…

Il repoussa l'assaut de la douleur et du regret, tourna les talons et se dirigea à grands pas vers la salle à manger, attrapant au passage une chandelle sur une table. Un trottinement de pas le suivit.

— Je vais me débrouiller seul, assura-t-il.

— Ce sera plus facile à deux, insista Grace, un peu essoufflée.

Il ralentit le pas, et entendit aussitôt un petit rire. Il baissa les yeux sur Miss Bertram, parvenue à ses côtés.

— C'est une rude tâche que de soutenir votre allure, commenta-t-elle, les yeux brillants. Vous avez de bien plus grandes jambes que moi !

Cette remarque naïve arracha un grommellement à Nathaniel, qui s'imagina relever la robe noire hideuse, à la recherche des jambes délicates qu'il imaginait. Il n'eut aucune peine à se rappeler les chevilles si joliment galbées de Grace, qu'il avait aperçues le jour de son arrivée.

Il essaya de purger son esprit de telles pensées au moment même où elles y affleuraient, mais c'était trop tard — son pouls s'était déjà accéléré. Et le tableau que lui peignait son esprit entêté n'était pas de ceux dont on pouvait aisément se déprendre.

Il se remémora l'endroit où se trouvait la table d'échecs, dans cette pièce emplie de tant d'objets non identifiables, tous drapés dans des housses en toile de Hollande.

— C'est là.

Il désigna une forme près de la fenêtre, tira sur le tissu qui la recouvrait, révélant la table d'échecs, cadeau d'Hannah et David. Il caressa doucement le plateau, dont les soixante-quatre cases en marbre italien joliment veiné étaient enchâssées dans un élégant cadre de bois de rose. Des souvenirs affluèrent alors, éteignant son élan de luxure déplacé.

— C'est un bel objet, murmura Grace.

Il sursauta quand elle caressa à son tour l'échiquier avec révérence. De voir ses doigts fins, élégants, à côté de sa peau hideuse le remua profondément. Aussi enleva-t-il ses mains de la table.

Il remarqua le bref coup d'œil de Grace, mais persista à détourner les yeux.

— Comment pouvez-vous cacher un tel travail d'artiste ?

Il se pencha pour soulever la table.

— Ce n'est pas lourd, déclara-t-il. Je n'ai pas besoin de votre aide.

— Où sont les pièces ?

— À l'intérieur. Le dessus s'ouvre tel un couvercle.

Il porta la table jusqu'à la porte, puis hésita et regarda derrière lui.

Miss Bertram se tenait immobile, son regard parcourant la pièce, l'air méditatif.

— N'oubliez pas la chandelle, précisa-t-il.

Elle la saisit prestement et se hâta de le suivre

Il installa la table près de la fenêtre, et approcha deux chaises de sorte qu'ils puissent jouer. Grace souleva alors le dessus de la table et inspecta son contenu.

— Des pions de jeu de dames ! s'écria-t-elle. Il nous arrivait d'y jouer à l'école, mes amies et moi.

Son ton, réjoui tout d'abord, se fit pensif.

— C'est Isabel qui nous a appris.

— Isabel ?

— L'une de mes meilleures amies. Nous étions quatre, dit-elle avec des étincelles dans les yeux. Pouvons-nous jouer aux dames, puisque je ne sais pas jouer aux échecs ?

— Seriez-vous en train de faire marche arrière et d'esquiver le défi dont vous parliez, Miss Bertram ?

— Bien sûr que non ! se récria-t-elle en rougissant.

— Bien. Je vais donc vous apprendre les bases ce soir. Le nom des pièces, la manière dont elles se déplacent sur l'échiquier, et le but du jeu, qui est d'acculer le roi de votre adversaire, de sorte qu'il ne lui reste plus aucune case où il puisse être en sécurité.

— Et alors, on peut le tuer ?

Elle avait dit cela avec une telle délectation que Nathaniel, surpris, ne put qu'en rire.

— J'ose espérer que vous parlez du roi et non de votre adversaire réel ?

— Pour le moment, dit-elle en le regardant.

La pointe d'impertinence filtrant sous ses cils fit aussitôt vibrer une corde sensible au plus profond de lui.

Depuis combien de temps n'avait-il pas pris plaisir à une plaisanterie ? Il se concentra pour que leur conversation s'en tînt aux règles des échecs.

— Non, le roi ne peut jamais disparaître du plateau. Il suffit de l'encercler et de le priver de toute possibilité de s'échapper pour se mettre à l'abri. Ainsi, votre adversaire se rend et couche son roi sur l'échiquier. Vous avez alors gagné la partie. Cela s'appelle faire échec et mat.

— Cela me semble très bizarre, dit-elle en fronçant les sourcils. Je préférerais tuer le roi. Il n'y aurait plus aucun doute possible.

Nathaniel fit l'inventaire des différentes pièces, expliquant comment chacune pouvait se déplacer, l'importance de prévoir plusieurs coups à l'avance ainsi que d'éviter de se faire prendre ses pièces les plus précieuses.

Elle saisit le cavalier noir.

— Donc, celui-ci peut se déplacer comme cela ?

Elle posa la pièce sur une mauvaise case.

— Non, non. Le mouvement du cavalier est le plus délicat à mémoriser. Il se déplace en imitant le tracé de la lettre L, dans les quatre directions de l'échiquier. Comme ceci, lui montra-t-il avec sa main gauche. À partir de cette case, ce cavalier peut aller ici, là, et…

— Et là !

Grace tendit précipitamment la main et, avant qu'il pût l'esquiver, saisit la sienne et la poussa pour faire glisser le cavalier jusqu'à sa troisième position possible sur l'échiquier. Sa peau contre la sienne était chaude et douce. L'intense concentration avec laquelle elle étudiait le jeu lui plissait le front.

— Et là aussi ! s'exclama-t-elle en tirant une nouvelle fois sa main.

Elle le regarda, rayonnante. Puis elle ouvrit la bouche, et le lâcha d'un mouvement brusque.

— Oh ! je suis désolée. Je…, bredouilla-t-elle.

Ses joues prirent la couleur d'une tomate bien mûre.

— On dirait que vous vous êtes laissé emporter par votre enthousiasme !

— Oui ! confirma-t-elle, avec un sourire hésitant. Pensez-vous que je suis prête ?

Ces paroles rayonnaient d'une sincérité qui allégea le cœur de Nathaniel. Il sentit sa gorge se serrer. Elle était si jeune, si naïve !

— Laissons passer un peu de temps, répondit-il, afin que vous puissiez assimiler toutes ces informations. Si vous avez le temps demain, vous pourrez venir ici et essayer de vous remémorer le nom de chaque pièce et la façon dont elle se déplace. Et puis, le soir, nous pourrions faire une partie.

Le visage de Grace s'assombrit.

— Et maintenant, je vais vous défier au jeu de dames, reprit-il.

L'expression de Grace s'éclaircit à nouveau.

— Oh oui, ce sera amusant !

« Amusant » ! Voilà un mot, appliqué à sa propre personne et à sa vie, qui sonnait bien étrangement. Il enleva les pièces d'échecs et les remplaça par les pions du jeu de dames, tandis que Grace leur versa le thé que Mrs Sharp avait apporté quelques minutes auparavant.

— Vous avez évoqué tout à l'heure vos amies d'école, la relança Nathaniel, tandis qu'il jouait son pion d'ouverture. Sont-elles gouvernantes également ?

Et qu'arrive-t-il à ton sempiternel « Je ne veux pas savoir » ?

Il fit taire ces considérations alors que Miss Bertram jouait son premier coup, et il répliqua. Il devait à Clara d'en savoir un peu plus sur la femme qui allait l'élever, c'était là toute la raison de sa curiosité, se justifia-t-il maladroitement.

— Oui, répondit-elle. Et je me languis de savoir ce qu'elles deviennent.

Elle étudiait le damier, le bout de sa langue jouant avec sa lèvre inférieure. Cette image éveilla en lui des désirs longtemps refoulés. Il s'efforça de canaliser sur le damier son regard, qui, invariablement, dérivait à nouveau vers la jeune femme assise en face de lui.

— J'ai demandé à Miss Fanworth de leur transmettre mon adresse, aussi ai-je bon espoir qu'elles m'écriront bientôt.

Elle déplaça un pion, avant d'ajouter :

— La lettre de Rachel mettra sans nul doute un certain temps pour arriver en Angleterre.

— Elle est partie outre-mer ?

— Oui. Elle a été engagée comme gouvernante des enfants d'un cheikh, au royaume de Huria. Dans le désert.

— Voilà qui est fort exotique ! N'avez-vous pas rêvé de vivre une aventure similaire ?

— Non, répondit-elle après une brève hésitation. La région du Nord est déjà bien assez aventureuse pour moi ! Les parents de Rachel voyageaient le plus clair de leur temps, la laissant à la maison. Je suppose que c'est de là que proviennent ses rêves de voyages lointains. Comme elle adore enseigner aux enfants, je suis sûre qu'elle sera heureuse.

Le silence se fit de nouveau quand elle se remit à la partie en cours. Elle saisit un pion, qu'elle fit sauter au-dessus d'un pion de Nathaniel, sourit triomphalement et fit grand cas de cette prise, en l'ôtant avec ostentation du damier. La diablesse ! Il aurait dû faire plus attention au jeu, et moins à sa belle adversaire.

— Isabel, continua-t-elle, tandis qu'il méditait sur son prochain coup, est la seule d'entre nous qui ait passé beaucoup de temps avec ses parents, durant son enfance. Son père lui avait appris à jouer aux dames, et elle nous l'a appris à son tour. Elle est partie dans une famille du Sussex. Joanna, mon autre amie, a trouvé une place dans le Hertfordshire. Elle est… Elle n'a pas de famille et a été élevée par Madame, à l'école.

— Elles doivent toutes vous manquer.

— En effet.

Elle fit une pause avant de demander :

— Les vôtres ne vous manquent pas ?

— Non, répondit-il en ne quittant plus le jeu des yeux pendant le silence qui s'ensuivit.

Il releva la tête enfin pour ajouter :

— Je ne désire plus vivre dans la frivolité, et mes amis d'antan n'aspiraient à rien d'autre.

Irrité autant par la réponse spontanée qu'il venait de faire que par la question posée, il se remit à étudier le jeu. Ah, un coup qu'il n'avait pas vu ! Il déplaça l'un de ses pions, menaçant ainsi deux pions de Miss Bertram. Elle scruta le damier de plus près.

— Hum. Je ne peux pas sauver ces deux-là. Aussi vais-je jouer ceci.

Avec un autre sourire triomphal elle déplaça un troisième pion, atteignant ainsi la dernière rangée opposée. Elle put alors couronner son pion en dame.

— Maintenant, je peux me déplacer librement, en avant comme en arrière !

Nathaniel défendit l'un de ses pions et ils continuèrent de jouer, limitant leur conversation à ce seul domaine, ce qui était plus sûr.

Quand la partie fut terminée, Nathaniel se trouva la cible de deux yeux verts accusateurs.

— Vous m'avez laissée gagner ! dit-elle.

Il n'en était rien. Il avait été trop distrait pour accorder au jeu sa pleine attention.

— J'ai simplement estimé plus juste de vous donner le goût de ce qui vous manquera, quand nous nous affronterons aux échecs, mentit-il. Je veux que vous vous rappeliez le goût de la victoire, même quand le souvenir de celle-ci s'évaporera sur votre langue.

Elle éclata de rire, révélant ses dents blanches telles des perles. Il lui rendit son sourire, mais le tiraillement de sa peau sur le côté abîmé de son visage le ramena abruptement à la réalité. Par Dieu, qu'était-il en train de faire ?

— Venez, déclara-t-il, il se fait tard.

Il se leva brusquement, et enleva les pions de l'échiquier.

— Ouvrez le dessus de la table, s'il vous plaît, Miss Bertram.

Elle fit ce qui lui était demandé et remit les pièces à leur place d'origine, à l'intérieur.

— Est-ce que… Vous joindrez-vous à nous demain, à l'église ?

Nathaniel refréna sa tentation de répliquer sèchement. Sa demande partait d'un bon sentiment. Elle était jeune et nouvelle en ce foyer. Elle finirait par accepter ses décisions, et Shiverstone Hall s'installerait dans une nouvelle routine.

— Non, dit-il, ne se sentant pas tenu de lui donner une explication.

Puis il traversa la pièce et alla ouvrir la porte.

— Bonne nuit, Miss Bertram.

Il lui tint le battant grand ouvert, qu'elle franchit en murmurant :

— Bonne nuit, milord.

Chapitre 9

Le lundi matin, Clara, assise à la table de la cuisine, aidait joyeusement Mrs Sharp à pétrir de la pâte.

Elle leva à peine les yeux quand Grace lui dit :

— Au revoir, ma chérie, sois bien gentille avec Mrs Sharp.

En dépit de son déchirement à l'idée de la quitter, même peu de temps, la matinée en perspective mettait le sang de Grace en effervescence. Elle se dépêcha de sortir de la cuisine et, soudain, entra en collision avec un mur de muscles. Elle trébucha et deux mains fermes lui agrippèrent les bras, tandis qu'une senteur de savon à barbe et de musc s'insinuait dans ses narines. Aussitôt son cœur bondit et son pouls s'accéléra.

— Oh ! s'exclama-t-elle.

— Doucement !

Un doigt appuyé sous son menton lui fit lever la tête, et deux grands yeux bruns l'examinèrent, provoquant un flux de chaleur qui lui traversa le corps, avant de lui empourprer le visage.

— Je ne pensais pas que vous étiez si impatiente de commencer votre leçon de conduite, Miss Bertram.

— Je suis désolée, milord, dit-elle d'une voix tremblotante.

Elle s'éclaircit la gorge, recula, et libéra son bras de l'autre main du marquis. Celle-ci retomba, et son pouls battant se calma enfin.

— Je ne voulais pas vous faire attendre, se justifia-t-elle.

Il continua à la fixer un long moment encore, puis sourit.

— Eh bien, vous ne m'avez pas fait attendre, vous pouvez donc vous détendre.

Ils quittèrent la maison et, alors qu'ils se dirigeaient vers les écuries, un hurlement déchirant fendit l'air. Grace stoppa net, osant à peine respirer.

— Qu'est-ce que c'était ? s'enquit-elle.

— Brack, répondit Ravenwell sans ralentir. Il est furieux d'avoir été enfermé avec les autres chiens. J'ai pensé qu'il vous serait plus facile de vous concentrer, si vous n'aviez qu'à vous soucier de Bill.

Grace pressa le pas pour le rattraper.

— Ce n'est pas ma faute si je n'ai pas l'habitude des animaux. Je m'y ferai, je vous le promets.

Ce fut lui qui stoppa cette fois.

— Je suis sûr que vous y parviendrez. Tout comme vous vous accoutumerez aux autres habitants. Je suis confiant.

— Tout le monde a été accueillant envers moi. À l'exception de…

— De Mrs Sharp. J'en suis bien conscient et je lui en ai parlé. Non que vous lui déplaisiez. Mais de même que vous envers les animaux, il faudra qu'elle se fasse aux nouveaux occupants de la maison.

Grace lui jeta un regard furtif, songeant qu'il n'y avait pas que Mrs Sharp qui devait s'acclimater aux nouveaux venus.

Quand ils furent à l'intérieur de la grange, Ravenwell entra dans une stalle et donna une tape sur les cuisses énormes et rondes d'un cheval gris, qui s'écarta obligeamment sur le côté.

— Miss Bertram, dit-il en détachant le cheval et en le faisant reculer hors de la stalle, je vous présente Bill.

Grace se pressa contre le mur derrière elle. Bill n'était pas aussi grand que certains chevaux, mais sa taille et sa force apparente lui en imposaient. Sa tête, cependant, n'était pas aussi intimidante que son arrière-train : Bill la regardait d'un œil doux et soufflait en ouvrant les nasaux.

— Enlevez votre gant, pour qu'il puisse se familiariser avec votre odeur.

Grace obtempéra, et tendit une main hésitante pour caresser le nez de l'animal.

Ravenwell posa dans sa paume un gros morceau de carotte, que Bill saisit délicatement et croqua, les yeux à demi clos de contentement.

— À vous, dit-il ensuite. Tenez bien votre main tendue, comme ceci.

Il plaça le morceau de carotte et soutint sa main par en dessous, tout en lui faisant tendre les doigts. Un frisson agréable se propagea en elle, et elle dut s'efforcer de rester concentrée sur ce qu'il lui expliquait.

— Ne pliez jamais les doigts ou les pouces. Ce n'est pas qu'il voudrait vous mordre, mais il pourrait les prendre pour des carottes. Et les chevaux ont de fortes dents.

Il lui montra comment harnacher Bill, qui restait bien patient alors qu'elle maniait maladroitement les sangles et les attaches, et se débattait avec l'idée qu'il lui fallait ouvrir la mâchoire de l'animal pour placer une pièce de métal entre ses longues dents jaunes.

— Il se peut que vous n'ayez jamais à harnacher Bill vous-même, précisa le marquis. Mais s'il vous arrivait de vouloir sortir, alors que les hommes sont dans la lande, il vous sera utile de savoir comment vous y prendre.

Ils firent sortir Bill de l'écurie, puis reculer entre les brancards du cabriolet, Grace prenant peu à peu confiance. Ce cheval était si docile ! Comment pourrait-elle être terrorisée ? Cependant, elle prit soin de bien garder ses pieds à distance respectable de ses énormes sabots.

— Pourquoi ses jambes sont-elles si poilues ? demanda-t-elle, alors que Ravenwell la faisait monter dans le cabriolet, puis lui tendait les rênes.

— C'est ce qu'on appelle des fanons. Chez certaines races, surtout les chevaux de travail, ils protègent leurs jambes de l'eau et de la boue.

Il grimpa à côté d'elle, sa cuisse chaude et massive contre la sienne, et ce contact la fit frémir. Il était si grand, si viril ! Elle se sentait pleinement en sécurité avec lui.

— Maintenant, dit-il en tendant la main vers les siennes, tenez les rênes comme ceci… Il vous suffit de les secouer légèrement pour que Bill se mette en mouvement.

Ce qu'elle fit, et le cabriolet s'ébranla, avec une secousse.

— Gardez toujours un contact avec sa bouche, c'est ainsi que vous le dirigez. Mais, comme vous le verrez, il est si rompu à ce trajet que vous n'aurez presque rien à faire. Nous allons le mener jusqu'au gué, là où vous pourrez traverser la rivière, puis nous reviendrons à la maison.

La confiance de Grace crût à mesure que la leçon progressait. Sa nervosité se dissipa et elle commença à apprécier autant la compagnie du marquis que le paysage. Le temps était doux pour la saison. Le ciel était d'un bleu brillant, traversé par des nuages blancs, bien qu'il n'y eût que peu de vent au niveau du sol. Cet endroit était désormais son lieu de vie. La solitude et le caractère sauvage du paysage la fascinaient, et elle éprouva soudain, à sa grande surprise, l'envie de se remettre à la peinture pour essayer d'en capturer la beauté. À l'école, elle utilisait surtout son savoir-faire et son talent pour les portraits et les miniatures, si bien que *signor* Bertolli, leur professeur, s'était souvent désespéré de son peu d'aptitude pour l'exécution des paysages.

Une bouffée d'affection la réchauffa au souvenir de cet enseignant plutôt désordonné, mais toujours encourageant. Il lui serait difficile de trouver le temps de peindre, mais elle se réjouissait de pouvoir relever le défi d'améliorer son art. Et Clara en bénéficierait à son heure, quand elle-même serait en mesure d'utiliser ses connaissances pour aider sa fille à acquérir les talents attendus d'une demoiselle.

— Je vous remercie de m'avoir appris à conduire, dit-elle spontanément.

Un savoir-faire est un savoir-faire, que ce soit pour peindre ou conduire, pensa-t-elle, avant d'ajouter :

— Ce sera agréable de ne pas avoir besoin de compter sur quelqu'un d'autre, si je souhaite aller au village.

— Est-ce que vous aimez assister à la messe ?

— Eh bien, oui, répondit-elle. Dans la mesure où l'on aime se faire sermonner.

— Je doute que Mr Rendell apprécierait de vous entendre dire cela.

— Oh ! il n'est pas aussi ennuyeux que cela, je vous l'assure. Il est juste comme tous les jeunes hommes de son âge. Je lui ai dit que vous m'appreniez à jouer aux échecs, et il m'a répondu qu'il aimerait vous défier un jour.

Il y eut un silence. Grace jeta un coup d'œil à Lord Ravenwell, qui fronçait les sourcils, le front bas et la bouche pincée. Elle avait cru que cela lui ferait plaisir ; il devait se sentir seul, à vivre sans amis.

Il a choisi de vivre ainsi. Et tu sais qu'il n'appréciera pas que tu te mêles de ses fréquentations ou que tu lui en imposes, s'admonesta-t-elle.

Elle avait parlé sans réfléchir et, maintenant, l'atmosphère décontractée était compromise. Elle ne pouvait effacer ses paroles, mais pourrait arrondir les angles au moyen de papotages sans conséquence, qui le distrairaient de ses pensées et de ses peurs. Même si elle ne parvenait à comprendre pourquoi un homme si puissant et si riche aurait peur de quoi que ce soit.

— Miss Dunn nous a invitées, Clara et moi, à leur rendre visite au presbytère. Avec votre permission, bien sûr, et si vous pensez que je peux conduire Bill en toute sécurité ?

Il baissa les yeux vers elle, haussant les sourcils, au grand soulagement de Grace.

— Je ne doute pas que vous vous en sortirez bien, mais je dirai à Ned de vous accompagner la première fois, pour m'en assurer.

— Pouvez-vous le libérer ainsi de ses devoirs ?

— Oui. Votre sécurité et celle de Clara passent avant tout. Ce sera agréable pour vous d'avoir un ami au village.

— Merci.

Elle perçut de la réserve derrière les mots du marquis. S'inquiétait-il que ses visites au village puissent avoir pour effet d'amener des visiteurs à Shiverstone Hall ? Elle ne trouvait rien à dire pour le rassurer, sans mentionner ouvertement son aversion des étrangers. Elle ne comprenait toujours pas pourquoi il avait choisi de vivre ainsi. Était-ce à cause de sa gêne liée à ses cicatrices ? Il était adulte, lord de surcroît. Ne pouvait-il pas faire comme si de rien n'était ? Peut-être y avait-il une autre raison ? Quelque chose de plus profond ? Sharp avait fait une allusion en ce sens, lors de sa première soirée au domaine. Elle se promit d'en découvrir plus.

Ils étaient arrivés à la rivière nommée Shiver Beck, et Grace tira sur les rênes pour que Bill s'arrête.

— Pourquoi ne construisez-vous pas un pont ? demanda-t-elle. Je me suis trempé les pieds en utilisant les pierres à gué, le jour de mon arrivée.

Tout en parlant, elle l'avait regardé du coin de l'œil et l'avait surpris à réprimer un sourire.

— Ce n'est pas drôle ! protesta-t-elle.

— Bien sûr que non, répondit-il.

Ses yeux pétillaient, démentant ce qu'il venait de nier.

— Normalement, personne ne va à pied de Shiverstone au village. Faites repartir le cheval, Miss Bertram. Jamais vous ne vous mouillerez les pieds avec le cabriolet.

Grace secoua les rênes. Bill traversa le gué sans hésitation. Dès qu'ils furent sur l'autre rive, Lord Ravenwell lui montra comment faire demi-tour pour rentrer. Il était clair qu'il n'avait pas l'intention de se rapprocher du village.

Grace conduisit donc jusqu'à Shiverstone où Ned, sortant de la grange, vint déharnacher Bill et le bouchonner.

— Ne devrais-je pas apprendre à faire cela aussi ? demanda-t-elle.

— Si tel est votre souhait… Ned, vous pouvez nous le laisser.

Quand ils eurent terminé, Grace leva les yeux, et constata que Lord Ravenwell l'observait avec un sourire amusé. Il enleva un de ses gants et lui frictionna doucement la joue.

Elle s'immobilisa à ce contact, saisie par un frisson qui se diffusa le long de son dos, la mettant dans tous ses états.

— Vous aviez une tache, dit-il avec un sourire qui plissa les coins de ses yeux.

Les genoux de Grace flageolèrent, et elle chancela, se penchant vers lui. Horrifiée par sa réaction involontaire, elle se redressa, alors que toutes ses terminaisons nerveuses frémissaient, et que sa respiration s'accélérait.

— Maintenant que vous avez prouvé que vous étiez une élève fort capable, je vous propose un nouveau défi.

Grace avala sa salive avec peine. Troublée non par ce qu'il allait lui dire, mais par son geste intime, et la façon dont son propre pouls avait bondi lorsqu'il l'avait touchée, ainsi que par sa subite prise de conscience que les yeux du marquis étaient très doux quand il lui souriait — pas du tout ce que l'on attendrait d'un homme d'ordinaire si brusque.

En fait, sa réaction l'effrayait quelque peu. Il était si pleinement… viril.

Lui, en revanche, semblait ne pas s'être rendu compte de la portée de son geste, ni de la réaction qu'il avait suscitée en elle.

— Je vais vous présenter aux chiens, annonça-t-il.

Ces mots eurent raison du trouble de Grace. Un cheval était une chose. Bill s'était tenu tranquille la plupart du temps, mais il avait été soit attaché, soit harnaché, toujours sous contrôle. Les chiens en étaient une autre…

Elle recula d'un pas.

— Venez, vous ne devez pas avoir peur d'eux car ils vont le sentir. Comment allez-vous vous débrouiller avec Clara, quand elle voudra visiter les chenils ?

— Y sont-ils enfermés ? Ils ne vont pas…, balbutia-t-elle, déglutissant pour tenter d'étouffer sa peur… Ils ne vont pas bondir de tous côtés ?

— Je ne les laisserai pas bondir à tout-va, répondit-il en riant.

Puis il lui offrit son bras.

Elle hésita à le prendre, ce qui lui fit hausser un sourcil.

— Le sentier qui monte jusqu'aux chenils est caillouteux, je ne voudrais pas que vous vous tordiez une cheville, la prévint-il. Vous pourrez faire leur connaissance, un par un. Ils seront bruyants, mais ne vous feront aucun mal.

Cela parut étrange à Grace de placer ainsi sa main sur le bras de son employeur. Elle le sentit solide comme un roc sous ses doigts et, une fois encore, force lui fut de penser à sa carrure puissante, tandis que son aura de virilité envahissait tous ses sens. Elle se sentit vulnérable, et en même temps protégée. Un mélange singulier, quoique non dépourvu de charme.

Ils allèrent ainsi côte à côte sur le chemin menant aux chenils.

— Combien de chiens avez-vous ?

— Neuf, plus Brack. C'est un lot bien assorti Je les utilise principalement pour la chasse, à l'exception de Fly et Flash, des colleys qui s'occupent des moutons sur la lande. Vous les rencontrerez en premier lieu.

Ils retournèrent au domaine quelque temps après. Grace avait la tête qui lui tournait, avec tous les noms et les rôles des différents terriers et épagneuls, de l'unique chien d'arrêt, sans oublier les deux chiens de berger. Brack, boudant d'avoir été enfermé, était sur leurs talons.

— Pourquoi Brack est-il autorisé à entrer dans la maison, et pas les autres ?

— Le chaos serait indescriptible si tous ces chiens vivaient sous le même toit. Non, ils sont assez heureux dans les chenils. Ils n'ont rien connu d'autre depuis leur plus jeune âge. Quant à Brack… Sa mère était un terrier, une grosse bête aventureuse. Une fois, elle a disparu pendant deux semaines. Quand elle est revenue, elle attendait de petits. Tam suppose qu'elle est allée en visite du côté des Kendal. Il y a une meute de chiens à loutre là-bas, et quand elle a mis bas, ses chiots leur ressemblaient de manière frappante. Sans compter que Brack adore l'eau. Cela peut sembler difficile à croire à présent, mais c'était l'avorton de la portée. Il n'avait pas réussi à se développer normalement et sa mère l'avait rejeté. Aussi l'ai-je recueilli et nourri au biberon. C'est pourquoi il vit à la maison depuis toujours. Cela fait huit ans maintenant.

Grace tendit la main et caressa la tête rugueuse du chien.

La plupart des gens, en pareil cas, se seraient débarrassés d'un faible chiot, songea-t-elle.

— Qu'est-il arrivé à son oreille ? demanda-t-elle en palpant le moignon déchiqueté.

— Sa mère la lui a arrachée d'un coup de gueule. Il n'est peut-être pas le plus beau chien du monde, mais il est loyal et fiable.

— L'apparence n'est pas tout, commenta Grace en ouvrant la porte de la cuisine. De plus, il est très patient avec Clara.

Une atmosphère chaude et lourde, emplie d'odeurs délicieuses, les assaillit quand ils entrèrent dans la pièce. Les apercevant, Clara descendit comme elle le put de sa chaise, tandis que Grace enlevait son manteau et son chapeau.

— Ma Berm, Ma Berm ! cria la fillette, en se ruant vers elle, lui tendant les bras.

— Miss Bertram, rectifia Grace, dont le cœur s'était mis à battre la chamade.

Ce que Clara avait dit était si proche de « maman » ! Mais il n'était pas question pour elle de baisser la garde, et de donner libre cours à une hésitation quelconque. Elle était Miss Bertram, et non « maman ». Elle déposa ses vêtements d'extérieur sur une chaise proche, tout en soulevant Clara pour la serrer bien fort contre elle.

— Qu'est-ce que tu as fait, ma mignonne ?

Alice, qui était en train d'éplucher des pommes de terre, leva les yeux.

— Elle nous a aidées à faire nos fournées, m'dame, dit-elle. À présent, Mrs Sharp est allée apporter des boissons et une collation au salon. Elle a dit que vous seriez tous les deux affamés, après tout ce temps au grand air.

— Oncle Nanniel !

Clara se contorsionna dans les bras de Grace, pour se tourner vers son oncle, bras ouverts. Grace, prise au dépourvu, chancela sous l'effet de ce changement de poids dans ses bras, et se trouva pour la deuxième fois de la journée plaquée contre le marquis. Dont les bras l'entourèrent, cependant que Clara encerclait le cou de son oncle, l'étreignant et fermant ainsi leur sorte d'accolade à trois.

Pendant quelques instants merveilleux, Grace se lova contre le corps dense et musculeux de Lord Ravenwell. Ses paupières palpitèrent puis se fermèrent, tandis que son odeur musquée l'enveloppait. Elle savourait cette agréable sensation d'être dans des bras, en parfaite sécurité. Puis, horrifiée par le vif désir que ces sensations suscitaient, elle se dégagea. Après deux tentatives manquées, ils finirent par se séparer. Grace jeta à la dérobée un regard sur Sa Seigneurie. Il riait ! Et son rire illuminait son visage.

— Vous voudrez sans doute vous rafraîchir avant le repas, Miss Bertram.

Une note taquine réchauffait ses paroles, qui déclenchèrent en Grace un *Oh !* silencieux et indigné. Cet homme la considérait à l'évidence comme une diversion amusante et rien d'autre. Elle mit involontairement la main sur ses cheveux, et s'aperçut qu'elle avait perdu des épingles.

C'est à ce moment-là que Mrs Sharp revint à la cuisine.

— Vous êtes donc rentré, milord. J'étais allée…

Elle demeura bouche bée, et examina Grace avec un regard si suspicieux que celle-ci sentit ses joues devenir brûlantes. Puis elle releva la tête. Elle n'avait rien fait de mal. De quel droit l'intendante se permettait-elle de la jauger comme si elle venait de la prendre en flagrant délit d'écart de conduite ?

— Alice venait juste de nous parler d'une collation, dit Lord Ravenwell au milieu du silence qui s'était soudainement alourdi. Je vous remercie, Mrs Sharp. Je crains que Clara ne nous ait accueillis avec un peu trop d'enthousiasme. C'est pourquoi Mrs Bertram est sur le point d'aller s'occuper de sa coiffure.

Ses lèvres ayant légèrement tremblé, tandis qu'il parlait, Grace le soupçonna de se retenir de rire.

— Vous pouvez me laisser cette petite demoiselle, Miss Bertram, dit l'intendante. Et nous vous retrouverons au salon quand vous serez prête.

Dix minutes plus tard, s'étant lavé en hâte les mains et le

visage, puis ayant brossé et réépinglé ses cheveux, Grace redescendit l'escalier. Elle ralentit soudain le pas, saisie d'une timidité inhabituelle à l'idée de se retrouver en face du marquis. Elle appuya la main sur son estomac agité, comme elle passait en revue les événements de la matinée. Que penserait Sa Seigneurie de la façon dont elle avait réagi à leurs contacts ?

Tu es ridicule. Il ne peut pas savoir ce que tu ressens.

Un cri aigu résonna, anéantissant tout ce qu'il lui restait de gêne. Elle se précipita au salon, où elle stoppa net à la vue de Lord Ravenwell, rampant dans la pièce, Clara perchée sur son dos tel un petit singe, gloussant, les poings agrippés aux cheveux de sa monture. Brack se tenait à leurs côtés, remuant furieusement la queue.

— Monter Brack !

— Monter Brack ? répéta Ravenwell en riant.

Il attrapa Clara.

— Puisque tu l'as demandé si gentiment, tu peux monter sur le dos de Brack et lui faire faire une fois le tour de la pièce.

Il l'assit sur le dos du chien, la maintenant de manière à soulager l'animal de la majeure partie de son poids, comprit Grace.

— Miss Bertram, pourriez-vous, s'il vous plaît, guider Brack dans la pièce ? demanda-t-il.

Grace sursauta, persuadée qu'il n'avait pas remarqué sa présence. Elle s'avança, et prit le chien par le collier.

— Viens Brack !

Le chien avança à son ordre, ce qui la mit aux anges.

Quand ils eurent fait le tour de la pièce, Clara s'écria :

— Encore ! Encore !

Lord Ravenwell, riant de bon cœur, la souleva du dos de l'animal.

— Tu pourrais l'épuiser, expliqua-t-il. Et puis, Miss Bertram et moi sommes affamés.

Il approcha une chaise à l'intention de Grace.

— J'envisage d'acheter un poney pour Clara, l'année prochaine. Je suis sûr qu'elle serait ravie d'apprendre à le monter. Et vous pourriez apprendre par la même occasion, suggéra-t-il.

Voilà qui promettait de grandes joies ! Pour la première fois depuis son arrivée au manoir, Grace sentit qu'elle faisait partie de la maison. Elle s'était enfin établie dans le monde et dans une famille, en quelque sorte !

Elle s'assit, murmurant des remerciements, oubliant résolument son inquiétude récente face aux sentiments que Sa Seigneurie avait éveillés en elle.

Le marquis posa bruyamment Clara sur la chaise à côté d'elle, et lui tendit une tartine de beurre.

— Avec cela, notre petite madame se tiendra bien tranquille tandis que nous mangerons. Au fait, ajouta-t-il en fouillant dans sa poche, Mrs Sharp m'a donné ceci après votre départ de la cuisine !

Grace prit la lettre qu'il lui tendait. Elle reconnut l'écriture familière. Isabel ! La lettre lui avait été envoyée à l'adresse de l'école, qu'on avait ensuite biffée pour la faire suivre à Shiverstone Hall. Retournant la missive, elle découvrit un petit mot de Miss Fanworth la remerciant pour sa lettre et promettant de lui écrire très prochainement.

Les doigts tremblants d'excitation, Grace commença à briser le sceau, puis s'arrêta net. Il ne serait pas séant de lire sa correspondance à table. De plus, elle voulait en savourer chaque mot dans l'intimité, sans personne susceptible de deviner ses pensées et ses sentiments d'après ses expressions.

Elle passa presque toute la demi-heure suivante à essayer de dissuader Clara de grignoter chaque canapé posé sur la table, pour le rejeter ensuite, à peine entamé.

Lord Ravenwell observait ses efforts avec un haussement de sourcil sardonique.

— Voilà qui illustre parfaitement pourquoi les enfants doivent prendre leur repas à la nurserie.

— Elle est tout simplement très excitée d'être ici et de manger en notre compagnie, répliqua Grace, hérissée.

Ce qui fit rire le marquis. Il leva les mains, paumes face à elle.

— Point n'est besoin de bondir pour la défendre, Miss

Bertram ! Ce n'était qu'une simple observation. Loin de moi l'idée de lui reprocher de faire ce que font tous les enfants.

Grace se mordit la lèvre. Elle ne devrait pas parler avec une telle audace à son employeur.

— Je suis désolée. Et je reconnais que vous avez raison. La surveiller ne me facilite pas les choses pour manger.

— Au moins n'aurez-vous pas à vous tracasser à propos de l'effet de la cuisine de Mrs Sharp sur votre tour de taille.

Décelant une brève lueur taquine dans ses yeux, Grace se détendit. Puis elle agrippa Clara qui, debout sur sa chaise, essayait de se mettre à plat ventre sur la table, bien déterminée à atteindre un plat de macarons, alors qu'il en restait un à demi mangé dans son assiette.

— C'est vrai, dit-elle en se levant et en hissant Clara contre sa hanche.

Celle-ci se tortilla, émit des protestations bruyantes mais inintelligibles.

— Il semble que cette petite fille ait mangé tout son soûl, dit-elle. Aussi vais-je la monter dans sa chambre pour une petite sieste.

Lord Ravenwell se leva également. Un chaud fourmillement envahit Grace, touchée par cette attitude de gentleman envers une simple gouvernante.

— Et vous, Miss Bertram, êtes-vous rassasiée, après tous ces efforts ?

— J'ai eu à ma suffisance, répondit-elle en souriant, merci milord. Merci également de m'avoir appris à conduire, je ne doute pas que j'aurai l'occasion de profiter de cette nouvelle compétence.

Il leva la tête, de profil, avant de poursuivre :

— J'ose penser que vous vous habituez à notre région ? Il m'a semblé que nos paysages vous ont donné matière à vous réjouir.

— Oh oui, je l'avoue ! dit-elle en empêchant Clara d'emmêler ses cheveux. Au début, je les ai trouvés austères et intimidants, mais aujourd'hui, je les ai vraiment appréciés. En fait, cela m'a donné envie d'y retourner avec mon carnet de croquis, bien que je doute d'avoir le talent de les capturer dans toute leur splendeur. J'ai aussi pris la résolution d'emmener Clara faire une promenade chaque matin avec moi, dans la mesure où le temps le permettra. Et je pourrais même emmener Brack, ajouta-t-elle en souriant.

— Très bien ! Aujourd'hui a déjà été un succès, et nous n'en sommes qu'à la mi-journée !

Grace se dirigea vers la porte.

— N'oubliez pas votre lettre, Miss Bertram...

La lettre d'Isabel ! Comment pourrais-je l'oublier ?

Elle se retourna. Lord Ravenwell était déjà tout près d'elle, la lettre à la main. Son regard plongea dans ses yeux bruns amusés. Elle fut aussitôt emplie de sensations venues du plus profond de son être et, de nouveau, son pouls bondit par saccades, la faisant respirer plus vite. Les yeux du marquis devinrent plus sombres, plus intenses... puis Clara pressa sa joue contre celle de Grace, et le moment passa.

— Merci, dit-elle.

Elle prit la lettre, s'efforça d'adresser un bref sourire au marquis, et quitta la pièce, l'esprit tourmenté par la signification de ce regard échangé.

Chapitre 10

Clara ayant fini par s'assoupir, Grace put s'échapper dans son salon particulier pour lire sa lettre.

Elle était concise, presque laconique, contenant des nouvelles qui la bouleversèrent. Isabel, mariée ? Cette amie heureuse et joyeuse, qui adorait chanter et avait si longtemps rêvé de vivre, un jour, un amour passionné, était donc tombée dans le piège d'un mariage de convenance avec l'héritier d'un vicomte ?

Son mariage avec William Balfour était, écrivait-elle, l'association de *« deux personnes sensées, unies par une parfaite compréhension mutuelle »*.

Grace en eut mal pour elle. Le ton de la lettre contredisait du tout au tout l'image de l'amie si pleine de vie que Grace aimait comme une sœur. Elle aurait souhaité vivre plus près d'Isabel pour lui apporter tout son soutien et son réconfort. La date lui indiqua que la missive avait été écrite depuis longtemps déjà, en août. Pauvre Isabel ! Elle était mariée depuis plus de deux mois, et elle-même n'en avait rien su. Elle se demanda comment elle allait depuis.

Elle lui répondrait sur-le-champ, décida-t-elle, espérant ainsi lui remonter le moral. Quoique… Son accès d'enthousiasme déclina vite. Pourquoi lui écrire, si c'était pour l'accabler avec la vérité sur Shiverstone Hall et Clara ?

Isabel lui demandant si elle avait retrouvé la trace de son bébé, il lui faudrait mentir.

Mais mentir serait trahir leur amitié.

Elle attendrait donc. Elle écrirait à ses amies plus tard. Dans quelques semaines, quand elle serait mieux établie à Shiverstone Hall, en espérant qu'Isabel serait alors dans un meilleur état d'esprit, et qu'elle-même se serait faite à sa propre mystification.

Cette décision, qui n'en était pas une, car elle ne faisait que repousser l'inévitable, la tracassa pour le reste de la journée.

— Vous avez été d'un calme remarquable, ce soir, Miss Bertram, lui fit remarquer Lord Ravenwell après dîner, alors qu'ils se faisaient face à la table d'échecs. J'espère que votre lettre ne vous a pas apporté de mauvaises nouvelles ?

Grace reprit brutalement conscience de l'endroit où ils se trouvaient.

— Pas exactement des mauvaises nouvelles, répondit-elle. Déconcertantes, plutôt.

Elle essaya de se concentrer sur le jeu. Elle étudia l'échiquier, se penchant comme si une perspective plus rapprochée sur sa position eût pu l'améliorer.

Je suis une débutante, certes, mais comment ai-je pu me trouver en si fâcheuse posture en si peu de coups ?

Le marquis l'observait, un léger sourire aux lèvres.

— C'est bien cela, constata-t-il comme s'il eût pensé tout haut. À l'évidence, vous n'avez pas l'esprit au jeu.

— Je suis désolée.

— Point n'est besoin de vous excuser. Il faut de la pratique et de la concentration pour bien jouer.

Il entreprit de replacer les pions à leur position de départ.

— Nous jouerons un autre soir, conclut-il, quand vous serez moins préoccupée.

Il remit sa chaise en place et se leva, son verre de brandy à la main. Il allait partir, songea Grace. Probablement à la bibliothèque, pour travailler sur ses registres.

Elle se sentit ébranlée par l'ampleur de sa déception, comme si elle anticipait la longue soirée qu'elle allait devoir passer seule avec ses pensées.

Cependant, Lord Ravenwell n'avait pas bougé de la table.

— Souhaiteriez-vous parler de ce qui vous préoccupe ? demanda-t-il.

Grace prit la mesure de l'effort que cette offre avait dû coûter à cet homme si secret. Tout comme elle avait déjà pu apprécier ses efforts pour changer, dès lors qu'elle lui avait fait remarquer qu'en l'évitant elle, il punissait Clara. Elle n'était plus intimidée par sa brusquerie, sachant à présent que cette attitude dissimulait un homme d'une grande douceur, qui aimait sa nièce et ses animaux.

— Il semble que je sois incapable de réfléchir à autre chose qu'aux nouvelles d'Isabel, expliqua-t-elle. Peut-être que le faire à voix haute m'aidera à y voir plus clair.

Il lui désigna les chaises près de la cheminée.

— Alors, venez.

Par où commencer ? Le marquis appartenait — ou avait appartenu — au monde dans lequel Isabel se trouvait désormais. Il serait en mesure d'apaiser certaines de ses inquiétudes.

Elle lui parla donc d'Isabel et de son mariage arrangé avec William Balfour.

— Balfour..., marmonna-t-il. Je connais cette famille, mais je ne me rappelle pas William. Il est sans doute plus jeune que moi. Mais pourquoi vous faites-vous tant de souci pour votre amie ? Elle a trouvé un très bon parti. Elle sera bien lancée dans la vie.

— Vous ne comprenez pas, dit-elle.

Comment pourrait-il comprendre, alors qu'il n'avait jamais rencontré l'esprit libre qu'était Isabel ?

— Isabel a été adorée de ses parents... Elle rêvait de devenir chanteuse d'opéra, et elle ne s'épanouit qu'en étant adulée. Comment survivra-t-elle, avec un mari qui ne l'aime pas ?

Grace grinça des dents en le voyant pouffer.

Il pense que je suis sentimentale et niaise, maintenant.

— Vous ne croyez pas que l'amour est nécessaire dans un mariage ? demanda-t-elle.

— Non. Et vous, vous dévoilez votre jeunesse et votre naïveté, en souscrivant à de telles absurdités poétiques.

S'il savait…

Il y avait bien longtemps que le voile de l'illusion lui avait été ôté des yeux. Elle évoqua le père de Clara, Philip. Grand, mince et beau. Gracieux. Le charme personnifié. Il avait flirté avec la jeune fille de seize ans qu'elle était, et l'avait persuadée de son amour. Philip, que son immaturité avait fait s'enfuir et s'engager dans l'armée, quand elle lui avait appris qu'elle portait son enfant. Et qui était mort au combat, il y avait près de quatorze mois.

Elle sentit déferler la vague de regret qui survenait invariablement, dès qu'elle pensait à la mort de Philip sur le champ de bataille. Pourtant, elle s'était depuis longtemps avoué que ses sentiments envers lui n'étaient que de l'infatuation, nourrie par les flatteries de Philip et sa fierté ridicule de voir qu'un si beau jeune homme pouvait la remarquer et la faire se sentir importante. Toutes traces de cet amour de jeunesse ingénu avaient été balayées de son cœur lorsqu'elle avait compris ce qu'était Philip en réalité : un jeune égoïste, persuadé qu'il lui suffisait de susurrer quelques mots doux pour obtenir ce qu'il désirait.

Et il avait raison, non ?

Un frisson la traversa, tandis qu'elle se souvenait de l'horrible période de sa vie où elle avait réussi à cacher sa grossesse à tous, excepté ses meilleures amies. Mais elle refusait d'être aigrie par ce qu'elle avait vécu.

— Je ne peux pas accepter qu'on relègue l'amour au rang de simple absurdité, dit-elle.

— Vous prêchez pour mon argument. Vous n'avez pas d'expérience du monde réel. Et comment pourriez-vous en avoir ? Vous avez été enfermée dans votre école depuis l'âge de… Quoi ? Dix…

— Neuf ans.

— C'est bien cela. La naïveté, l'absurdité. Vous devriez vous rendre le service de débarrasser votre cerveau de ces balivernes.

Il ne pouvait dissimuler son amertume. Était-ce à cause de ses cicatrices ? Ou de déceptions amoureuses ? Quoi qu'il en soit, elle ne le laisserait pas souiller l'idée qu'elle se faisait du monde. Elle avait toujours cru en l'amour véritable, comme Isabel.

— Votre amie réussira son mariage, poursuivit-il. Et c'est perdre votre temps que de vous tracasser à son sujet.

— C'est…

Elle s'interrompit net.

— Oui, Miss Bertram ?

Les yeux du marquis étaient sombres et insondables. Sa mâchoire, rigide.

Triste.

Mais elle n'osa pas le dire. Elle ne devait pas se laisser leurrer par ce nouveau Lord Ravenwell, faisant montre de chaleur humaine. C'était toujours lui qui payait son salaire et il pouvait fort bien la renvoyer, si elle oubliait de s'en tenir à son rôle.

— C'est sans aucun doute un conseil avisé, poursuivit-elle à la place. Il n'y a rien que je puisse faire pour aider Isabel. De plus, elle a une force et une détermination qui l'aideront à s'adapter, j'en suis sûre.

— À présent que votre esprit est en paix, dit-il en se levant de sa chaise, j'ai du travail qui m'attend. Il me faut vous souhaiter une bonne nuit.

Il quitta la pièce à grandes enjambées, tandis qu'elle le suivait des yeux.

Que se passe-t-il donc dans sa tête ? Il ne peut pas être heureux en vivant ainsi !

Elle reporta son attention sur le feu, fixant négligemment les lueurs rougeoyantes des braises, qui émettaient de temps à autre une flammèche, et envoyaient par intermittence des étincelles dans la cheminée.

Son cœur débordait de compassion pour le marquis. Comme il devait se sentir seul ! Comme elle aimerait le voir plus souvent sourire et se détendre ! Elle jura sur-le-champ de faire tout son possible pour apporter plus de lumière, d'animation et de rires à sa vie.

— Qu'avez-vous donc dit pour mettre Sa Seigneurie sens dessus dessous, mademoiselle ?

Grace sursauta. Elle n'avait pas entendu Sharp entrer.

— Je ne sais pas trop, répondit-elle. Nous parlions de l'amour et du mariage, à propos de certaines nouvelles que j'ai reçues d'une amie.

Voyant le sourire narquois de Sharp, elle s'empressa d'ajouter :

— Il m'a conseillé de m'ôter de la tête mes sornettes romantiques et mes idées sur l'amour, ensuite de quoi il s'en est allé, car il avait du travail.

Sharp débarrassa leurs tasses vides, qu'il posa sur un plateau. Puis il saisit le verre de brandy que Ravenwell avait abandonné à moitié plein, et le vida d'un trait, assortissant son geste d'un clin d'œil à l'intention de Grace.

— Ah ! dit-il en hochant la tête, alors qu'il plaçait le verre sur le plateau. Ce n'est pas étonnant.

— Pourquoi dites-vous cela ?

Il se tapota le nez, en signe de dénégation.

— Je ne suis pas porté sur les commérages.

— Vous êtes d'une discrétion admirable, Sharp, mais vous comprenez bien Sa Seigneurie, c'est pourquoi je préfère m'adresser à vous plutôt qu'à tout autre.

— Les autres ? Ils ne savent pas la moitié de ce que je sais.

— Je suis certaine qu'ils ne connaissent pas la raison pour laquelle Sa Seigneurie se coupe de ses amis et de sa famille.

— Pour sûr qu'ils l'ignorent ! reprit-il en s'asseyant sur la chaise en face de Grace, puis en se penchant en avant. Mrs Sharp et moi sommes les seuls à connaître toute la vérité. Nous étions tous à Ravenwell alors, habitant dans le petit manoir, pendant que l'on reconstruisait le logis principal. Sa Seigneurie avait courtisé Lady Sarah avant l'incendie, mais quand il se rendit à Londres après cela, elle ne voulut plus avoir affaire à lui. Et elle épousa quelqu'un d'autre peu de temps après. Il revint donc à la maison, et ne retourna plus jamais dans le Sud. Même à Ravenwell, les regards et les murmures étaient si méchants qu'il ne quittait quasiment jamais le domaine. Mais il était toujours rongé par la culpabilité.

La culpabilité ?

Grace mourait d'envie d'en savoir plus, mais elle craignait, si elle interrompait Sharp, que celui-ci se fermât comme une huître.

— C'est alors que sa mère se mit en tête de lui arranger un mariage avec Miss Havers, qui désespérait de mettre la main sur un titre et l'argent qui allait avec. Mais la petite gar... Pardon, galante, ne jeta qu'un seul coup d'œil à Sa Seigneurie, avant de décréter que ni le titre ni la richesse n'étaient des appâts suffisants pour lui faire épouser un monstre. Naturellement, ajouta-t-il, cela s'est passé peu après l'incendie. Ses cicatrices étaient encore très vilaines. Elles ont meilleur aspect, maintenant.

Quelles femmes ignorantes ! Qui dédaignent un homme blessé, et détruisent sa foi en l'amour. Si je les avais à portée de la main, je..., fulmina Grace intérieurement.

Le regard de Sharp était fixé sur les mains de Grace, devenues des poings serrés, posés sur ses genoux. Il sourit.

— Vous comprenez à présent pourquoi mon épouse est si protectrice envers Sa Seigneurie, dit-il avec douceur.

C'était ce qu'elle avait soupçonné. Lord Ravenwell s'était mis à l'écart de la société pour se protéger du rejet de celle-ci envers lui. Pourtant, cela n'expliquait pas tout. Un homme tel que lui... S'il voulait vraiment se mêler aux autres, nul doute qu'il serait assez fort pour résister à quelques regards insistants ou apitoyés.

— Et cette culpabilité, quelle est-elle ? demanda-t-elle, voyant aussitôt les yeux de Sharp s'étrécir.

— J'ai trop causé, déclara-t-il. Ne vous en faites pas, mamzelle. C'est pas votre affaire, ça.

Grace arrêta le cabriolet et attacha les rênes comme Ravenwell le lui avait montré, enchantée et fière d'avoir en tout point réussi son premier trajet jusqu'à Shivercombe. Elle se trouvait dans la ruelle devant le presbytère, et elle regardait les environs, quand la porte d'entrée s'ouvrit prestement.

— Miss Bertram !

Mr Rendell — grand, svelte, beau et rayonnant — avança à sa rencontre sur le chemin conduisant à la porte d'entrée. Il fut un temps, réalisa Grace, où son cœur se fût envolé, si un tel homme lui avait accordé un tant soit peu d'attention. Mais à présent, bien qu'heureuse de revoir le vicaire, son cœur demeurait obstinément insensible. Et son imagination esquissa un tout autre portrait. Sombre, méditatif, attirant de manière différente — comme un homme comparé à un garçon. Elle s'efforça à grand-peine d'ignorer le frisson de désir et de besoin qui s'insinuait, goutte à goutte, le long de son échine.

— Bonjour, Mr Rendell !

Elle accepta la main qu'il lui offrait pour l'aider à sortir du cabriolet, puis prit Clara dans ses bras pour l'en faire descendre.

— Comme vous pouvez le voir, j'ai affronté mon premier voyage jusqu'au village, quoique avec l'assistance de Ned pour la sécurité de Clara, et tout s'est passé sans encombre.

Ned les avait suivies à cheval et, à présent, il s'apprêtait à s'occuper de Bill.

— En ce cas, je vous félicite du succès de cette première sortie, et je vous fais part de ma grande joie de vous savoir toutes deux sorties indemnes de cette expérience. Le temps est agréable, en ce moment, il serait dommage de n'en point profiter.

— En effet, acquiesça Grace. Miss Dunn nous a invitées à lui rendre visite, mais, à cause du temps justement, ne nous avait pas spécifié de jour. J'espère que nous n'arrivons pas à un moment importun ? Nous ne resterons pas plus d'une demi-heure, mais le fait d'avoir un but pour mon trajet rend celui-ci d'autant plus plaisant.

— Hélas, dit le vicaire, vous me voyez en chemin pour aller rendre visite à un paroissien. Mais Miss Dunn est à la maison, nul doute qu'elle sera ravie de vous voir. Avec votre permission, je vais vous accompagner jusque chez elle, puis je devrai m'en aller.

— Merci, monsieur. Ned, nous ne serons pas longues.

— Faites le tour jusqu'à la porte de la cuisine quand vous aurez attaché Bill, Ned, dit Mr Rendell. Cook vous trouvera des boissons.

Il prit Clara dans ses bras et les guida vers le presbytère, une solide bâtisse carrée en pierres. Il fit entrer Grace dans un élégant salon de réception, et se mit en quête de Miss Dunn.

La première personne qui apparut dans le salon fut le révérend Dunn. Il leur adressa un sourire angélique, qui réduisit ses yeux pétillants à deux minces fentes.

— Miss Bertram, quelle bonne surprise ! Elizabeth demande s'il vous plairait de la rejoindre dans le petit salon, où se trouvent quelques petits amis dont votre jeune Clara pourrait être heureuse de faire la connaissance.

Il lui adressa un clin d'œil, tendit la main à Clara qui la prit sans hésiter, puis s'effaça pour laisser passer Grace, en lui indiquant une porte à l'extrémité du corridor.

— Ce n'est pas aussi grand que le salon de réception et, généralement, nous n'y recevons pas de visiteurs, mais je suis sûr que vous ne nous en tiendrez pas rigueur.

Grace poussa la porte et pénétra dans une pièce douillette, quoique légèrement défraîchie. Cette maison était de celles où l'on pouvait se sentir à l'aise, aux antipodes des pièces de réception de Shiverstone Hall, si sombres et inhospitalières. Cela renforça sa résolution d'y effectuer des changements, inspirés par la beauté de la table d'échecs.

— Bonjour, Miss Bertram !

Grace sortit de ses pensées. Elle scruta la pièce qui semblait vide.

— Avancez encore un peu, insista le révérend Dunn derrière elle.

Grace fit donc quelques pas de plus et découvrit Miss Dunn assise devant le feu, derrière un sofa qui l'empêchait d'être vue depuis la porte. Elle était en compagnie de deux chatons folâtrant sur ses genoux, tandis qu'un troisième essayait d'attraper avec sa patte une ficelle que l'on balançait devant son nez. Une grosse chatte tigrée et blanche était assise tout près, faisant méticuleusement sa toilette, tout en gardant un œil sur ses petits.

Grace rit de bon cœur lorsque le chaton se jeta sur la ficelle et culbuta sur le dos.

— Bonjour, Miss Dunn, dit-elle. J'avais oublié les chatons dont vous aviez parlé dimanche. Ils sont vraiment adorables !

— Appelez-moi Elizabeth, je vous prie, car je suis sûre que nous sommes destinées à devenir des amies intimes.

Elle lui désigna une chaise, et la pria de s'y asseoir.

— J'espère que vous ne voyez pas d'objection à être reçue dans notre salon familial, poursuivit-elle, mais maman a banni ces jeunes créatures de notre salon de réception. À juste titre, car elles chamboulent tout sur leur passage ! Vous me pardonnerez aussi, j'espère, de ne pas me lever mais, comme vous pouvez le voir, je leur suis d'une grande utilité, en leur procurant un coussin confortable pour les jeux.

— Naturellement. Et il faut que vous m'appeliez Grace.

Grace sentit croître sa bonne humeur. Ce serait merveilleux d'avoir une amie à proximité de son nouveau foyer. Cela soulagerait sa peine d'être si loin de ses amies d'enfance, qui lui manquaient tant.

— Regarde, Clara, tu vois les chatons ? Ne sont-ils pas tout mignons ?

Clara se précipita, enthousiaste, vers les petits, qui se dispersèrent.

— Tu dois faire attention à ne pas trop les effrayer, Clara, dit Miss Dunn, les regroupant sur ses genoux. Assieds-toi près de moi et nous allons voir lequel d'entre eux sera assez téméraire pour venir à ta rencontre.

Une heure plus tard, Grace tapota le large dos de Bill avec les rênes et ils se mirent en route pour Shiverstone Hall, Ned les suivant toujours à cheval. Grace fit au revoir de la main à Elizabeth et Mr Rendell, qui était revenu de sa visite peu de temps auparavant, et les avait rejointes au petit salon, avec Mrs Dunn et un plateau de thé. Observant sa nouvelle amie et le jeune vicaire, et surprenant au passage des échanges de regards entraînant chez Elizabeth une légère rougeur, Grace subodora que leur amitié recelait plus qu'ils ne souhaitaient laisser paraître.

Comme ils quittaient le village, elle regarda furtivement Clara, qui se tenait tranquille pour une fois, une main serrée sur la poignée d'un panier d'osier fermé, calé sur le siège entre elles deux. Ses doutes remontèrent à la surface. Était-elle allée trop loin, en acceptant ce cadeau pour Clara ? Puis elle vit sa fille qui la regardait avec ses grands yeux brillants dans son visage radieux, et ses scrupules se dissipèrent.

Lord Ravenwell aimait Clara. Il ne lui en voudrait quand même pas pour un malheureux chaton ?

Penser à lui éveilla une fois encore en elle cette nervosité particulière au creux de son estomac. Elle en avait été affectée depuis le moment où il lui avait essuyé la tache sur la joue. Des pensées ridicules et des désirs virevoltaient dans son esprit, malgré ses efforts pour les calmer. La conduite du cabriolet exigeait peu de concentration. Comme Ravenwell le lui avait indiqué, Bill trouvait son chemin sans qu'on le guide. Cette latitude lui permit de se distraire de ses pensées intempestives en admirant la beauté du jour et du paysage, et en imaginant comment elle pourrait les représenter sur une toile.

Chapitre 11

Nathaniel maintenait Zéphyr au trot dans la descente du chemin qui traversait la forêt en direction du village, tandis que Brack allait d'arbre en arbre, la truffe au ras du sol. Il se faisait du souci pour la sécurité de Clara. À tel point qu'il n'avait pu s'atteler à la moindre tâche, sachant que Grace se rendait en cabriolet à Shiverstone. Même si Ned était là pour veiller à leur sécurité. Il s'était dit qu'il irait jusqu'à la rivière pour les y attendre, s'il n'était pas tombé sur elles avant. Sharp lui avait assuré que Miss Bertram ne voulait rester qu'une demi-heure au presbytère ; cela faisait pourtant une heure et demie qu'elles étaient parties.

Il sortit de la forêt et suivit le sentier qui tournait en direction du gué pour passer la rivière. Là, de larges dalles, polies par l'érosion séculaire du courant de la Shiver Beck, permettaient le passage des voitures à cheval d'une rive à l'autre. Les seuls moments où la rivière restait infranchissable se situaient après de grandes pluies : bien que l'eau ne fût guère plus profonde, la rapidité du courant était telle que le gué devenait des plus traîtres. Le niveau des eaux baissait ensuite aussi vite qu'il avait monté, de sorte qu'ils n'étaient jamais bien longtemps coupés du village.

Quand ils eurent atteint le gué, Nathaniel stoppa Zéphyr, et glissa à terre, faisant passer les rênes par-dessus la tête du cheval de sorte qu'il puisse brouter pendant qu'ils attendraient. Brack, comme toujours, ne put résister à l'attrait de la rivière et nagea dans les eaux les plus profondes, en aval du gué. C'était une belle et fraîche journée de novembre, mais Nathaniel n'était pas d'humeur à apprécier le climat, ni même la beauté de la nature environnante. Il croisa les bras, tapa du pied, le regard rivé sur le chemin qui repartait du gué, puis serpentait hors de vue jusqu'au village.

Au moment où il commençait à envisager l'impensable — se rendre au village pour s'assurer qu'elles étaient saines et sauves —, il entendit le *clip-clop* des sabots et le cliquètement des roues. Ses angoisses s'apaisèrent aussitôt. Brack jaillit de la rivière telle une bombe, et s'ébroua consciencieusement, projetant en l'air des gerbes d'eau étincelantes en forme d'arcs. Nathaniel remonta en selle, faisant traverser Zéphyr avec force éclaboussures, tandis que Bill apparaissait dans leur champ de vision, tirant le cabriolet à pas lents.

C'est alors qu'il entendit Miss Bertram.

— Regarde, Clara ! C'est oncle Nathaniel.

— Oncle Nanniel ! Viens, chaton !

Bill s'immobilisa à côté de Zéphyr. Clara bondissait sur le banc, tandis que Grace… Il se focalisa sur elle. Elle ne croisa pas franchement son regard, semblant penaude. Coupable, même. Que s'était-il donc passé ?

— Ned, vous pouvez y aller, dit-il. Nous n'avons pas besoin d'être à deux pour accompagner le cabriolet.

Que signifiait l'expression de Miss Bertram ? Avait-elle rencontré Mr Rendell ? Culpabilisait-elle pour cela, alors qu'elle était censée s'occuper de Clara ?

Il refoula la colère qui montait en spirale du creux de son estomac, sachant qu'il ne pouvait lui reprocher son indépendance ou l'opportunité de se faire des amis. Il avait le droit de choisir de vivre en reclus, mais pas d'exiger que les autres l'imitent, fussent-ils ses employés.

En outre, il nota la mine joyeuse de Clara : c'était bon pour elle de voir des gens.

Il fit faire demi-tour à Zéphyr, puis appela Brack, qui paraissait étonnamment impatient de grimper dans le cabriolet. Il aiguillonna son étalon qui devait retraverser la rivière. Il jeta un coup d'œil derrière lui et constata que Bill les suivait, à mi-pattes dans l'eau cristalline, négociant le gué avec une aisance due à sa longue expérience. Une fois qu'ils eurent atteint l'autre rive, Nathaniel chevaucha à côté du cabriolet.

— Avez-vous rendu visite à Miss Dunn, au presbytère ? demanda-t-il, car Grace lui avait expliqué que tel était le but de son expédition.

— Oui, en effet. Et nous sommes convenues que nous serions amies, que je devais l'appeler Elizabeth et qu'elle m'appellerait Grace.

Elle lui adressa un grand sourire, mais cette diversion n'empêcha pas Nathaniel de remarquer la teinte d'anxiété dans ses yeux, ainsi que le débit quelque peu précipité de ses paroles.

— Ce fut une visite extrêmement agréable. Puis Mrs Dunn nous a rejointes, puis Mr Rendell, et…

— Chaton ! s'écria Clara qui s'était presque mise debout sur son siège, emportée par son envie d'interrompre Miss Bertram afin de capter manifestement l'attention de Nathaniel.

— Chaton !

— Chut, Clara, lui enjoignit Miss Bertram. Assieds-toi. C'est dangereux d'être debout.

Sur ce, elle lui attrapa les jambes et la reposa bruyamment sur le siège.

— Et ce n'est pas poli d'interrompre les gens, ajouta-t-elle.

— Oncle *Naaaaaaniel* ! appela Clara avec un gémissement de frustration.

Grace lança alors à Nathaniel un regard circonspect par-dessous le bord de son chapeau, puis, avec une expression résignée, tira sur ses rênes pour stopper Bill.

— Je ferais mieux de vous l'avouer maintenant, car vous n'allez pas tarder à découvrir la vérité, dit-elle.

Il sentit les battements de son cœur gronder dans ses oreilles. Qu'était-elle sur le point de lui dire ? Une peur soudaine l'étreignit, lui noua l'estomac. Il ne pouvait pas la perdre. Clara serait inconsolable.

Miaou !

Brack se redressa sur ses pattes arrière, posa celles de devant sur la marche du cabriolet et posa la tête sur les genoux de Grace, avec force gémissements.

— Brack ! cria Nathaniel. Descends tout de suite, mon garçon ! Mille excuses, Miss Bertram. Je ne sais quelle mouche l'a piqué.

— Moi je le sais, répliqua-t-elle avec un sourire désabusé, tout en essuyant une tache de bave sur sa pelisse marron.

— Chaton !

Miaou, entendit-on à nouveau.

— Oh ! juste ciel ! soupira-t-elle. On ne peut plus rien y faire. Milord, Elizabeth… Miss Dunn a donné un chaton à Clara.

Son ton exprimait du défi, mais son visage du souci.

— Je sais que j'aurais dû vous demander la permission avant d'accepter, mais…

— Chaton, oncle Naffaniel. Chaton !

Un chaton ! Il éclata d'un tonitruant rire de soulagement. Dire qu'il avait craint… Mais il ne laissa pas cette pensée se formuler. Qu'importait ce qu'il avait craint ! Il courait le risque de lâcher la bride à son imagination, dès qu'il s'agissait de Miss Bertram. Leur conversation de l'autre soir au sujet des histoires d'amour devait le convaincre de garder ses distances. Si elle nourrissait quelque tendre sentiment envers Rendell, c'était encore mieux.

— Il ne faut pas s'étonner que Brack soit si intéressé par le cabriolet, dit-il. Je suppose que ce chat est dans le panier ?

Grace acquiesça d'un signe de la tête.

— Voir chaton ? demanda Clara.

— Pas maintenant, ma poupée, répondit-il. S'il se sauve nous pourrions ne jamais le retrouver. De plus, Brack pourrait en faire son souper.

— Oh non ! se désola Grace. Je n'avais pas pensé que Brack pouvait lui faire du mal.

— Allons, rentrons à la maison, dit Nathaniel.

Les chevaux se remirent en marche.

— Pour répondre honnêtement à votre question, reprit-il, je n'en sais rien. Nous n'avons jamais eu de chats au domaine, mais Brack est un chien de chasse, alors…

— Qu'ai-je donc fait ? s'écria Grace, le visage affligé. Clara serait bouleversée, si le chaton était blessé !

— Alors nous allons nous assurer qu'il ne lui arrivera rien de fâcheux.

— Merci !

Le visage de Grace fut illuminé par son sourire, comme toujours, ses yeux passèrent du vert à l'ambre, et vice versa… Il détacha bien vite du sien son regard, devenu trop insistant.

— Il reste à voir ce qu'en dira Mrs Sharp, conclut-il.

Leurs regards se croisèrent de nouveau, conspirateurs, cette fois, mêlant amusement et anxiété.

— Un chat ! À *l'intérieur* ? s'indigna Mrs Sharp, en plaquant les mains sur les hanches. Cela va se déchaîner, mettre les rideaux sens dessus dessous, griffer les tapis ! Et le désordre que…

— Je suis désolée, Mrs Sharp. Je n'avais pas pensé à tout ça. Mais… Voyez le visage de Clara… Comment pourriez-vous nier…

Miss Bertram adressa un regard anxieux à Nathaniel.

— La décision est prise, Mrs Sharp, trancha-t-il alors. Cela ne devrait pas être si difficile, pour cinq adultes, de se rendre maîtres d'un chaton ?

Tout en parlant, il installa le panier sur la table et déboucla la sangle qui en tenait les deux bords.

— Milord ! Pas sur la table !

— Je ne vais pas poser le chat sur la table, Mrs Sharp. Je le sors tout simplement du panier.

Sharp, qui avait bondi avec un air coupable de sa chaise favorite, dans un coin, quand Nathaniel, Grace et Clara étaient entrés dans la cuisine, scruta le panier, l'air fort intéressé, tandis que Nathaniel soulevait le couvercle. Il en sortit d'abord un *miaou* aigu, bientôt suivi par un museau noir et blanc, tremblant de toutes ses moustaches.

Sharp tendit le bras pour attraper l'animal.

— On dirait que tu as été ramoneur de cheminées, dit-il en adressant un grand sourire à Grace. Tu pourrais t'appeler Sweep.

— Sweep ! répéta Clara en essayant d'atteindre le chaton.

— Ici, mon petit gars, poursuivit Sharp en posant le chaton par terre.

Ce dernier traversa aussitôt la pièce à toute allure, pour aller se terrer sous une armoire.

— La pagaille commence, grommela Mrs Sharp quand Clara hurla et se mit à trottiner aux trousses du chaton.

— Oh ! Clara ! Je suis vraiment désolée, Mrs Sharp, s'excusa Grace.

Elle se précipita jusqu'à l'armoire et s'agenouilla pour en inspecter le dessous.

Les yeux de Nathaniel furent aussitôt attirés par les élégantes courbes de son postérieur, que sa robe de laine moulait de fort suggestive manière. Il détourna bien vite les yeux, irrité de l'avoir remarqué.

— Laissez-moi faire, Miss Bertram, suggéra-t-il avant de traverser la pièce à son tour, pour s'agenouiller à côté d'elle et tâtonner sous l'armoire.

Des griffes acérées telles des aiguilles lui labourèrent les mains lorsqu'il saisit le petit, et le tira hors de sa cachette.

— Emportez-le à la nurserie où cela sera plus calme, ajouta-t-il en poussant l'animal dans les mains de Grace. Vous aurez la responsabilité de nettoyer après son passage et de le civiliser. Me suis-je bien fait comprendre ?

— Oui milord, obtempéra-t-elle, les yeux baissés.

Il se fit l'effet d'être un ogre en la rudoyant ainsi, mais, du moins, personne ne percerait à jour ses pensées volages : on imputerait cela à son humeur revêche et à l'irruption du chaton au domaine.

Il espérait que Brack accepterait ce nouveau venu, et il s'exhorta en son for intérieur à ne pas oublier de les présenter l'un à l'autre dès que possible. C'était une petite chose toute mignonne, recouverte d'une robe pelucheuse noire pour l'essentiel, avec des taches blanches sur la figure, le ventre, les pattes et la queue. Sweep était un nom bien trouvé, car son visage était entaché par deux traînées noires, sur sa lèvre supérieure et autour d'un œil.

Il attendit que Miss Bertram quitte la cuisine, berçant le chaton dans ses bras. Clara sautillait autour d'elle, visiblement enchantée par ce nouvel ami.

Grace était résolue à ne pas se laisser intimider par Lord Ravenwell. Elle avait dépassé ce stade. Elle pouvait voir au-delà de sa brusquerie. Il finirait par accepter Sweep, lorsqu'il réaliserait combien Clara adorait son chaton. Il ferait n'importe quoi pour la rendre heureuse.

Se préparant pour le dîner, elle brossa ses cheveux défaits, qu'elle coiffa ensuite en chignon. Clara était déjà endormie, épuisée par cette journée des plus excitantes, tandis que Sweep, assis sur son lit, la regardait de ses grands yeux verts.

— Il faudra que tu restes dans la cuisine, la nuit, lui expliqua-t-elle.

Elle avait considéré la chose sous toutes les coutures, mais elle ne pouvait prendre le risque que Sweep dérange Clara la nuit, ni accepter le chaton dans sa propre chambre à coucher. Elle savait que les chats étaient souvent très actifs la nuit et susceptibles de troubler son sommeil. Il lui restait maintenant à persuader Mrs Sharp d'accepter cet arrangement. Elle lissa sa robe au-dessus de ses hanches et prit Sweep dans ses bras.

— Mrs Sharp…, commença-t-elle en entrant dans la cuisine.

— Qu'est-ce que ce chat vient faire ici ? l'interrompit l'intendante.

— Allons, allons, mon épouse, bougonna Sharp, qui s'approcha de Grace et lui prit le chaton. Miss Bertram peut difficilement laisser Sweep à l'étage pendant que Clara dort, n'est-ce pas ? Et puis, vous pestiez contre les souris, l'autre jour, ajouta-t-il en faisant un clin d'œil à Grace. Il va faire merveille ici, le soir, et Miss Clara pourra jouer avec lui la journée.

— Hum, renâcla sa femme. Alors, il ne faudra pas que vous

le laissiez traîner dans mes jambes ! J'ai trop de travail pour avoir en plus à faire attention sans arrêt où je mets les pieds.

Grace laissa donc Sweep à Sharp, qu'elle gratifia d'un sourire de remerciement, puis se dirigea vers la salle à manger pour le dîner. Elle avait réussi son premier défi, et plus facilement qu'elle ne l'avait escompté. Restait maintenant le second.

Elle attendit qu'ils se fussent retirés au salon et que Mrs Sharp, qui grommelait encore contre *ce* chat, eût apporté le plateau de thé. Le marquis, ainsi qu'il en avait pris l'habitude, avait apporté son verre de brandy depuis la salle à manger. Grace se servit du thé et, ignorant la table d'échecs, s'installa sur l'une des deux chaises disposées devant le feu. Lord Ravenwell haussa un sourcil, puis la rejoignit.

— Ai-je raison de croire que vous avez envie de parler plutôt que de jouer ?

— Oui, milord.

Elle s'était jetée à l'eau. Pour Clara. Le pire à craindre, ce serait qu'il refuse, voilà tout.

— Le jour de mon arrivée, vous avez dit que je pourrais faire quelques changements dans la nurserie.

— En effet, répondit-il en inclinant la tête. L'avez-vous fait ?

— Oui, avec l'aide d'Alice.

— Et avez-vous trouvé tout ce dont vous aviez besoin ?

— Oui…

Grace inspira profondément, mais avant qu'elle pût continuer, il l'interrompit :

— Je sens venir une question.

Voyant son sourire taquin, Grace se hérissa. Il la trouvait amusante. Elle était pour lui quelqu'un à qui l'on devait faire plaisir.

— Je ne demande cela que pour le bien de Clara, se récria-t-elle avec raideur. Je veux qu'elle se sente vraiment chez elle ici.

Elle désigna d'un mouvement la pièce où ils se trouvaient.

— La nurserie et la chambre à coucher sont confortables et douillettes maintenant, mais qu'en est-il d'ici ?

Les yeux du marquis se froncèrent d'un coup.

— Ici ? s'étonna-t-il. C'est une pièce de réception. Pas un endroit pour les enfants.

— Les enfants ? répliqua-t-elle en s'inclinant vers l'avant. Nous parlons de votre nièce. Comptez-vous qu'elle ne vienne jamais dans cette pièce ?

— Elle y vient déjà, grogna-t-il.

— Précisément !

Satisfaite d'avoir fait valoir son point de vue, elle se cala à nouveau contre le dossier de sa chaise.

— Regardez autour de vous, reprit-elle. Je suis désolée de vous parler de cette manière déplacée, mais il n'y a rien d'accueillant ou de familier ici. Et en ce qui concerne Noël ?

— Noël ? Que voulez-vous dire ?

Comment pourrait-elle lui expliquer ce qu'elle ressentait, sans paraître s'apitoyer sur elle-même ? Elle ne voulait pas que les souvenirs de Noël que Clara garderait de son enfance ressemblent aux siens.

— Qu'est-ce que Noël signifiait pour vous, quand vous étiez petit garçon ?

Il lui sourit.

— Le dimanche précédant l'Avent. De délicieuses odeurs provenant de la cuisine. Cela durait pendant des jours. Choisir à l'extérieur de jolis végétaux pour la décoration, et rentrer dans la maison la bûche de Noël. Aller à l'église le matin de Noël, puis échanger des cadeaux.

Il regardait intensément le feu dans la cheminée, une expression nostalgique sur le visage.

— L'Épiphanie, enchaîna-t-il, et le Prince des Sots. Des réunions de famille avec des pantomimes et des charades…

Puis il retomba dans le mutisme. Il semblait perdu et vulnérable. Grace le comprit avec son cœur. Il avait choisi cette vie recluse, certes, mais il y avait été contraint par la réaction des autres. Il n'avait que vingt et un ans alors, il était encore tout jeune homme.

Il parut se souvenir de sa présence, et pinça les lèvres.

— Ce n'est plus pareil à présent, dit-il. Je suis heureux de vivre comme je vis.

— Vous avez le droit d'être content et de ne pas vous réjouir à l'idée de fêter Noël, mais ne comprenez-vous pas ? C'est notre responsabilité de faire en sorte que les souvenirs d'enfance de Clara soient aussi heureux que les vôtres !

Il inclina la tête pour concentrer son attention sur elle.

— Et que les vôtres ?

— Certains l'ont été, admit-elle. Les derniers Noëls que j'ai passés à l'école, avec mes amies, sont parmi mes meilleurs souvenirs.

— Est-ce à dire que ceux d'avant ont été malheureux ?

— Pas précisément malheureux. Car je ne savais pas que cela pouvait être différent. Mon oncle et ma tante, étant extrêmement dévots, s'abstenaient de tout ce qui avait des relents de traditions païennes. Pour eux, il ne s'agissait que d'église et de charité. C'est louable, mais pour un enfant…

Elle se leva de sa chaise et s'éloigna du feu et des chaudes lueurs des flammes, ainsi que des chandelles posées sur le manteau de la cheminée. Elle se rendit à l'extrémité de la pièce plongée dans l'obscurité, puis s'arrêta et lui fit face.

— Ce salon pourrait être le cœur de la maison, et le foyer de Noël, dit-elle.

D'un geste ample, elle désigna la seconde cheminée, qui n'avait pas été allumée, et la nudité du reste de la pièce.

Lord Ravenwell embrassa alors du regard l'ensemble de la pièce comme s'il la voyait pour la première fois

— Je comprends ce que vous voulez dire. Pour Clara.

— Oui, pour Clara, répéta-t-elle en souriant, avant de retourner s'asseoir. J'aimerais rapatrier ici une partie des meubles, avec votre permission…

— Je n'y vois pas d'objection, dans la mesure où Mrs Sharp est d'accord. Nous nous étions limités à un ameublement minimum pour réduire ses corvées. Cela ne m'a jamais gêné par le passé.

— Alice l'aide à présent. Et si cela devait lui donner malgré tout un petit peu trop de travail, je suis sûre qu'Annie serait heureuse de gagner un petit supplément en prêtant main-forte.

— Faites pour le mieux.

Elle ne s'était pas attendue à de l'enthousiasme de sa part, mais son approbation un peu réticente allait cependant dans la bonne direction. Elle s'était engagée à faire de cette morne demeure un foyer joyeux pour Clara. Et son vœu avait même convaincu Lord Ravenwell lui-même.

Chapitre 12

Trois jours plus tard, Clara se réveilla avec le nez qui coulait et un mal de gorge. Toute la matinée, elle fut sans énergie et grognon, et Grace ne put guère faire plus que de s'asseoir avec elle près du feu et la câliner. Même Sweep ne put obtenir d'elle un sourire ou une lueur d'intérêt. La matinée s'étira ainsi en longueur pour Grace, qui resta en permanence sur les charbons ardents, à guetter le moindre signe de fièvre. Son seul motif de réjouissance fut la lettre de Rachel, qui lui était parvenue depuis le lointain Huria, via Miss Fanworth, puis rapportée du village par Ned.

Rachel lui dressait le tableau d'un monde bien différent de celui de Shiverstone Hall. Elle décrivait le palais luxueux dans lequel elle vivait — *un palais !* — ainsi que l'immensité des déserts environnants et la beauté des oasis verdoyantes. Elle s'occupait de trois enfants : Aahil, huit ans, sa sœur Ameera, six ans, et son frère Hakim, quatre ans. Ils commençaient tout doucement à lui faire confiance.

Grace perçut tout l'amour que son amie leur portait à travers les termes de sa lettre. Quant à son employeur, le majestueux cheikh Malik ben Jalal al-Mahrouky, elle n'en disait presque rien. Cette prudence, estima Grace, indiquait que Rachel devait être des plus intimidées.

Un peu avant 11 heures, Mrs Sharp envoya Alice à l'étage, laquelle proposa de rester veiller Clara un petit moment, afin que Grace pût aller prendre une tasse de chocolat à la cuisine. Grace prit Sweep avec elle, et le plaça à côté de Brack qui, bien inhabituellement à cette heure de la journée, était pelotonné non loin du fourneau. Après des débuts hésitants, les deux animaux avaient fini par devenir bons amis.

— Comment va-t-elle ? demanda Mrs Sharp en lui tendant une tasse de chocolat chaud.

— Elle est irritable. Et particulièrement contrariée d'être laissée en compagnie d'Alice, répondit Grace en s'asseyant à la table. Merci.

— Espérons que vous n'allez pas, vous aussi, attraper un rhume. Vous semblez bien pâle.

Grace, qui ne s'attendait pas à cette sollicitude, en éprouva de l'affection envers l'intendante. Elle berça la tasse dans le creux de ses mains, but à petites gorgées, puis pencha la tête en arrière. Elle poussa un soupir, tout en regardant Mrs Sharp trancher des carottes.

— Je ne peux pas croire à quel point c'est épuisant de s'asseoir et de ne rien faire d'autre que veiller sur Clara.

— A-t-elle pu dormir ?

— Pas encore, répondit Grace, qui termina son chocolat puis se leva. Il faut que j'aille libérer Alice. Pauvre Clara, elle est en piteux état ! Elle ne sait pas ce qu'elle veut, mais elle le veut tout de suite.

— Je lui ai préparé un remède, pour apaiser sa gorge.

Mrs Sharp traitait souvent avec succès les maladies courantes de la maisonnée avec ses potions.

— Donnez-lui-en une cuillerée et, quand elle se sera endormie, j'irai à son chevet. Vous risquez d'être dérangée par elle, cette nuit, et vous n'avez pas pu faire votre promenade. Vous devriez prendre un peu d'exercice, pendant que vous en avez la possibilité. Il fait beau, aujourd'hui.

Grace la remercia, toujours étonnée par cette sollicitude inaccoutumée. Lorsque Clara fut assoupie, peu de temps après le déjeuner, elle prit au mot l'offre de Mrs Sharp.

Lord Ravenwell était sorti dès l'aube, et Grace trouva Sharp suçotant sa pipe, dans son fauteuil ultra-rembourré favori. Elle s'attarda, dans l'espoir d'en apprendre un peu plus sur son énigmatique employeur.

— Il aime à se trouver toujours occupé, vous voyez. Ça l'empêche de broyer du noir, expliqua le mari de l'intendante.

— Broyer du noir, comment cela ?

Grace s'affairait à plier les habits de Clara fraîchement lavés, comme si la réponse à sa question n'avait guère d'importance à ses yeux et qu'elle la lui avait posée par pure politesse. La meilleure façon pour lui tirer les vers du nez, c'était d'affecter le désintérêt.

— Oh que oui ! Il s'épuise chaque jour, pour s'empêcher de penser à son père. Car il se sent coupable.

La culpabilité ! Sharp avait déjà évoqué cela, mais toujours refusé de s'expliquer.

— Oh ! dit-elle, je ne peux pas croire que Sa Seigneurie puisse avoir quelque motif de se sentir coupable.

— Eh bien, c'est justement là que vous vous trompez, mademoiselle.

Il inclina la tête en arrière, les yeux à demi clos, et propulsa en l'air un rond de fumée parfait, avant d'ajouter :

— Vous ne savez pas tout, malgré toute votre éducation. Non, poursuivit-il après une pause. Il ne se le pardonnera jamais. Il le sent là — il se frappa alors la poitrine, à l'endroit du cœur — pour sûr. Il n'a pas la dureté que vous croyez.

Je ne crois pas le moins du monde à une quelconque dureté !

Mais elle ne manquait pas de bon sens au point de s'en ouvrir à Sharp.

— Nous avons essayé de l'empêcher de retourner dans la fournaise, continua Sharp, mais, même à trois, nous n'avons pu le retenir tant il était déterminé.

— Parlez-vous de l'incendie du manoir de Ravenwell ?

— Si seulement nous avions pu le stopper ! Mais il était comme possédé. Et sa mère ! D'entendre hurler sa mère, cela vous faisait tourner le sang pour de bon.

— Mais…

Il fallait qu'elle pose la question, en espérant que Sharp ne se fermerait pas comme une huître.

— … Mais pourquoi est-il retourné dans la maison en flammes ? Est-ce alors qu'il a été brûlé ?

— Oui. C'était pour son père. Le pauvre ne marchait plus très bien et se trouvait à l'étage, quand le feu a pris. Sa Seigneurie… Le comte de Shiverstone, c'était son titre à l'époque, a essayé de le secourir. Il est parvenu à la chambre, seulement, le plafond s'était déjà effondré et son père était mort. Dieu, quels cauchemars n'a-t-il pas dû endurer, après cela ! Sans parler de la douleur. S'il vous est déjà arrivé de vous brûler la main avec une flamme de bougie, mademoiselle, vous comprendrez son supplice. Multipliez cela par cent, par mille et vous approcherez peut-être la vérité d'un peu plus près.

Pauvre Nathaniel ! La gorge de Grace se serra aussitôt de compassion, alors qu'elle imaginait ce calvaire. Il avait vingt et un ans à peine, au moment du drame. Deux ans de plus que l'âge qu'elle avait à présent. Une autre pièce du puzzle qu'il représentait venait de se mettre en place. Sa culpabilité, tout comme ses brûlures, avait dû être un fardeau intolérable pour un si jeune homme.

Elle revêtit sa capote et se mit en route pour gravir la colline derrière la demeure, son carnet de croquis sous le bras, dans l'espoir de pouvoir reproduire avec son crayon la beauté sauvage du paysage. C'était la première fois qu'elle s'aventurait là, car c'était une marche trop difficile pour Clara, et elle était impatiente d'explorer cette partie de son nouvel univers.

Bien que manquant de souffle à mesure qu'elle en décousait avec cette montée laborieuse, elle était déterminée à atteindre Shiver Crag, une roche escarpée, dont la silhouette dentelée se découpait sur le bleu du ciel.

Elle éprouva le besoin de faire une pause pour respirer, et se retourna afin de contempler le chemin qu'elle avait parcouru. Le jour était clair et vif, et la lande s'étendait au-dessous d'elle pour s'aplanir au creux du vallon, avec ses bois et ses prés. Là-bas s'écoulait la rivière qu'elle avait dû traverser pour gagner le village et… Elle chercha, les mains en visière pour ne pas être éblouie… Oui, c'était bien le clocher de l'église qu'elle voyait pointer au milieu du fouillis des toits. Elle inspira un grand bol d'air, enflant la poitrine, et, revigorée, elle se sentit emplie d'une joyeuse énergie.

Elle irait un peu plus loin et ferait quelques esquisses avant de prendre le chemin du retour. Elle espérait, comme par miracle, retrouver Clara en pleine santé après sa sieste.

Son regard fut alors attiré par un immense oiseau brun doré qui tournoyait paresseusement dans le ciel. *Grand Dieu !* Elle avait trouvé grand l'oiseau qu'elle avait vu le jour de son arrivée au manoir, mais celui-ci était gigantesque ! Elle l'observa planer avec une aisance fascinante, et s'émerveilla de son envergure impressionnante, ses ailes garnies aux extrémités de plumes tels des doigts écartés.

Elle regarda à nouveau le rocher escarpé. C'était plus loin qu'elle l'avait cru tout d'abord. Elle n'aurait pas le temps de s'y rendre aujourd'hui, mais elle aurait néanmoins un point de mire grandiose pour ses croquis, si elle marchait juste un peu plus, jusqu'à l'endroit où le terrain s'aplanissait.

Elle progressa péniblement jusqu'à un plateau herbeux. Ce fut alors qu'elle aperçut Lord Ravenwell.

Lui ne l'avait pas vue. Il se trouvait à sa droite et elle ne voyait que son profil. Il fouillait dans un sac posé à terre. Était-il en train de broyer du noir, comme le disait Sharp ? C'était étrange qu'il n'y eût pas de chiens avec lui. Ni le moindre cheval dans les parages. S'était-il rendu dans ce lieu sauvage et solitaire pour penser à son père et à la nuit de l'incendie ? Elle fut fortement tentée de repartir avant qu'il ne l'ait vue. Si elle faisait demi-tour, et disparaissait en descendant le chemin, il ne saurait jamais qu'elle s'était trouvée là.

Cependant, c'était la première occasion qu'elle avait de dessiner ce paysage austère mais superbe, et elle n'était pas disposée à la gâcher. Sa décision prise, elle cala plus fermement son carnet de croquis sous son bras et avança en direction du marquis, se frayant prudemment un chemin à travers les touffes d'herbes.

Alors qu'elle s'approchait, elle le vit lever son bras gauche, recouvert d'un énorme gant, et pousser soudain un cri terrifiant. Elle sentit ses jambes flageoler. Était-ce une sorte de rituel ? Un mouvement attira son regard. L'oiseau, si gigantesque qu'il en était monstrueux, avait cessé de tournoyer et descendait en piqué, résolument, fonçant droit sur Nathaniel.

Il l'attaque ! Non !

Elle se précipita vers Lord Ravenwell, en faisant de grands moulinets des bras, brandissant son carnet de croquis, et criant de toutes ses forces. L'oiseau, à coup sûr aussi grand qu'elle-même, dévia au dernier moment de sa trajectoire. Ses ailes battirent de toute leur puissance et il remonta haut dans les airs, ses serres crochues manquant d'un cheveu la tête de Nathaniel.

Grace saisit la main de Nathaniel dans les siennes, ignorant son carnet qui tomba à terre.

— Est-ce que vous allez bien ? s'écria-t-elle, haletante.

— Que diable croyez-vous être en train de faire ?

Sa fureur fit reculer Grace, terrifiée. Il se détourna d'elle pour suivre le vol de l'oiseau.

— Avez-vous la moindre idée du temps que j'ai… ?

Il s'arrêta, inspira profondément pour se calmer. Puis il la regarda à nouveau, fronçant les sourcils.

— M'avez-vous demandé si j'allais bien ?

Avant qu'elle ne pût répondre, il pencha la tête en arrière et éclata de rire.

— Qu'y a-t-il de si amusant ? demanda-t-elle en lui lançant un regard furieux.

— Vous ! répondit-il, peinant à reprendre son souffle. Étiez-vous en train d'essayer de me sauver ?

— Eh bien, oui, c'est ce que j'ai fait ! Ce monstre vous a attaqué. Je l'ai fait fuir.

La poitrine de Lord Ravenwell se souleva et un nouvel éclat de rire retentit.

— Ce monstre, comme vous dites, est un aigle. Et ses serres sont assez puissantes pour vous causer de sérieuses blessures. Et vous croyiez que…

Leurs regards se trouvèrent, et les mots de Lord Ravenwell devinrent inaudibles. Grace sentit le désir sinuer en elle, et elle se perdit dans les profondeurs en fusion des yeux de Nathaniel.

— Je…, murmura-t-elle.

À ce simple mot, le regard du marquis, doux comme une caresse, se fixa ostensiblement sur ses lèvres.

En quelques secondes, son éclat de colère avait été annihilé par sa gaieté de voir que cette délicate et si féminine jeune fille avait pensé le sauver, lui. Il avait vu ses yeux miroiter au soleil, traversés d'éclairs de contrariété, puis il s'était abîmé dans leurs profondeurs de vert et d'or. Alors son rire s'était évanoui. Elle avait entrouvert ses lèvres et, sans qu'il l'eût voulu, son regard avait plongé pour suivre leur forme délicate et admirer leur douce et rose plénitude. Ce qui l'avait amené à se demander quel goût elles auraient…

— Je…, chuchota-t-elle à nouveau.

Nathaniel sortit brutalement de son extase, voyant l'expression choquée sur le visage de Grace et ses joues s'empourprer. Il éprouva comme un arrachement au plus profond de lui lorsqu'elle relâcha sa main. Sa main droite. Celle qui était abîmée, avec sa peau vilainement plissée, qu'il relégua bien vite derrière son dos, hors de sa vue.

— Je… Je suis désolée, milord, dit-elle, se refusant à croiser ses yeux. Cet oiseau était-il censé fondre sur vous comme cela ?

Elle était si jolie ! Trop jolie, trop délicate pour une bête comme lui. Il trouva cependant la force de tenir à l'écart son humiliation, afin d'aplanir leur mutuel embarras.

— Oui, mais ce n'est pas votre faute, répondit-il tout en retirant son gant de sa main gauche, pour s'occuper. Vous avez cru bien faire.

L'image de Ralph Rendell s'imposa soudain à son esprit. Voilà qui ferait une paire bien assortie. Tous deux étaient du même âge, jeunes et attirants. Sans la moindre cicatrice. Cette pensée eut sur son ardent désir le même effet que s'il fût tombé dans les eaux de la Shiver Beck, un jour d'hiver. Cela lui était arrivé une fois et l'avait à tout jamais guéri de l'envie de recommencer.

— Est-ce qu'il va revenir ? demanda Grace.

Il balaya le ciel du regard. Amber était presque en assez bonne forme pour retourner à la vie sauvage. Mais reviendrait-elle, après la frayeur que lui avait causée Grace ?

— Là-bas, vous voyez ? dit-il soudain, en pointant l'oiseau du doigt. Elle n'est pas partie. Pas encore.

— Comment se fait-il… ? Est-elle apprivoisée ? Est-elle à vous ?

Il lui raconta alors comment Amber s'était retrouvée confiée à ses soins.

— Son aile est guérie, à présent. Je l'ai fait voler chaque jour un peu plus pour qu'elle se renforce. Elle revient pour la nourriture, bien qu'elle ait commencé à chasser par elle-même. Un jour, elle ne reviendra pas. Avec un peu de chance, elle mettra le cap sur le nord, et retournera dans les Highlands où elle est née.

— Cela semble si romantique, les Highlands, dit-elle d'une voix nostalgique.

— Encore une romance, Miss Bertram ?

Elle pinça les lèvres, et une légère rougeur lui monta aux joues. Depuis leur différend de l'autre soir au sujet des histoires d'amour, pensa-t-il, elle n'avait fait aucun commentaire. Et, à présent, il venait de se produire cet intermède, quand il avait pensé à…

Qu'avait-il pensé, au juste ? Pendant un moment, oubliant son apparence, il avait été un homme plongeant les yeux dans ceux d'une jolie jeune femme. Cela avait été une erreur, qui ne devrait pas se reproduire.

— Êtes-vous déjà allée en Écosse ? demanda-t-il.

— Non, mais j'en ai vu des peintures. C'est comme ici mais… en plus vaste.

Nathaniel regarda autour de lui. En plus vaste, en effet. Bien plus.

— Où est Clara ? s'enquit-t-il.

— Elle est malade. Je l'ai laissée dormir, Mrs Sharp à son chevet, pendant que j'allais faire un peu d'exercice.

— A-t-elle besoin d'un médecin ?

— Non. Nous pensons toutes les deux qu'il s'agit d'un petit rhume. Il n'y a pas de signes de fièvre. Mais elle ne se sent pas bien, pauvre petit bout de chou.

— J'irai la voir, dès que je serai rentré.

Un objet attira son regard. Il se pencha pour le ramasser.

— Un carnet à croquis ? s'étonna-t-il.

— Je pensais avoir le temps de dessiner la vue. Je n'étais encore jamais allée là-haut, car c'est trop loin pour Clara.

Nathaniel feuilleta le carnet.

— Il n'y a pas beaucoup de paysages, remarqua-t-il.

— Non.

Elle tendit la main, et il mit prestement l'objet hors de sa portée, de sorte à continuer d'en parcourir les pages.

— Ce sont surtout des portraits, expliqua-t-elle d'un ton dissuasif. Et ils ne peuvent être d'un quelconque intérêt pour vous, étant donné que vous ne connaissez aucun des modèles.

— Oh ! je n'en suis pas si sûr. Tenez, ici…

Il désigna trois jeunes femmes, et rit sans retenue.

— Je pourrais m'intéresser à ces trois beautés, poursuivit-il. S'agit-il des amies dont vous m'avez parlé ?

— Oui, avoua-t-elle en rougissant un peu.

Il regarda le dessin de plus près. Il dénotait un réel talent artistique.

— C'est très bon. Laquelle est laquelle ?

Quand Grace lui eut nommé ses trois amies, il lui demanda :

— Voudriez-vous faire un portrait de Clara pour moi, quand elle ira mieux ? J'aimerais en avoir un d'elle à cet âge.

— Oui, bien sûr.

— Merci, dit-il en lui rendant son bien. Peut-être vous plairait-il de faire des esquisses en attendant de voir si Amber revient ?

Grace se jucha sur un rocher, et Nathaniel se tint derrière elle, s'écartant légèrement, la regardant travailler. Il aurait pu la contempler ainsi toute la journée : son froncement de concentration, la façon dont elle se pinçait la lèvre inférieure avec les dents, ses mèches blondes détachées par le vent et que le soleil parait de reflets. Rendell serait un homme heureux, si elle avait jeté son dévolu sur lui.

Bien trop tôt à son goût, elle referma son carnet et se leva.

— Il faut que je retourne auprès de Clara, dit-elle. Oh ! Amber est revenue.

Effectivement, constata Nathaniel, l'aigle décrivait des cercles autour du vallon. Et il ne l'avait pas même remarqué !

— Reculez, dit-il, enfilant le gantelet sur sa main gauche. Et pour l'amour du ciel, tenez-vous tranquille ! Il ne faut pas que nous l'effrayions, cette fois-ci.

Il attendit qu'elle recule de quelques pas, puis sortit de son sac un morceau de lapin. Il se tourna alors en direction de l'oiseau qu'il appela, étendant le bras gauche, tenant la viande entre le pouce et l'index. Il y eut un bruissement d'ailes puis, aussitôt, l'impact et la secousse des pattes qui se posent, suivis de la pression des serres à travers le cuir solide de son gant.

— Puis-je la caresser ? demanda Grace.

Nathaniel prit dans sa poche un chaperon qu'il glissa sur la tête d'Amber.

— Vous le pouvez maintenant, dit-il.

Tout en parlant il avait regardé furtivement Grace, qui était de profil, l'arc de ses sourcils mis en valeur au-dessus de son petit nez parfait, tandis qu'elle caressait les plumes d'Amber.

— Elle ne me blesserait pas. Vous vous êtes moqué de moi, quand j'ai cru qu'elle vous attaquait.

— Ce qui m'a fait rire, c'était de vous voir si témérairement convaincue que vous pourriez me protéger. J'aurais peut-être dû m'en abstenir, puisque vous avez fait montre de courage, mais, s'il vous plaît, soyez plus vigilante à l'avenir, en particulier si Clara est avec vous. Le chaperon est destiné à calmer Amber. Elle est encore foncièrement sauvage : imaginez-vous les dégâts que son bec pourrait infliger au visage d'une personne ?

Grace observa l'oiseau et frissonna.

— Elle paraît si cruelle !

— Non, c'est de l'efficacité. Cela l'aide à survivre. La cruauté n'entre pas en ligne de compte. Mais Amber est un prédateur tout-puissant et devrait être traitée avec respect. Venez, il est temps de la ramener à son enclos.

Ils redescendirent la colline jusqu'à l'écurie.

— Vous plairait-il de voir mes autres oiseaux ? demanda-t-il. Ils sont plus petits qu'Amber, mais apprivoisés. Je les utilise pour la fauconnerie, comme les hommes l'ont fait pendant des siècles.

Grace hésita avant de répondre :

— J'aimerais les voir, bien sûr, mais peut-être un autre jour ? Il faut que je retourne auprès de Clara.

— Je viendrai la voir une fois que j'aurai mis Amber dans son enclos, annonça-t-il.

Il regarda Grace s'en aller, et repensa au moment qu'ils avaient partagé sur la colline, alors qu'il était remué par des émotions conflictuelles.

Ce regard, qui avait embrasé toutes sortes de désirs au plus profond de lui ! Et elle y avait réagi, ses yeux ne mentaient pas. Elle n'avait été que trop consciente du frisson qui était passé entre eux.

Il y avait si longtemps qu'il n'avait éprouvé de telles émotions envers une femme ! Non pas le seul besoin physique, mais le désir de… plus. Et la plus redoutable et aléatoire des questions venait de s'enraciner en son cœur. Et si… ?

Elle lui avait tenu la main sans broncher, sans même paraître s'en rendre compte…

Il étouffa, avant qu'il n'éclose, le bourgeon d'espoir qui s'était formé dans son cœur.

Une belle jeune femme comme elle ne voudrait jamais d'un être si abîmé que lui.

Cet attendrissement intime, mélancolique, s'était éveillé en lui au moment du décès d'Hannah et de David. Quand il avait compris que, hormis sa mère, il était vraiment seul au monde.

Je vais m'adapter à cette nouvelle réalité. Il me reste Clara. Personne ne peut me la prendre.

Il installa Amber dans son enclos, travaillant machinalement, le cœur lourd, accablé par le fardeau de la perte.

De retour à la maison, il trouva Clara inconsolable. Aucune place ne lui convenait. La seule où elle voulût s'installer, c'était sur les genoux de Grace, aussi ne les vit-il guère toutes deux durant le reste de l'après-midi et la soirée. Sa propre compagnie l'ennuyant, il se rendit à la bibliothèque pour s'atteler à sa comptabilité. Il n'arriva pas à se concentrer cependant, ses pensées vagabondant encore et encore vers ce moment, sur la colline, où leurs regards étaient entrés en collision. Admettant finalement sa défaite, d'autant que l'horloge avait sonné 11 heures, il prit l'escalier pour monter se coucher.

Sur le palier, un geignement et un accès de toux lui parvinrent aux oreilles. Priant pour que l'état de Clara n'ait pas empiré, il se dirigea vers la chambre à coucher de la fillette.

Ce n'est qu'un rhume. Il n'y a rien à craindre. Elle va s'en remettre.

Mais une froide anxiété le taraudait. L'enfance était précaire : beaucoup de petits mouraient à cet âge. Il ne pourrait le supporter. Clara était tout ce qu'il lui restait de sa bien-aimée Hannah. Il ne pouvait la perdre, elle aussi.

Il devait en avoir le cœur net !

Il entra dans la pièce sans bruit, le regard attiré vers le lit, à peine visible à la lueur du feu de cheminée mourant.

Clara était endormie sur le dos, bras et jambes écartés, la bouche ouverte ; elle ronflait doucement. Son amour pour cette jolie petite fille lui emplit alors le cœur. Elle était si précieuse ! Une forme pâle attira son regard. Il distingua une main reposant sur la couverture, à moins d'un mètre de Clara. Il fit le tour du lit sur la pointe des pieds, son ombre vacillante le précédant, et il aperçut Grace presque endormie sur une chaise, la tête penchée en arrière, la courbe blanche de sa gorge à la fois séduisante et vulnérable. Même dans le sommeil elle restait gracieuse, avec ses cils en éventail sur ses délicates pommettes, ses cheveux blond miel en tresse lâche sur son épaule.

Grace… Ce nom lui allait à la perfection. Depuis l'après-midi, il ne pouvait plus penser à elle en tant que Miss Bertram.

Elle n'était vêtue que d'une fine chemise de nuit blanche moulante, drapant délicatement ses petits seins, et soulignant avec précision les bourgeons fermes de ses mamelons.

Le sang de Nathaniel afflua aussitôt dans son bas-ventre. Il se força à détourner son regard fixé sur la poitrine de Grace, et à refréner cette lubricité déplacée.

Elle avait froid.

Sa couverture était tombée à ses pieds. Il s'accroupit pour la ramasser, puis l'étendit doucement sur elle. Une ride évanescente lui plissa le front. Elle tourna la tête pour s'appuyer contre le dos de la chaise, puis ses hanches suivirent le mouvement. Elle murmura une parole d'une voix douce et indistincte. Puis elle se calma, son front redevint lisse et ses lèvres détendues, tandis qu'elle replongeait dans le sommeil.

Retenant sa respiration, Nathaniel borda la couverture autour d'elle pour qu'elle ne retombe pas, puis, veillant à ne pas faire le moindre bruit, il réalimenta le feu.

Il quitta ensuite la chambre sur la pointe des pieds et referma doucement la porte.

Chapitre 13

— Qu'en dites-vous, Alice ?

La jeune domestique s'écarta un peu, avant de répondre :

— Je trouve qu'ils vont mieux. Ils rendent la pièce plus lumineuse. Plus… joyeuse, en quelque sorte.

— C'est bien ce que je pense aussi, dit Grace en admirant les nouveaux rideaux aux fenêtres du salon de réception.

Elle les avait dénichés dans une énorme presse à linge, dans l'une des chambres d'invités, lors de ses recherches d'objets susceptibles d'apporter une note plus accueillante à la maison. Les rideaux précédents, lourds et d'un vert profond, étouffaient la pièce, absorbant toute sa lumière. En revanche les nouveaux l'éclairaient, avec leurs motifs blancs et or. Le doré rappelait les veines des cases blanches du jeu d'échecs et des panneaux de marbre encastrés dans les portes d'une armoire décorative, que Sharp avait transférée dans la pièce à sa demande.

L'évocation du jeu d'échecs entraîna les pensées de Grace dans une direction qu'elles prenaient de plus en plus fréquemment depuis sa rencontre fortuite avec Lord Ravenwell sur la colline, trois jours auparavant. Il avait changé depuis son arrivée au domaine. Ils ne se voyaient alors que le soir, au dîner. À présent, il rendait visite à Clara régulièrement dans la nurserie, où elle les avait surpris tous deux, la veille, en train de jouer avec la maison de poupée qu'il lui avait fait envoyer de York. Et, chaque soir après le dîner, il passait du temps avec Grace dans le salon de réception. Ils jouaient aux échecs ou aux cartes, ou bien Nathaniel lisait, parfois à voix haute, tandis qu'elle s'occupait à repriser ou à broder. Bien qu'elle adorât passer ses journées avec Clara, Grace attendait les soirées et la compagnie de Lord Ravenwell avec un plaisir croissant.

Elle espérait qu'il approuverait les changements qu'elle avait effectués ce jour-là. Elle avait enlevé les housses du pianoforte et d'un sofa or pâle, qu'elle avait disposé avec les deux fauteuils près de la cheminée. De plus, Sharp et Ned avaient rapporté deux chaises tapissées qu'elle avait trouvées stockées sous des housses, à la salle à manger. Il ne restait plus qu'à ajouter pour finir quelques ornements sur le manteau de la cheminée.

— Vous avez mis un autre tapis, mademoiselle, remarqua Alice.

Clara, encore un peu enrhumée mais ayant recouvré son énergie, y était étendue de tout son long en compagnie de Sweep.

— Il est plus beau que cette chose ennuyeuse qu'il y avait avant, comme dit Mrs Sharp, avec ces jolies couleurs dans son motif, reprit Alice.

— Clara, fais attention aux griffes de Sweep ma puce, dit Grace avant d'incliner la tête pour s'adresser à Alice. Comment ? Mrs Sharp vous a dit ça ?

Peu à peu, l'intendante montrait plus de chaleur envers elle. Toutefois, sa réaction, quand elle l'avait informée un peu plus tôt qu'elle ajouterait quelques meubles dans le salon de réception, avait été peu engageante. De sorte que Grace avait craint un retour à leurs relations glaciales des débuts.

— Oui, mademoiselle. Elle est venue quand vous êtes sortie avec ce chat.

Tout le foyer, hormis Clara et elle, désignait Sweep comme « ce chat ». Clara était transie d'amour pour son chaton, qui épuisait la maisonnée, et Grace faisait tout son possible pour limiter le nombre de ses méfaits. Elle l'emmenait dehors plusieurs fois par jour pour préserver la propreté de la maison, et dans le vain espoir de le fatiguer. À mesure qu'il grandirait, il deviendrait plus facile de composer avec lui. Du moins l'espérait-elle.

— Mrs Sharp vous a-t-elle dit où se trouve l'autre tapis ?

— Pas besoin, mademoiselle, répondit Alice. Elle est allée le chercher.

La porte s'ouvrit sur Sharp qui entra en titubant, une carpette roulée sur l'épaule, car l'objet était trop petit pour qu'on le qualifie de tapis. Ils déplacèrent les meubles, enroulèrent le tapis ancien tout miteux, et déroulèrent à sa place le nouveau, orné de motifs symétriques blancs, gris et verts.

— Je l'ai battu copieusement pour le dépoussiérer, déclara Mrs Sharp.

Ils remirent tous les quatre les meubles en place, puis reculèrent pour admirer l'effet produit par ce changement.

— C'est splendide, commença Grace, puis elle s'interrompit net, le cœur cessant de battre. Où est Clara ?

Elle l'avait installée à l'autre bout de la pièce pendant qu'ils s'occupaient des meubles, mais il n'y avait plus aucun signe de sa présence. Ni de celle de Sweep. Et la porte était entrouverte. Grace s'élança dans le hall, se maudissant d'avoir été si distraite.

— Oh ! non ! s'exclama Mrs Sharp, dont le visage était devenu soudain pâle comme cendre.

Elle agrippa Grace et lui indiqua le palier, sans un mot.

Grace sentit aussitôt la nausée affluer dans sa gorge. Son estomac se serra comme pour nier violemment le tableau qui s'offrait à elle sur le palier : Clara, debout sur un coffre, penchée au-dessus de la balustrade, gesticulait pour attraper Sweep, qui marchait nonchalamment sur la rampe.

— Sweep ! Sweep ! Vilain chaton ! criait-elle. Dang'eux !

Avant que Grace ait pu esquisser le moindre geste, une forme noire dépassa tel l'éclair leur petit groupe rassemblé dans le hall. Brack atteignit le palier, se dressa sur ses pattes arrière et attrapa Sweep dans sa gueule. Le hurlement de Clara galvanisa Grace, qui s'élança dans l'escalier. Au moment où elle arriva sur le palier, Brack avait reculé loin de la balustrade, le chaton dans l'étau de sa mâchoire, et Clara était descendue du coffre.

Elle courut en direction du chien, en criant d'une voix perçante :

— Non ! Non ! Pas mordre !

Grace l'intercepta avant qu'elle n'atteignît l'animal, et fit demi-tour, pressant son visage contre le cou à l'odeur si douce de sa fille, pour apaiser sa terreur rétrospective, à l'idée de ce qui avait failli se produire, et de ce qu'elle risquait de voir, si elle regardait Brack. Clara serait anéantie, si Sweep était blessé. Les autres l'avaient suivie.

Elle entendit leurs pas dans l'escalier, derrière elle, puis une main lui agrippa l'épaule, et la tira pour qu'elle fasse demi-tour.

— Il n'y a pas de danger, on peut regarder, déclara une voix grave.

Sa Seigneurie ! Oh ! non ! Je vais perdre mon travail ! C'est tout ce que je mérite. Clara aurait pu mourir ! Mais comment vais-je supporter cela ?

Sa panique se calma. « Pas de danger », avait-il dit. Et aussi qu'on pouvait regarder. Elle releva la tête avec précaution et ouvrit les yeux. Clara, qui poussait des cris de joie, lui fut enlevée des bras. Son regard se fixa aussitôt sur Brack, allongé près du mur, Sweep entre ses pattes avant. Le chaton était sur le dos, les quatre pattes en l'air, s'agitant vigoureusement, comme s'il essayait de frapper la truffe du chien. Comme Grace observait cette scène, Brack baissa la tête et balaya de sa langue le ventre du chaton.

Pas une goutte de sang, pas de désastre !

Les battements du cœur de Grace ralentirent, et elle put respirer à nouveau. Les autres avaient déserté le palier.

— J'étais dans le hall, expliqua Sa Seigneurie. Vous m'avez dépassé à toute vitesse, sans même remarquer ma présence. C'est moi qui ai envoyé Brack récupérer le chat.

Grace baissa le menton, comme étourdie par sa respiration chancelante.

— Je suis désolée, murmura-t-elle. Clara n'aurait pas dû… Je me suis laissé distraire.

— Et par quoi, si je puis me permettre ?

Comment admettre qu'elle avait été distraite par les changements qu'elle opérait dans la maison ? Qu'y avait-il de pire qu'un aveu pareil ?

Mais cela aurait été bien plus grave, si Clara était tombée. Ses genoux tremblèrent à cette pensée. De nouveau, elle serra les paupières pour ne plus voir, le cou et les épaules raidis, s'arc-boutant pour ne pas s'effondrer telle une masse gémissante.

J'ai tout gâché !

— Eh bien ?

Ces simples mots, prononcés d'un ton sévère, l'obligèrent à ouvrir les yeux et à regarder le marquis. Ses yeux sombres la sondaient.

— Alice ? appela-t-il d'une voix forte. Montez, voulez-vous ? Emmenez Clara à la nurserie. Et emportez ce chat infernal. J'attends, reprit-il à l'intention de Grace, haussant un sourcil.

— Nous étions en train de faire quelques changements dans le salon de réception, commença-t-elle, ses deux mains cramponnées l'une à l'autre.

— Quels changements ?

Grace s'efforça de soutenir son regard pour lui répondre.

— Vous m'aviez assuré que je pourrais en faire.

Une expression dédaigneuse passa sur le visage du marquis. Comment l'en blâmer ? Ce qui venait de se produire était inexcusable. Clara était sous sa responsabilité.

— Je suis désolée, gémit-elle, je ne cherche pas à me trouver des excuses. Nous étions en train de déplacer des meubles. La minute d'avant, Clara jouait à l'autre bout de la pièce avec Sweep, celle d'après, elle avait disparu.

Un frisson de peur l'envahit comme elle revivait le moment terrible où elle s'était précipitée dans le hall et avait aperçu sa petite fille… Elle refréna un sanglot.

— « Nous » ?

La voix calme de Lord Ravenwell était lourde de menaces.

— Vous voulez dire que la maisonnée tout entière était présente et que personne n'a remarqué que Clara avait quitté la pièce ?

— La faute n'en revient qu'à moi seule, milord.

— Nous sommes au moins d'accord sur une chose, concéda-t-il, les yeux brillants de colère.

— Que… Qu'allez-vous faire ? demanda-t-elle d'une voix tremblante qui se fondit dans le sanglot qu'elle n'avait pu contenir, cette fois. S'il vous plaît, ne me renvoyez pas… Je… je me plais ici.

— Ce qui vous fait pleurer, c'est l'idée de perdre votre place, mais qu'en est-il du fait que ma nièce aurait pu mourir ?

— Je… je ne pleure pas sur mon sort ! Cette image a marqué mon esprit au fer rouge. Elle est si petite, si vulnérable ! Je ne peux pas oublier l'horreur de l'avoir vue…

Elle se tordit les mains, tout en s'efforçant, en dépit de sa vue embuée, de comprendre l'expression du marquis.

— La seule raison de votre présence ici est que vous vous occupiez de ma nièce ! dit-il d'un ton rude et intransigeant. Pourtant, il m'apparaît que transformer votre environnement, ma maison en l'occurrence, en ayant en tête le luxe qui vous conviendrait, vous intéresse plus que de vous soucier du bien-être de Clara.

Piquée au vif, Grace lui décocha un regard furieux.

— C'est injuste ! protesta-t-elle. Et ce n'est pas vrai. Vous savez très bien pourquoi je procède à ces changements. Vous étiez d'accord.

Elle inspira avec peine, avant de poursuivre :

— Tout ce que je souhaite, c'est de rendre la maison plus confortable et joyeuse pour votre nièce. C'est une enfant. Vous pouvez choisir de vivre dans cet environnement froid et morne, mais Clara mérite mieux ! Elle mérite une maison et une famille aimante.

— Et au lieu de cela, elle m'a moi ? Et une maison pleine de domestiques ?

Ces paroles avaient été inspirées par l'aigreur, mais Grace fut submergée de honte. Elle n'avait pas eu l'intention de le blesser. Cependant, avant qu'elle ait eu le temps d'essayer de réparer les dégâts, Sharp appela avec insistance depuis le hall.

— Milord, milord !

— Qu'y a-t-il ?

— C'est Sa Seigneurie Madame votre mère, milord. Sa voiture est en train de monter l'allée.

Lord Ravenwell serra les mâchoires et fusilla Grace du regard.

— Cette question n'est pas réglée, dit-il, tout en fouillant dans sa poche pour en extraire une lettre qu'il lui remit. Tenez… Ned l'a rapportée du village. Un hasard heureux a fait que je suis entré dans la maison pour vous l'apporter au plus vite. Si j'avais différé cela, Clara serait peut-être morte à l'heure qu'il est. Maintenant, vous pouvez disposer. Faites en sorte que Clara soit présentable et amenez-la au salon dans vingt minutes pour qu'elle salue sa grand-mère. Et pour l'amour de Dieu, tenez ce chat à l'écart de son chemin !

Il descendit l'escalier quatre à quatre, Brack sur ses talons. Grace se dirigea lentement vers la nurserie, les yeux brûlants de honte.

« Si j'avais différé cela, Clara serait peut-être morte à l'heure qu'il est. »

Il avait raison. Elle ne l'avait jamais vu aussi furieux, ni aussi cinglant. Et s'il persuadait sa mère de reprendre Clara chez elle ? S'il estimait qu'elle-même n'était pas la bonne personne pour s'occuper de Clara ? Il aurait des raisons de le penser ! Il fallait qu'elle fasse tout son possible pour impressionner sa mère. Si cette dernière jugeait qu'elle convenait, elle pourrait persuader son fils de la garder comme gouvernante de Clara.

Avant d'aller à la nurserie, elle passa dans sa chambre, car elle avait besoin d'un moment de tranquillité pour se remettre les nerfs d'aplomb.

Elle se jucha sur son lit, tout ébranlée encore, saisie d'une angoisse nauséeuse.

En quête de distraction, elle ouvrit la lettre. Elle provenait de Joanna. Impatiente d'apprendre comment son amie s'en sortait comme gouvernante de la famille Huntford dans le Hertfordshire, elle commença de lire, et resta bouche bée devant ce qu'elle apprit. Joanna, abandonnée bébé à la porte de l'École pour jeunes filles de Mme Dubois, était la petite-fille d'un marquis ! Non seulement ce grand-père l'avait publiquement reconnue, mais encore Joanna avait fait sa connaissance. Puis elle était tombée amoureuse de Luke Preston, le fils du comte d'Ingham, et ils s'étaient mariés récemment.

Le bonheur de son amie illuminait chaque mot qu'elle avait tracé sur le papier. Grace était tiraillée entre être heureuse pour son amie et l'envie qu'elle ressentait. Bien sûr, elle était excitée et émue pour Joanna, sachant combien celle-ci s'était languie de connaître sa vraie famille, cependant ; elle ne pouvait s'empêcher de comparer l'avenir heureux qui attendait cette dernière aux incertitudes qui pesaient sur le sien. Elle ne voulait pas quitter Shiverstone. Elle ignorait comment y parvenir, mais elle devait, d'une façon ou d'une autre, persuader Lord Ravenwell qu'il ne pourrait pas se débrouiller sans elle.

Reposant la lettre, elle se hâta de gagner la nurserie pour pomponner Clara en vue des retrouvailles avec sa grand-mère.

Dix minutes plus tard, Grace inspira profondément, lissa ses cheveux d'une main nerveuse, puis frappa à la porte du salon de réception avant d'entrer, la main de Clara fermement calée dans la sienne. Le marquis se tenait devant la cheminée, ses mains jointes serrées derrière son dos. Son regard était dur : sa colère mijotait encore.

Elle déglutit et traversa la pièce, tirant subrepticement Clara, qui s'était soudain mise à traîner les pieds. Une dame âgée, fortement charpentée, avec les mêmes yeux brun profond que son fils, les observa traverser la pièce.

Grace fit la révérence.

— Mère, voici Miss Bertram. Miss Bertram, ma mère, Lady Ravenwell.

Sa Seigneurie la détailla de la tête aux pieds, avant d'incliner finalement la tête. L'expression de la marquise n'indiquait en rien si elle approuvait ou désapprouvait. Il fut difficile pour Grace de ne pas se sentir mal à l'aise face à un examen si minutieux, qui réveilla en elle le souvenir désagréable de ses sempiternelles convocations dans le bureau de Mme Dubois, pour cause d'infractions au règlement de l'école.

L'expression de Sa Seigneurie s'adoucit quand elle tourna les yeux vers Clara.

— Viens voir grand-maman, Clara, dit-elle en lui tendant les bras.

Grace pressa la petite fille d'avancer, craignant qu'elle ne se souvînt pas de sa grand-mère. Mais la réticence initiale de Clara laissa vite place à l'enthousiasme et elle se précipita, lui lâchant la main.

— Ganmama ! dit-elle en se laissant étreindre et embrasser, avant de gigoter pour se libérer, et d'ajouter : Ganmama, moi j'ai Sweep.

— Oh ! Elle parle de nouveau. Nathaniel, vous avez fait des merveilles avec elle !

Le marquis s'éclaircit la gorge.

— Je crois qu'il faut que vous portiez les progrès de Clara au crédit de Miss Bertram, reconnut-il.

— C'est ce que je vais faire alors. Merci, Miss Bertram.

Grace sourit à Sa Seigneurie et fut de nouveau soumise à une évaluation aiguë. Lord Ravenwell avait-il parlé à sa mère de son manquement à ses devoirs ? Un coup d'œil à l'expression de pierre de son employeur ne lui fournit aucun indice. Elle hésita un instant, ne sachant pour la première fois depuis son arrivée ce que l'on attendait d'elle. Elle avait commencé à sentir qu'elle faisait partie de la famille, avec un rôle bien établi dans le foyer, mais l'arrivée de Lady Ravenwell avait mis en évidence sa véritable position. Elle n'était ni membre de la famille, ni domestique, mais quelque chose entre les deux. Et elle se sentait à cet instant en porte-à-faux. Elle battit en retraite jusqu'à une chaise près de la fenêtre, tandis que Clara restait auprès de sa grand-mère, la suppliant de venir voir son chaton.

Une seule et même pensée la harcelait sans répit : elle avait oublié quelle était sa place et avait franchi la frontière séparant les employés et la famille. Lord Ravenwell avait raison d'être en colère. Elle balaya la pièce d'un regard furtif. Ses changements amélioraient sans doute l'endroit, mais elle comprenait mieux comment ils devaient apparaître au marquis. Elle avait été présomptueuse en acceptant le chaton sans le consulter d'abord, puis en commençant des modifications dans sa maison. Elle était une intruse, agaçante de surcroît. Pour couronner le tout, elle avait aggravé son erreur en impliquant le reste du personnel dans ses initiatives inconsidérées.

— Miss Bertram !

La voix exaspérée du marquis fit irruption dans sa flagellation silencieuse. Elle se leva en sursaut. Il se tenait juste en face d'elle de sorte qu'elle fut obligée de tendre le cou pour croiser son regard.

— Il vaudrait mieux que vous alliez chercher cet infern… Sweep, grommela-t-il. Clara n'aura pas de repos tant que Mère n'aura pas fait sa connaissance.

Chapitre 14

Le dîner avec Lady Ravenwell fut une épreuve pour Grace. Resplendissante dans sa robe de satin vert, un turban assorti et portant des émeraudes, Sa Seigneurie parut à peine remarquer sa présence. Elle entretenait son fils de connaissances mutuelles qui étaient visiblement pour ce dernier le cadet de ses soucis. Grace se sentit soulagée lorsque le repas prit fin. Cependant, avant qu'elle ait pu s'excuser et disparaître à l'étage, Lady Ravenwell lui signifia clairement qu'elle souhaitait sa compagnie dans le salon de réception, pendant que son fils resterait dans la salle à manger pour y prendre son brandy.

— Vous pouvez servir le thé, commanda-t-elle en quittant majestueusement la pièce.

Grace jeta un coup d'œil par-dessus son épaule en direction de Lord Ravenwell, car elle avait entendu le grincement de sa chaise sur le sol. Il avait l'habitude de boire son brandy dans le salon de réception, mais cette fois il avait simplement écarté sa chaise de la table. Il s'inclina en arrière, étirant ses longues jambes.

Croisant son regard, Grace perçut pour la première fois depuis l'après-midi une lueur d'amusement sur son visage. Elle pinça les lèvres et quitta la pièce à grandes enjambées. Elle avait compris sans difficulté ce qui le réjouissait : elle était l'agneau que l'on devait sacrifier sur l'autel du bavardage de sa mère.

Ce fut pire que ce qu'elle craignait. Sa Seigneurie ne souhaitait pas converser avec elle. Pas plus, d'ailleurs, qu'elle ne voulait lui parler, ayant déjà satisfait ce besoin avec son fils tout au long du repas. Son intention devint limpide une fois que Mrs Sharp eut déposé le plateau du thé et quitté la pièce. À peine Grace avait-elle versé les premières gouttes du breuvage que son interrogatoire commença.

D'où venait-elle ? Qui était sa famille ? Où était-elle allée à l'école, et ensuite ? Quelles étaient ses qualifications, si du moins elle en avait ? Pour ce dernier point, son ton indiquait clairement qu'elle en doutait. Et, par-dessus tout, cette question qui revenait sans cesse : comment avait-elle appris qu'il y avait un poste de gouvernante à pourvoir à Shiverstone Hall ?

— L'offre d'emploi a été publiée dans le *York Herald* qui n'est pas, autant que je sache, lu à Salisbury. Comment avez-vous donc découvert cela ?

— Mon professeur, Miss Fanworth, a été avertie de la vacance du poste par l'un de ses amis.

Elle avait plaqué une main sur sa hanche, doigts croisés. Un mensonge n'en était pas vraiment un, si vous aviez les doigts croisés — du moins était-ce ce que ses amies et elle se racontaient autrefois. En outre, c'était presque vrai. C'était Miss Fanworth qui avait trouvé le poste de Rachel à Huria. Elle aurait donc fort bien pu en faire de même pour elle.

— Et quel est le nom de cet ami ?

— Je ne me souviens plus.

— Êtes-vous déjà allée à Harrogate, Miss Bertram ?

— Non, milady.

Cela au moins n'était pas faux. La diligence dans laquelle elle avait voyagé jusqu'à Ravenwell Manor l'avait déposée avant Harrogate.

Quand le marquis entra dans le salon, près d'une heure plus tard, Grace était à bout de nerfs. Aussi, alors que l'attention de Sa Seigneurie se focalisait sur son fils, demanda-t-elle la permission de prendre congé.

— Vous retirez-vous de si bonne heure, d'ordinaire ? s'enquit la marquise.

— Je crains que Clara ait le sommeil agité, du fait de l'excitation liée à votre arrivée, milady, d'autant plus qu'elle a eu un rhume récemment. Depuis mon petit salon à l'étage, je pourrai entendre, si elle se réveille.

Des visions de Clara s'aventurant sur le palier — bien qu'elle sût que le coffre avait été enlevé — l'avaient tourmentée toute la soirée.

— Voilà qui est digne d'éloges, assurément ! Je crois qu'il convient d'accorder des louanges quand elles sont méritées, Miss Bertram, et je vous avoue qu'en dépit de votre jeunesse, je suis impressionnée par votre souci du devoir. Je vous remercie de prendre si bien soin de ma petite-fille.

Grace rougit, alors que son regard voletait jusqu'à Ravenwell et se fondait dans le sien. Tous deux savaient pertinemment qu'il s'agissait là d'une contrevérité.

Comme elle montait l'escalier, la certitude que le marquis raconterait les derniers événements à sa mère la tourneboula. Les suspicions évidentes de Lady Ravenwell à son sujet étaient déjà assez inquiétantes, et si la marquise venait à apprendre sa négligence, elle serait sûrement renvoyée. Que ferait-elle alors ?

Elle jeta un coup d'œil rapide dans la chambre de Clara. Sa fille dormait profondément, sur le dos comme de coutume, les couvertures repoussées de guingois, le pouce enfoncé dans la bouche.

Grace entra et se tint près du lit, submergée par son amour maternel. Enfin, elle arrangea les couvertures, s'inclina pour déposer un baiser sur le front de Clara et se retira dans son salon.

Le regard abîmé dans les flammes de la cheminée, elle réfléchit à son avenir. Lequel dépendait tout entier de Lord Ravenwell. Jamais elle n'avait ressenti avec une telle acuité le fossé qui séparait sa situation et le monde du marquis. Un monde, réalisa-t-elle, auquel appartenaient désormais Isabel et Joanna. Elle ne leur jalousait pas leur bonne fortune, mais souhaitait néanmoins qu'une petite étincelle de leur bonne étoile rejaillisse sur elle.

Que pourrait-elle faire ? Quel pouvoir avait-elle ?

Les réponses étaient : rien, aucun. Sinon attendre, impuissante, la décision de son employeur. Et s'il décrétait qu'elle devait partir, se battre. Car une chose était certaine : elle ne laisserait jamais sa fille.

Nous pourrions nous enfuir. Je pourrais prendre Clara et m'en aller !

Pendant quelques minutes, elle se complut dans cette chimère, puis le poids de la réalité lui retomba sur les épaules. C'était impossible. Enlever la pupille d'un noble ? Et de quoi vivraient-elles ? Puis une vérité encore plus importante la frappa, une intuition si surprenante qu'elle faillit en perdre le souffle. Jamais elle ne s'enfuirait d'ici, même si elle le pouvait.

Parce que emporter Clara loin de Shiverstone Hall, ce serait quitter Lord Ravenwell.

Nathaniel…

Non seulement elle ne supporterait pas de ne plus jamais le revoir, mais encore elle ne voudrait ni ne pourrait jamais, au grand jamais, le faire souffrir de cette manière.

Secouée jusqu'au tréfonds de son être par cette révélation, elle tituba pour retourner dans la chambre de Clara. Elle resta à contempler sa fille, si belle, tout en se débattant avec ce qu'elle venait de comprendre : elle était tombée amoureuse de Nathaniel. Sous la façade défigurée, irascible et recluse qu'il présentait au monde, elle avait découvert la gentillesse, l'amour et l'intelligence de son cœur.

Cependant…

L'avertissement s'imposa dans sa tête tel un cri…

Rappelle-toi Philip. Tu pensais être amoureuse de lui et tu avais tort. Ne refais pas la même erreur. Nathaniel est un marquis, bien au-delà de ta portée. Et à l'heure qu'il est, tu ne lui plais même pas.

Les paupières lourdes, elle étouffa un bâillement, et sut qu'elle devait aller se coucher. Elle se pencha au-dessus de Clara et lissa doucement les boucles de son front.

— Dors bien, ma petite fille adorée, et fais de beaux rêves, murmura-t-elle. Maman veille sur toi.

Un bruit soudain derrière elle la fit pivoter face à la porte.

Nathaniel se figea. Avait-il bien entendu ? « Maman » ?

Et cette culpabilité, sur le visage de Grace !

Il s'écarta vivement du montant de la porte contre lequel il avait pris appui lorsqu'il avait entendu ces paroles. Elle ouvrait des yeux immenses et au mouvement de sa gorge il vit qu'elle déglutissait. Puis elle glissa dans sa direction, un doigt sur les lèvres, et leva les yeux vers lui. Ses beaux yeux vert doré, les mêmes que ceux de Clara. C'était frappant ! Comment ne s'était-il pas aperçu plus tôt de cette ressemblance ?

Il s'écarta légèrement sur le côté et elle le frôla en sortant dans le corridor. Il sentit les poils de ses avant-bras se hérisser à ce contact, puis la douce fragrance de muguet de Grace envahit ses sens.

Il la suivit sur le palier.

— Expliquez-vous ! lui intima-t-il.

Sa colère s'embrasa, avivée par l'image de Clara en danger et la panique qui s'était emparée de lui, quand il l'avait vue en équilibre sur le coffre. Elle lui était devenue si précieuse ! Que ferait-il sans elle ? Comment survivre, s'il la perdait, elle aussi ? Sa vulnérabilité extrême le terrifia. Et maintenant… Quelles répercussions aurait cette révélation sur leur avenir à tous ?

Grace s'était arrêtée pour refermer la porte.

— Eh bien ? s'impatienta-t-il.

Elle tremblait. Il affermit son courage et se dirigea à grands pas vers le petit salon. Il lui tint la porte ouverte et lui fit signe d'entrer. À l'intérieur, il ranima le feu et rajouta du bois. Il voulait d'abord maîtriser ses nerfs, de manière à se sentir en confiance avant de la regarder.

Grace se tenait tout près de la porte, les doigts serrés à s'en blanchir les articulations.

— Pourquoi êtes-vous venu dans la chambre de Clara ? demanda-t-elle.

— N'en ai-je pas le droit ? Elle est ma pupille, que je sache ! Il fallait que je m'assure que tout allait bien, après le danger qu'elle a couru cet après-midi.

Grace tressaillit.

— Vous ne pouvez pas savoir comme je me sens coupable de l'avoir négligée !

— J'attends toujours votre explication. Je ne voudrais pas avoir à vous la redemander.

— Clara est ma fille.

Cette simple affirmation anéantit jusqu'à l'espoir de croire qu'il avait mal entendu. L'angoisse qui transparaissait dans la voix de Grace lui déchira le cœur. Pour autant, il ne parvint à étouffer ni la colère ni la blessure que lui causait cette trahison. Il commençait à lui faire confiance. Depuis qu'elle était arrivée, ses soirées avaient changé du tout au tout : l'appréhension du moindre contact avait laissé place à des moments ardemment attendus. Comment et quand les barrières qu'il avait bâties contre le reste du monde avaient-elles été rompues ?

— Pourquoi êtes-vous venue ici ? Aviez-vous l'intention de me l'enlever ?

La bouche de Grace s'ouvrit, cependant elle esquiva un instant son regard avant de répondre :

— Non ! Je n'aurais jamais fait cela.

— Vous y avez songé pourtant.

Il la fixa, notant la rougeur qui progressait de son cou jusqu'à son visage.

— Une seule fois… Vous étiez si irrité contre moi… Avant… Mais je n'aurais jamais fait pareille chose. Ce fut une pensée fugace, une vaine chimère. Je n'aurais jamais pu vous enlever Clara, ni vous enlever à Clara. Je ne suis pas aussi cruelle.

— Vous avez déclaré cet après-midi que Clara méritait d'avoir un foyer et une famille aimante. Qu'elle méritait mieux que moi et qu'une maisonnée de domestiques.

Les yeux de Grace brillèrent d'un éclat soudain. Elle traversa la pièce et vint le dévisager d'un air courroucé.

— Vous avez déformé mes paroles, milord. C'est vous qui avez dit qu'elle n'avait que vous et une maisonnée de domestiques.

— Mais vous croyez que c'est vrai, poursuivit-il en la saisissant, ses doigts pinçant la douce chair de son bras. Vous croyez qu'elle mérite mieux. Que je suis incapable de lui offrir une enfance heureuse.

— Non !

Elle se débattit pour se libérer et il la relâcha, reculant d'un pas, honteux d'avoir laissé sa colère prendre le dessus. Cependant, elle ne fit pas retraite. Elle s'approcha plus près, au contraire, ses yeux cherchant les siens.

— Clara vous adore, continua-t-elle.

Son odeur l'enveloppa ; il sentit son haleine chaude sur sa peau. Elle lui caressa la joue du bout des doigts. Son contact avait la légèreté d'une plume.

— Vous ne voyez pas comme les yeux de Clara s'illuminent quand elle vous voit ? C'est ici, sa maison. Elle est heureuse.

Les yeux de Grace se firent plus sombres, et sa main glissa sur la poitrine de Nathaniel. Sans qu'il l'eût voulu, sa tête s'inclina, et il effleura de sa bouche celle, douce et soyeuse, de Grace. Son pouls s'accélérait à mesure que s'accroissait son besoin irrépressible de l'attirer dans ses bras et de la goûter, encore et encore. Cependant ses doutes surpassèrent cet élan.

Elle devait être vraiment désespérée pour envisager de séduire un homme tel que lui. Et, en effet, elle désespérait de rester avec sa fille.

Il se détourna et alla devant la cheminée. Il s'appuya puis s'agrippa au manteau, comme pour s'y ancrer. Grace semblait sincère, mais pouvait-il se fier à son instinct ? En son for intérieur, il se fustigea d'être si stupide. Il devait la congédier sur-le-champ. On ne pouvait trouver aucune excuse à sa tromperie. Pourtant, il ne parvenait à prononcer les mots qui s'imposaient. Mais, que Dieu lui pardonne, il voulait comprendre ! Ce besoin même le rendait fou de rage, une rage tournée contre lui, pas contre elle.

— Ceci n'aurait jamais dû se produire, dit-il.

— Je suis désolée.

Il dut faire un effort pour comprendre la réponse qu'elle venait de murmurer.

— Pourquoi êtes-vous venue ici, si ce n'est pour reprendre votre fille ?

— Quand elle est née et que je l'ai abandonnée, je me suis promis qu'un jour, je la retrouverais, pour m'assurer qu'elle était désirée, aimée et choyée.

— Elle l'a été. Ma sœur et son époux l'adoraient. Et maintenant…

— Et maintenant vous l'adorez, dit-elle.

— Oui, admit-il d'une voix bourrue.

Puis il se tourna vers elle, avant d'ajouter :

— Alors pourquoi cette mascarade ? Pourquoi postuler à ce poste de gouvernante ?

Grace baissa la tête avant de répondre :

— Ce n'était pas une mascarade. Pas précisément.

Elle laissa échapper une bouffée d'air, et ses épaules s'affaissèrent.

— Je vais tout vous raconter depuis le début. Puis-je m'asseoir ? demanda-t-elle.

— Bien sûr.

Il attendit qu'elle se cale dans le fauteuil près du feu, puis approcha une chaise pour s'asseoir en face d'elle. Il la fit pivoter pour s'asseoir à califourchon, posant les bras sur le dos du siège.

L'histoire qu'elle lui narra alors n'était pas unique en son genre. Cela arrivait trop fréquemment : une jeune fille se laissait tourner la tête avec quelques mots doux, de séduisants baisers ; un jeune homme inexpérimenté qui ne mesurait pas les conséquences de ses actes.

— À dix-sept ans, dit-il, songeant que si une telle chose arrivait à Clara, alors qu'elle était jeune et innocente, il se mettrait aux trousses du coupable avec une cravache. Et qu'a dit votre oncle de cela ?

Elle leva la tête d'un coup, l'air horrifié.

— Mon oncle ne l'a jamais su. Ma tante et lui sont très dévots… Ils n'auraient pas… Personne ne le sait, hormis mes trois meilleures amies, et je leur ai fait promettre le secret.

— Mais… Il y a sûrement des professeurs qui s'en sont doutés ?

— Je me suis arrangée pour dissimuler mes changements

physiques. Les vêtements que je portais étaient très amples. Mes cousines étaient plus grandes que moi, et ma tante refusait de retoucher trop drastiquement les habits. Elle disait que je les remplirais en grandissant, et que cela ne valait pas la peine de les retoucher deux fois.

La compassion de Nathaniel pour cette enfant non désirée par sa propre famille s'ouvrit et s'accrut telle une fleur qui éclôt. Comment s'étonner que Grace eût voulu à toute force s'assurer que Clara était aimée et désirée ?

— Quand le bébé est né…, reprit Grace, qui retomba aussitôt dans le silence et se pencha pour appuyer les coudes sur les genoux, les yeux rivés au sol. Eh bien…

Elle hésita de nouveau, puis releva la tête pour le regarder, rougissante, mais le regard résolu.

— Ce fut pire que ce que chacune d'entre nous avait imaginé. Mes amies allèrent chercher Miss Fanworth, qui…

Sa voix s'était mise à trembler, et ses larmes débordèrent.

Sans mot dire, Nathaniel lui tendit son mouchoir.

— Merci, milord.

Elle s'essuya les yeux avant de reprendre son récit :

— Miss Fanworth pensait que le mieux à faire était de trouver une famille qui adopterait le bébé. Elle savait que ma propre famille ne me soutiendrait pas, aussi ne les a-t-on pas mis au courant.

— Mais…, objecta Nathaniel, Mme Dubois, la principale de l'école, a dû le savoir. Je suis surpris qu'elle ne vous ait pas expulsée.

— Je ne doutais pas qu'elle le fît, mais elle non plus n'en a jamais rien su.

— Vous saviez donc que Clara avait été recueillie par Hannah et David ?

— Non. Je ne l'ai appris qu'à mon dernier jour d'école. Miss Fanworth m'a donné leur nom et appris qu'ils habitaient dans le Gloucestershire. Quand j'ai commencé à les chercher, c'était trop tard : Clara était partie. On m'a dit alors que vous étiez son nouveau tuteur et cela ne fit que renforcer ma résolution de m'assurer qu'elle était heureuse. Et que vous vouliez vraiment l'avoir chez vous.

— Pas comme vous, avec votre oncle et votre tante.

— Pas comme moi.

Elle s'arrêta, considéra le mouchoir qu'elle pétrissait dans ses mains, puis se mordilla la lèvre inférieure. Enfin, elle hocha la tête et le regarda avec une lueur malicieuse.

— Ces histoires qu'on m'a racontées à votre sujet, au village… Il va sans dire qu'elles étaient assez féroces pour me pousser à venir jusqu'ici. J'ai même affronté la traversée de cette horrible forêt. En arrivant, j'ai été totalement pétrifiée par les chiens. Et puis, vous vous êtes mis à me réprimander, me reprochant d'être en retard. Aussi, avant même tout calcul de ma part, l'idée de rester ici, de voir Clara chaque jour…

Elle s'étouffa presque à ces mots, puis reprit son souffle péniblement.

— Ne me renvoyez pas, je vous en prie ! Je sais que je vous ai déçu aujourd'hui, et j'ai encore la nausée à l'idée de ce qui aurait pu se produire. Mais je vous jure que je ferai plus attention à l'avenir. Je ne peux pas m'en aller, tout simplement. Je suis désolée de ne pas vous avoir dit la vérité, mais, une fois ici… Comment l'aurais-je pu ?

Nathaniel leva la main, tant il avait horreur de l'entendre le supplier ainsi. Bien qu'elle lui eût menti, il ne pouvait la condamner. Seul le souci du bien-être de Clara l'avait poussée à agir ainsi.

Mais qu'en est-il de ce baiser ? Elle doit s'en aller !

Je sais. Mais je ne veux pas qu'elle s'en aille.

Alors, il faut que tu l'affrontes maintenant, résolut-il.

— Je n'approuve pas ce que vous avez fait, mais je ne vais pas vous renvoyer. Moi non plus, je ne suis pas si cruel. Il n'y avait pas lieu de me séduire avec… avec…

Nom d'une pipe, je n'arrive même pas à le dire !

— Il faut que vous compreniez bien ceci, Miss Bertram. Si vous restez, c'est en tant que gouvernante de Clara. Rien de plus. Et personne, jamais, ne devra connaître la vérité. Celle-ci devrait-elle éclater au grand jour, cela serait trop choquant. Vous devez réaliser combien un tel scandale ferait de tort à Clara, et compromettrait son avenir.

— Oui, bien sûr, dit-elle en s'affaissant contre le dossier de sa chaise, la main sur le visage, serrant toujours son mouchoir. Merci.

Sa voix était étouffée, ses épaules frémissaient et Nathaniel l'entendit renifler. Il refréna son désir pressant de la réconforter. Au lieu de cela, il contempla le feu, attendant qu'elle recouvre son calme. La flambée avait bien repris : des langues orange, jaunes, et parfois vertes, s'élevaient dans la cheminée. Enfin, il vit du coin de l'œil que les mains de Grace avaient quitté son visage et qu'elle s'était redressée sur sa chaise. Il put alors reprendre leur conversation.

— Donc, continua-t-il, le secret restera entre nous. Personne d'autre ne doit savoir. Je…

Une pensée le frappa soudain.

— Avez-vous raconté cela à vos amies ? Ou à votre professeur ?

Il ne pouvait se rappeler avoir expédié une lettre pour elle, depuis celle écrite le jour de son arrivée.

— Non, répondit-elle. J'avais trop honte d'avouer ce que j'avais fait, et je ne voulais pas non plus mentir : aussi ne leur ai-je pas encore écrit. J'ai seulement dit à Miss Fanworth que j'avais retrouvé la trace de Clara, qu'elle était heureuse, et que j'avais quant à moi trouvé un emploi de gouvernante. Elle ne connaît pas la vérité.

Le soulagement, le doute et la colère persistante se mêlaient de manière houleuse dans l'estomac de Nathaniel.

— Ma mère ne doit jamais le savoir.

— Lui avez-vous rapporté ce qui s'était passé ce matin ?

— Non. Je ne voulais pas l'inquiéter.

— C'est un soulagement.

Les lèvres de Grace frémirent en un sourire tremblotant qui lui envoya un vif afflux de sang dans le bas-ventre. Il mourait d'envie de goûter encore ses lèvres, mais ne pouvait prendre ce risque : jamais une belle femme comme elle ne pourrait désirer un homme aussi abîmé que lui.

Pourtant, lorsque tu l'as rencontrée sur la colline, une étincelle s'est produite entre vous.

Il chassa cette pensée d'un juron silencieux. Il ignorait alors que Grace était la mère de Clara, et elle savait fort bien que le meilleur moyen de rester avec sa fille était de se rendre indispensable, par tous les moyens. Aussi n'était-il guère étonnant qu'elle se fût sentie le droit de transformer sa maison pour l'accorder à ses besoins propres.

— Où est le père de Clara, à présent ? Êtes-vous encore en contact avec lui ?

— Il est mort.

— Je suis désolé.

— Je n'ai pas besoin de votre compassion. Ce que je croyais être de l'amour était en réalité de la vanité. Tout mon être aspirait à la romance, et j'ai succombé à ses mots doux. Je suis plus âgée et plus sage maintenant.

— L'êtes-vous vraiment ? demanda-t-il en haussant un sourcil. Notre récente conversation suggère le contraire.

Les joues de Grace s'empourprèrent aussitôt.

— Je ne me suis pas laissé aigrir par mon expérience, ni n'ai cessé de croire à l'amour, si c'est ce que vous voulez dire.

Touché !

Il ne trouva rien à répondre sans risquer de se trahir. Et quand bien même il serait devenu cynique ? N'avait-il pas de bonne raison pour cela ?

— Je vous souhaite bonne nuit, Miss Bertram, conclut-il.

Il s'inclina pour la saluer et tourna les talons.

Chapitre 15

— Je me fais du souci à propos de cette jeune femme…

Nathaniel prit un instant pour se composer une expression plus calme avant de regarder sa mère, droite comme un I de l'autre côté de son bureau. Il reposa sa plume, et se leva pour lui avancer une chaise. Ensuite il traversa la bibliothèque pour aller fermer la porte.

— Qu'est-ce qui vous préoccupe, Mère ? demanda-t-il tout en se rasseyant sur son propre siège, reposant les avant-bras sur les accoudoirs, les mains sur la poitrine, les extrémités de ses doigts se touchant.

— Je reste perplexe quant aux raisons qui l'ont fait venir ici, loin de ses amies. On imaginerait plutôt le choix inverse, non ?

— Mère, je vous en prie, ne vous mêlez pas de mon organisation domestique. Miss Bertram est très gentille avec Clara. Je ne veux pas la perdre.

— Mais c'est absurde ! Sans même parler de l'imprudence, pour une jeune personne, de voyager toute seule, d'un bout à l'autre de la région ! Aller passer un entretien d'embauche sans avoir la moindre garantie d'obtenir le poste à la fin ? Elle cache quelque chose. J'en suis convaincue.

— Votre imagination vous conduit à des suspicions injustifiées, répondit-il.

En dépit de cette assertion, il lui était difficile de dissiper avec conviction les doutes de sa mère, alors qu'il était encore taraudé par les siens.

— J'ai compris que son professeur connaissait quelqu'un de la région, qui a vu mon annonce.

— J'ai bien envie d'écrire à cette Mme Dubois et…

— Ce n'est pas nécessaire, l'interrompit Nathaniel. Je l'ai déjà fait, et j'ai reçu un compte rendu tout à fait satisfaisant en ce qui concerne la scolarité de Miss Bertram. Il n'y a rien qui puisse nourrir votre inquiétude.

— Je suis votre mère. Il est légitime que je me fasse du souci à votre sujet.

— À mon sujet ? Je croyais que cette conversation avait pour objet la gouvernante de Clara ?

Sa mère poursuivit néanmoins imperturbablement.

— Je n'ai pas l'esprit tranquille à son sujet. Fish a entendu des ragots au village, selon lesquels une jeune femme avait été aperçue furetant dans les parages, posant des questions sur Hannah et David et ce qui leur était arrivé, et cherchant à savoir si Clara se trouvait bien au manoir. Et s'il s'agissait de Miss Bertram ?

— Fish devrait se mêler de ses propres affaires.

Le majordome de Ravenwell Manor avait toujours été un fouineur. Nathaniel repoussa sa chaise et alla s'accroupir à côté de sa mère.

— Ne vous inquiétez pas, affirma-t-il. Miss Bertram s'occupe très bien de Clara, et elle s'est bien acclimatée ici. Même Mrs Sharp est devenue plus chaleureuse envers elle, ce qui, en soi, est un miracle.

— Mrs Sharp aussi se fait du souci à votre sujet.

Nathaniel se releva brusquement.

— Ce n'est ni son rôle, ni le vôtre, de vous inquiéter pour moi ! Je suis adulte, et parfaitement à même de régir mon foyer.

Il refit le tour de son bureau à grandes enjambées et réintégra son siège, furieux d'avoir laissé sa mère l'énerver. Les lèvres de la marquise se pincèrent et ses narines frémirent, comme en réaction à une mauvaise odeur.

— Elle est très jeune. Ce serait sans doute beaucoup mieux

pour Clara d'avoir pour gouvernante une femme plus mûre, plus expérimentée.

— Je crois au contraire que Clara va pleinement bénéficier d'une personne jeune et pleine d'entrain. De plus, Miss Bertram a été instruite de tous les talents requis pour une jeune lady. Elle fera un excellent professeur pour Clara quand celle-ci sera plus grande.

— Elle est aussi excessivement jolie.

Ah ! Nous en arrivons au vif du sujet !

Nathaniel, le sourcil perplexe, croisa le regard scrutateur de sa mère. Elle soupira, puis se lança.

— Très bien, je ne dirai plus rien pour l'instant, mais je garderai un œil vigilant sur elle pendant mon séjour.

Puisse le ciel empêcher sa mère de découvrir la vérité ! implora Nathaniel.

Ou faire qu'elle ne suspecte pas son attraction grandissante envers Grace, ou encore ne devine qu'ils s'étaient embrassés, même si leurs lèvres n'avaient fait que s'effleurer, la nuit précédente.

Il était resté allongé sans pouvoir dormir la moitié de la nuit, rongé par la question de savoir s'il avait eu raison ou non d'autoriser Grace à conserver sa place. Mais il avait fini par admettre qu'il ne pouvait rien faire d'autre. Il ne pouvait séparer une mère de sa fille. Et il ne voulait pas perdre Grace, tant pour son propre bien que pour celui de Clara. Il se plaisait en sa compagnie. Elle avait apporté de la lumière et de l'espoir dans sa vie, par sa seule présence.

Leur baiser avait été un moment d'égarement, au cours duquel leurs deux passions s'étaient mutuellement éveillées.

Cela ne devait pas se reproduire.

— Je suis convaincu que ce n'est pas nécessaire, dit-il, mais si cela peut vous tranquilliser, faites donc. Je ne doute pas que vous prendrez vite conscience que Miss Bertram adore Clara et qu'elle a à cœur de faire pour le mieux dans son intérêt.

— Si vous le dites, Nathaniel ! À présent, il faut que je vous parle de Noël.

— De Noël ?

Après Grace, c'était le tour de sa mère ! Lui qui avait tant souhaité que cette période festive se passe ici sans faire de tapage. Depuis l'incendie, il avait perdu le goût des célébrations. Pourtant, l'année précédente, tous étaient venus à Shiverstone durant douze jours, refusant de le laisser passer un Noël de plus tout seul. Mais les souvenirs heureux étaient devenus un douloureux rappel de plus de l'absence de sa sœur bien-aimée.

— Je souhaite que vous veniez à Ravenwell Manor pour la période de Noël, Nathaniel, car je me trouve dans l'impossibilité de venir ici.

— Puis-je vous demander ce qui vous en empêche ?

Sa mère aussi trouvait-elle trop pénibles les souvenirs du dernier Noël ?

— Votre oncle Peter, expliqua-t-elle avec une grimace, s'est invité avec toute sa famille au manoir. Il y a fait halte récemment pour quelques nuits, alors qu'il se rendait en Écosse. Et avant que j'aie eu mon mot à dire, il avait tout arrangé en ce sens.

La vexation qu'elle avait subie était si évidente que Nathaniel en sourit. Le plus jeune frère de son père était un fieffé finaud ! Les années passant, et voyant que lui-même ne semblait pas avoir l'intention de se marier, ses prétentions sur le titre et le domaine de Ravenwell s'étaient accrues, aussi ne perdait-il pas une occasion d'occuper le terrain.

— Oh non ! Pauvre Mère, quel triste Noël vous aurez, avec cette bande de vautours lorgnant sur le mobilier ! Je serais tenté de me marier, rien que pour lui damer le pion.

— Comme je souhaite que vous le fassiez, Nathaniel !

Elle se pencha brièvement, soudain impatiente. Puis elle se recroquevilla sur sa chaise, avant de poursuivre

— Je crains hélas que vous ne vouliez pas vous donner l'occasion d'être heureux de nouveau. Je pourrais étrangler Lady Sarah, comme Miss Havers, qui se sont si mal conduites envers vous.

— C'était plutôt un acte généreux de leur part. Auriez-vous réellement voulu que de telles écervelées deviennent marquises de Ravenwell ?

— J'aimerais que quelqu'une en ait l'opportunité. J'ai bien peur que vous ne puissiez jamais rencontrer quiconque dans ce lieu sauvage. S'il vous plaît, dites-moi que vous viendrez à Ravenwell pour Noël. Nous pourrions donner une fête du jour des rois, comme nous en avions coutume.

Il détestait avoir à le lui refuser, mais il ne pouvait pas affronter cela, tout simplement. Il n'eut pas besoin de le lui dire, son visage dut rendre son refus évident.

— Je vous en prie, Nathaniel ! Je ne puis supporter l'idée de vous savoir ici, tout seul.

— Je n'y suis pas seul, répondit-il plus brusquement qu'il n'en avait l'intention. J'ai Clara.

Et Grace.

— Mais ne croyez-vous pas que ce serait bénéfique pour Clara de voir sa famille ?

— Non. Hannah m'a raconté la première rencontre entre Clara et mon oncle. Il l'a traitée de... Bon, vous pouvez deviner le terme qu'il a utilisé. Il n'a pas même essayé de dissimuler sa désapprobation. Aussi n'exposerai-je pas Clara à ses insultes. Vous m'en voyez désolé, Mère, mais nous passerons Noël à Shiverstone Hall.

Sur cette réplique, cette dernière se leva.

— Si vous croyez que le sujet est clos, vous vous trompez, Ravenwell !

Et voilà ! Il l'avait contrariée. Elle ne l'appelait Ravenwell que lorsqu'elle était fâchée contre lui.

Sa mère resta une semaine. À la fin, la patience de Nathaniel était à bout. Chaque jour avait vu se répéter leur conversation initiale à propos de Grace et de Noël. Finalement, elle avait admis qu'il n'avait pas parlé à la légère. Il ne renverrait pas Grace et ne la remplacerait pas par une gouvernante plus âgée. De plus, Clara et lui ne viendraient pas passer Noël à Ravenwell Manor. Le seul aspect positif de la visite de sa mère était que sa présence avait occulté la gêne entre Grace et lui, et lui avait permis d'éviter tout tête-à-tête avec elle.

Leur ultime conversation s'était déroulée dans le salon de réception — lequel, pour être honnête, avait été amélioré du tout au tout par les initiatives de Grace. Même sa mère en avait commenté l'apparence plaisante. Elle avait déjà fait sa visite d'adieu à la nurserie, et embrassé Clara, le jour de son départ, et ils se trouvaient seuls, attendant la voiture à cheval de la marquise.

— Nathaniel…, commença-t-elle.

Il sentit son cœur sombrer. Il ne connaissait que trop bien ce regard.

— Oui, Mère ?

— Ne prenez pas cet air persécuté ! C'est moi qui dois admettre ma défaite, jusqu'à un certain point. Sans même mentionner Noël, ni essayer une dernière fois de vous persuader d'engager une autre gouvernante.

Elle traversa la pièce pour regarder par la fenêtre, puis revint en face de lui, l'air résolu.

— J'espère que vous ne vous méprendrez pas sur mes intentions concernant ce que je veux vous dire, mon fils. Je n'ai jamais eu rien d'autre à cœur que de servir au mieux vos intérêts. Vous n'en doutez point, j'espère ?

— Bien sûr que non ! lui assura-t-il en lui prenant les mains.

Il n'avait aucune échappatoire. Il fallait qu'il la laissât parler. De toute façon, elle serait bientôt partie.

— Que vous sentez-vous tenue de me dire ?

— Nathaniel, point n'est besoin de prendre pareil ton avec moi !

— Veuillez m'excuser, dit-il en songeant qu'il méritait cette réprimande. Continuez, s'il vous plaît.

— Je vous prie instamment de faire très attention avec Miss Bertram. Vous connaissez déjà mes doutes à son sujet, je ne vais donc pas les répéter. Mais vous êtes un homme riche, noble de surcroît : une bonne prise pour une jeune intrigante. Et de quel meilleur moyen de persuasion pourrait-elle user, pour vous enjôler et s'insinuer dans votre cœur, si ce n'est Clara ?

Nathaniel se contracta tout entier lorsqu'elle posa avec douceur une main sur sa joue abîmée. Il éprouva le besoin instinctif de la repousser, mais risquerait ainsi de la blesser, peut-être même de l'amener à croire que ses craintes étaient fondées. Il lui relâcha la main et croisa les bras sur la poitrine.

— Je suis un adulte, Mère, pas un jeune garçon. Je peux prendre soin de moi.

— J'ai vu la façon dont vous la regardez, Nathaniel, quand vous croyez que personne ne vous observe.

Il lutta pour contrôler le désarroi que venait de lui causer cette révélation. Était-il si transparent, que même sa mère pût voir à travers lui ? Et qu'adviendrait-il si les domestiques savaient la vérité, et si Grace devinait ? Il fallait qu'il fasse beaucoup plus attention.

— Vivre ici, tout seul… Faites bien attention, mon cher. Je vous en prie…

Le ton de sa mère se fit plus pressant, alors qu'un bruit de roues sur le gravier annonçait l'arrivée de la voiture.

— Elle est excessivement jolie, poursuivit-elle, mais rien de bon ne peut jamais résulter, lorsqu'on se trouve impliqué avec une employée. Nul doute qu'elle ne soit avertie de l'opulence et du confort promis à la femme qui vous prendra au piège. Passer de gouvernante à marquise serait une belle réussite pour quelqu'un comme elle.

Elle n'avait pas suggéré que Grace pût l'aimer pour lui-même et pas uniquement pour le confort qu'il pourrait lui procurer. Même sa propre mère le trouvait impossible à aimer. Il repoussa sa douleur au tréfonds de lui-même.

— Vous n'avez rien à craindre, Mère.

Sans même mentionner le fait que jamais une beauté comme elle ne regarderait deux fois un homme comme lui, alors qu'elle rendait régulièrement visite à Rendell, au village.

S'il y a autre chose qui l'intéresse que d'être avec Clara, ce n'est pas moi.

— Miss Bertram est ici uniquement pour s'occuper de Clara, assura-t-il.

Grace posa ses lèvres contre l'oreille de Clara, tout en la serrant bien fort contre sa poitrine.

— Chut…, souffla-t-elle, pour la dissuader de parler.

Après que Lady Ravenwell eut fait ses adieux à Clara, dans la nurserie, Grace avait commis l'erreur de dire que grand-maman voyagerait dans sa voiture attelée. Les yeux de Clara s'étaient écarquillés, et elle avait dit : « Veux voir les chevals… »

Elle avait été inflexible, et Grace avait fini par céder. Bien que Lady Ravenwell n'eût clairement aucune affection pour la gouvernante qu'elle était, elle serait certainement très contente de voir que sa petite-fille était venue lui faire au revoir de la main, s'était-elle convaincue.

À présent, elle se tenait figée devant la porte du salon de réception, essayant d'assimiler ce qu'elle venait d'entendre, le cœur battant à tout rompre. Le bruit sourd de bottes s'approchant de la porte la fit s'éloigner avec promptitude. Elle réfléchirait plus tard à ce qu'elle venait d'entendre. Pour l'heure, il était impératif que Nathaniel ne puisse soupçonner qu'elle avait surpris ce que lui avait dit sa mère. La semaine précédente avait été déjà assez embarrassante pour lui, avec l'incident sur le palier et sa découverte de sa maternité.

Et leur baiser… Elle eut envie de rentrer sous terre, se rappelant à quel point elle l'y avait incité.

C'était lui qui avait résisté, quand ce baiser allait s'approfondir, pas elle.

Lady Ravenwell disait-elle vrai ? Nathaniel l'avait-il regardée ainsi qu'elle le prétendait, comme une femme et non comme une simple gouvernante ?

Mais alors, pourquoi avait-il évité de se trouver seul avec elle, depuis cette nuit ? Était-ce parce qu'il la suspectait, lui aussi, d'ourdir un piège pour qu'il l'épouse ?

— Miss Bertram ?

Grace se retourna, veillant à adopter une expression impénétrable. Nathaniel traversait le hall et s'approchait d'elle, sa mère à son bras.

— Je ne m'attendais pas à vous voir ici, dit-il.

Grace esquissa un sourire.

— J'ai fait l'erreur de dire à Clara que Lady Ravenwell s'en allait en voiture. Clara est très impatiente de voir les chevaux.

— Ah ! s'exclama-t-il.

Il pinça la joue de la petite, puis adressa un sourire à sa mère.

— Votre petite-fille a développé une saine passion pour les chevaux. Viens, Clara, dit-il en tendant la main vers elle. Vous pouvez vaquer à vos obligations, Miss Bertram, je vais l'emmener et vous la ferai envoyer plus tard.

La faire envoyer... Ainsi, il ne me la ramènera pas lui-même, mais en chargera quelqu'un. Je ne suis pas le jouet de mon imagination. Il évite bien de se trouver seul avec moi.

Elle fut donc contrainte de laisser là sa fille, d'effectuer une révérence et de retourner à l'étage. Elle nettoya la nurserie, tandis que la conversation qu'elle avait surprise tournait dans sa tête, jusqu'à ce qu'elle pût enfin crier sa frustration.

Que Lady Ravenwell la soupçonne d'avoir des vues sur Nathaniel n'était guère étonnant. La marquise avait, à l'évidence, la pire opinion d'elle et des motifs qui l'avait conduite à Shiverstone. Faisant son examen de conscience, Grace conclut en toute honnêteté qu'en dépit de ses sentiments croissants pour Nathaniel, elle n'avait jamais, au grand jamais, rêvé de faire de lui sa « prise », ni de « l'enjôler » pour s'insinuer dans son cœur, comme sa mère l'avait si vulgairement formulé. Elle n'avait toujours fait que suivre ses désirs naturels, l'invitant à l'embrasser parce qu'elle en avait envie, et non avec une idée derrière la tête. Et maintenant, avec les soupçons que sa mère avait semés en lui, Nathaniel allait-il à son tour la suspecter d'être une intrigante ?

Cependant... les paroles de la marquise résonnaient encore en elle : « J'ai vu la façon dont vous la regardez, Nathaniel, quand vous croyez que personne ne vous observe. » L'avait-il réellement regardée de cette façon ? Ou était-ce de la lubricité que sa mère avait vue ? N'arrivait-il pas, chez tout homme viril, si l'occasion se présentait, que ses mâles instincts prennent le dessus, comme cela s'était produit sur les collines ? Nathaniel s'était-il alors comporté comme un homme cédant à la tentation de l'instant, et rien de plus ? Il y avait eu d'autres moments plus tendres — lorsqu'il lui avait enlevé la tache sur la joue, par exemple —, mais il s'agissait d'un geste amical, et non de celui d'un soupirant.

Des images du passé défilèrent alors dans sa mémoire. Elle ne devait pas répéter l'erreur commise avec Philip. En cet instant, plus que jamais, elle souhaita que ses amies fussent près d'elle pour parler avec elle, ou du moins qu'elle pût leur écrire, se confier et leur demander conseil. Elles pourraient l'aider à y voir plus clair, à démêler l'écheveau de ses émotions. Joanna, avec son tranquille bon sens et sa capacité à accepter tout ce que la vie mettait sur son chemin. Rachel, avec son sain scepticisme au sujet de l'amour. Isabel, avec son amour du théâtral, toujours prête à faire diversion dès qu'une l'une d'elles avait le cafard.

Cependant, au plus profond d'elle-même, Grace savait déjà ce que, toutes, elles lui diraient : de bannir ses rêves à propos de Nathaniel car il était son employeur.

Rien de plus. Ces deux mots entrèrent en résonance avec les paroles de leur dernier entretien décisif en tête à tête.

« Si vous restez, vous restez en tant que gouvernante de Clara. Rien de plus. »

Il n'aurait pu être plus clair.

Elle devait oublier la conversation qu'elle venait de surprendre entre Nathaniel et sa mère. Clara serait son unique objectif. Elle combattrait ses sentiments en restant sans cesse occupée. Il y avait bien des choses à faire, avec Noël dans moins d'un mois. Pendant la visite de Lady Ravenwell, elle avait mis à profit son temps libre très utilement. Elle avait tricoté des cache-nez pour Sharp et les hommes travaillant à l'extérieur, des moufles pour Alice et Clara, et brodé pour Mrs Sharp et Annie des mouchoirs à leurs initiales, bordés de dentelle.

Elle s'était creusé la tête pour le cadeau de Nathaniel, et n'avait rien trouvé de plus intéressant que de lui broder également ses initiales sur un mouchoir. Et son cerveau était prêt à exploser, tant elle avait d'idées pour faire que ce Noël soit pour Clara un souvenir inoubliable ! Il y avait des habits de poupée à coudre, un bonnet assorti à ses nouvelles moufles à tricoter et, le summum, un portrait de Sweep qu'elle avait peint elle-même, destiné à décorer la chambre de sa fille. Tam, qui avait un talent pour la menuiserie, avait accepté de lui faire un cadre, et Sharp avait accepté de le peindre en doré.

Son attention fut alors attirée par un coup frappé doucement à la porte de son petit salon. Elle rangea aussitôt hors de vue le mouchoir dont la broderie était en cours.

C'était Alice, tenant Clara par la main. Brack les avait suivies jusqu'à l'étage : soudainement inspirée, Grace eut l'idée du cadeau de Noël qu'elle pourrait faire à Nathaniel. Il avait déjà demandé un portrait de Clara, et elle pourrait inclure Brack dans le tableau, en guise de surprise.

Même s'il ne l'aimait pas en retour, cela ne l'empêchait pas de vouloir le rendre heureux et illuminer sa vie. Son sourire serait sa récompense.

Chapitre 16

Au bout de quelques jours, Grace réalisa qu'obtenir de Nathaniel un sourire, ou même le moindre signe de satisfaction, était une tâche au-dessus de ses maigres forces. Clara était la seule personne qui pût taquiner et conduire à plaisanter cet oncle de plus en plus taciturne, lors des très rares visites qu'il faisait à sa nièce pendant que Grace s'en occupait. Le plus souvent, à son retour d'une journée passée à l'extérieur, il chargeait Alice d'aller chercher Clara et de la lui amener dans la bibliothèque. Grace en conclut qu'étant donné la véritable nature de leur relation, il évitait de la voir.

Leur agréable amitié n'était plus, et Grace le déplorait. Après avoir surpris l'avertissement de la marquise, elle avait craint de devoir analyser chaque parole, regard ou geste de Nathaniel pour y déceler ses véritables sentiments. En réalité, il n'y avait pas à se méprendre sur l'opinion qu'il avait d'elle. Et être ainsi rejetée par lui, même en tant qu'amie, avait ressuscité ses plus anciens sentiments d'insécurité. Son oncle, sa tante et ses cousins n'avaient pas voulu d'elle, Philip n'avait pas voulu d'elle. Et maintenant lui, qui pouvait à peine supporter de se trouver dans la même pièce qu'elle. L'existence même de Clara confirmait son manque de moralité, et elle supposa qu'elle devrait plutôt être reconnaissante à Nathaniel de ne pas l'avoir renvoyée sur-le-champ en apprenant la vérité.

Sa vie à Shiverstone Hall aurait été bien solitaire, s'il n'y avait pas eu Clara. La petite était une joie constante, l'étoile brillante autour de laquelle sa propre vie gravitait. Elle lui insufflait la force d'endurer les piques qui la taraudaient, chaque fois que Nathaniel la regardait comme si elle était transparente.

Une semaine après le départ de Lady Ravenwell, comme Grace et Clara revenaient d'une visite à Elizabeth, et que Ned était en train de déharnacher Bill, la fillette avisa Tam et se précipita vers lui.

— Les toutous ? demanda-t-elle avec un regard suppliant. Voir les toutous ?

Tam lui pinça la joue, puis demanda à Grace :

— Puis-je emmener Miss Clara aux chenils, Miss Bertram ?

— Oui bien sûr, Tam. Je vais l'attendre ici, si vous n'y voyez pas d'inconvénient.

— Nous ne serons pas longs, répondit Tam avec un sourire, car il savait fort bien qu'elle n'aimait pas se retrouver en face des chiens quand ils étaient en meute.

Elle entendait Ned siffloter dans la grange en bouchonnant Bill. Elle s'appuya contre le mur de la grange, ne pensant à rien en particulier. Un bruit de bottes retentissant sur la pierre la fit brusquement revenir à la réalité.

Elle se redressa juste comme Nathaniel, venant de l'enclos de dressage de ses faucons, tournait au coin du bâtiment.

Il s'arrêta net, fronçant les sourcils ; le cœur de Grace fit des soubresauts à l'instant même où elle l'aperçut. Comment supporter cela, et espérer guérir un jour de la souffrance imposée par cette distance qui les séparait désormais ? C'était comme s'il la haïssait. Sa mère était bien loin de la vérité, en le croyant subjugué !

— Bonjour milord, dit-elle.

— Que faites-vous ici ? Où est Clara ?

— Aux chenils avec Tam. J'attends qu'elle revienne.

— Je comprends.

Il reprit son chemin. Il fut un temps où il l'aurait taquinée à propos de sa nervosité en présence des chiens. Maintenant, il la regardait à peine. Dans le cœur de Grace, la révolte le disputa à la prudence, et l'emporta. Comment pouvait-il la traiter comme une paria ?

— Milord, vous m'aviez proposé d'aller voir vos oiseaux de proie. Pourrions-nous y aller maintenant ?

Il la fixa avec un regard inexpressif.

— Je suis occupé.

Elle avait pris le risque d'aller aussi loin, elle ne battrait pas en retraite !

— Quand pourrais-je les voir, alors ?

— Quand je vous y inviterai, Miss Bertram. Bonne journée, ajouta-t-il en soulevant son chapeau.

Il partit à grands pas avant qu'elle ne puisse répliquer.

Après cette scène, elle n'essaya plus de forcer sa réserve. Elle ne pouvait se permettre de se l'aliéner. Elle était ici, avec Clara. Cela l'emportait sur le reste. Toute nouvelle tension qui surviendrait entre le marquis et elle ne ferait que compromettre son avenir au domaine : elle ne prendrait pas un tel risque.

Ses excursions au village — pour rendre visite à Elizabeth ou bien assister à la messe — lui procuraient un peu de répit, compte tenu de l'atmosphère de plus en plus oppressante de son quotidien. Cependant, même ces moments d'évasion lui firent défaut quand de longues journées de pluie se succédèrent, obligeant tout le monde à rester confiné à l'intérieur.

Près de deux semaines après le départ de Lady Ravenwell, alors qu'elle écartait les rideaux dans la chambre de Clara et ouvrait les volets, Grace constata enfin un changement de temps. La pluie incessante de la semaine précédente avait laissé place au soleil : très pâle, certes, semblant s'accrocher avec peine dans le bleu délavé du ciel, mais indubitablement, c'était le soleil.

— Regarde, mon ange, dit-elle à Clara. Ned avait raison. Il s'est arrêté de pleuvoir. Nous allons pouvoir mettre le nez dehors, aujourd'hui.

Quel soulagement ce serait ! Ce long confinement de tous à la maison, sans pouvoir assister à la messe le dimanche, avait été vraiment pesant. Les humeurs étaient devenues irritables, les remarques plus acerbes, et les visages renfrognés.

Grace se tourna vers Clara, qui s'était extraite de sous ses couvertures et mise à sauter sur son lit.

— Clara, arrête de faire des bonds comme ça ! Je te l'ai déjà dit.

— Sweep ! Sweep !

— Oui, nous irons le chercher, dès que tu seras habillée et que tu auras pris ton petit déjeuner. Dépêche-toi maintenant, sinon ton porridge va être froid.

Elle plongea un gant de toilette dans l'eau chaude qu'Alice avait apportée, puis lava les mains et le visage de sa fille, qu'elle vêtit ensuite d'une chaude robe de laine. Ensuite, elle ôta le couvercle du plat de porridge et leur servit un bol chacune. Il fallait que leurs corps emmagasinent de la chaleur, si elles se rendaient jusqu'à Shiverstone, ainsi qu'elle l'avait prévu. L'idée de rendre visite à Elizabeth lui remontait le moral.

Main dans la main, elles se rendirent à la cuisine.

— Sweep ! cria Clara en se précipitant vers le chaton.

Lequel disparut prestement derrière l'armoire, son refuge favori.

— Je te l'ai déjà dit, Clara ! Tu dois te déplacer lentement et ne pas crier. Tu lui as fait peur.

Grace éclata de rire, tout en regardant Mrs Sharp pour lui faire partager son amusement. L'intendante, affairée à trancher un morceau de jambon, n'avait pas même levé la tête à leur arrivée. Un gros panier était posé sur la table, à demi rempli, et son expression suggérait qu'elle n'était pas de bonne humeur.

— Sa Seigneurie veut qu'on lui apporte sa nourriture à l'extérieur, bougonna-t-elle. Je lui ai dit et redit qu'il faudra que Ned fasse un aller et retour spécialement pour ça. Je n'ai pas le temps d'aller baguenauder dans les collines moi-même. Et Sharp souffre de ses rhumatismes, avec ce temps humide, je ne peux pas le laisser sortir.

— Je pourrais peut-être lui apporter son repas ? proposa Grace.

Mrs Sharp s'interrompit, fit un signe de dénégation, puis se remit à trancher son jambon.

— Non. Il faut que vous surveilliez Miss Clara, je ne peux pas me permettre de l'avoir dans les jambes, aujourd'hui. Et Alice aide Annie à laver le linge. Elles vont en faire le plus possible pendant qu'il fait beau, pour que les draps aient une chance de sécher. Sa Seigneurie ne se rend pas compte, ajouta-t-elle. Il n'a que ses animaux en tête. Ils vont relâcher cet oiseau aujourd'hui, puis passer voir le mouton. Il ne réalise pas tout ce qu'il faut faire pour tenir cette maison en bon ordre de marche. Surtout avec Noël qui approche à grands pas.

Elle enveloppa les tranches de jambon dans un linge propre et déposa le tout dans le panier. Ensuite, elle emballa d'épaisses tartines de pain et quelques morceaux de fromage, qu'elle empila sur le dessus.

Grace la regarda en silence, se mordant les lèvres.

— Y a-t-il quelque chose que je puisse faire pour vous aider ? demanda-t-elle.

Elle obtint la réponse qu'elle espérait.

— Non. Vous feriez mieux de faire sortir Clara, pour prendre un bon bol d'air. Et emmener ce satané chat hors d'ici ! Quoique…

Elle s'interrompit, le temps d'essuyer son front avec sa manche.

— Il s'est mis à chasser une souris, ce matin. Il ne l'a pas attrapée, notez bien, mais je parierais qu'il va s'améliorer en grandissant. Il nous sera au moins de quelque utilité.

Grace ignora ces récriminations. Mrs Sharp était manifestement dans l'un de ses mauvais jours. Moins l'on en disait, mieux cela valait.

— J'ai pensé que je pourrais rendre visite à Elizabeth au village, dit-elle. Si vous êtes sûre de ne pas avoir besoin de moi.

— C'est un… Oh ! zut ! J'ai oublié de mettre des pickles !

L'intendante se précipita dans le cellier et en revint avec un bocal de betteraves conservées dans le vinaigre, ainsi qu'une coupe de pommes. Grace ne s'attarda pas. Mrs Sharp avait à l'évidence d'autres chats à fouetter. Elle revêtit son manteau et coiffa son bonnet, aida Clara à en faire de même, puis elles gagnèrent l'écurie de Bill.

Quelque temps plus tard, les mains glacées après s'être débattue avec des sangles raides et des boucles, Grace monta dans le cabriolet, et ordonna à Bill de se mettre en route. Elle se sentait excessivement fière. C'était la première fois qu'elle harnachait et attelait l'animal au cabriolet, sans aide. Elle avait vérifié et revérifié chaque attache, et elle était tout à fait sûre que rien ne clochait. Elle sourit à Clara, recroquevillée à ses côtés, une couverture enroulée sur les jambes.

— C'est amusant, n'est-ce pas, mon ange ? Nous voilà parties pour une nouvelle aventure, après avoir été bloquées si longtemps à la maison. Ce sera bien agréable de revoir Miss Dunn, qu'en dis-tu ?

— Encore des chatons ?

Grace éclata de rire, levant son visage vers le soleil et inspirant une profonde bouffée d'air frais et pur.

— Non, plus de chatons maintenant. Je crois qu'un seul, ça suffit, non ?

Elle pilota l'attelage dans la descente, puis pénétra dans la forêt. Ce qui lui donna la chair de poule, même si elle se sentait plus brave en cabriolet que lorsqu'elle l'avait traversée à pied, toute seule, effrayée par le moindre bruit, et terrifiée à l'idée de ce qui l'attendait à Shiverstone Hall, à en croire les sordides histoires des villageois.

Sa confiance s'amplifia. Elle avait été très longtemps une citadine, mais avait appris à connaître la campagne et les animaux. Elle avait grimpé sur la colline et touché un aigle. Elle était capable de harnacher un cheval et de conduire un cabriolet. Elle commençait même à aimer les chiens. Enfin… Elle aimait Brack quand il était seul — et restait très méfiante lorsque la meute était lâchée, bondissant et aboyant. Néanmoins, ses amies n'en croiraient pas leurs yeux, si elles voyaient tout ce qu'elle avait déjà accompli, et combien elle était devenue courageuse.

Le seul nuage assombrissant sa vie était Nathaniel.

Elle ne s'illusionnait plus sur ses sentiments envers elle. Elle priait seulement pour qu'ils puissent bientôt renouer leurs relations détendues et de bonne compagnie, avec leurs parties d'échecs et de cartes, accompagnées de sourires et de rires.

Depuis la visite de la marquise, cette familiarité s'était évanouie et, chaque soir pendant le dîner, l'un et l'autre tâtonnaient pour trouver les mots qu'il convenait de dire.

« Peine de cœur. » Elle avait entendu cette expression auparavant, mais ignorait alors ce qu'une telle peine était réellement.

Bill allait son train, lourd et placide, à travers la forêt. Bientôt, ils sortirent du couvert des arbres et suivirent le chemin qui tournait, pour descendre ensuite jusqu'au gué. Là, le cheval s'arrêta net. Grace fronça les sourcils.

— Avance ! commanda-t-elle.

Elle secoua les rênes. Bill fit deux pas, puis renâcla de nouveau, quand ses sabots avant frôlèrent le bord de l'eau. Grace lui frappa le dos avec les rênes, ainsi que le lui avait montré Ned, mais Bill ne bougea pas pour autant. Le gué était plus large que d'ordinaire. Cependant, l'eau, trouble et marron alors qu'elle était sinon d'une limpidité cristalline, ne semblait pas plus profonde que d'habitude. Grace doutait qu'elle arrive à hauteur des genoux de Bill, encore plus qu'elle puisse submerger le cabriolet. Elle donna un petit coup de fouet sur le dos du cheval. Il rabattit les oreilles, secoua la tête, faisant osciller son mors.

Quel stupide animal, effrayé par un peu d'eau !

— Reste ici, Clara, et ne bouge pas. Je reviens dans une minute, dit-elle.

Elle inclina le menton de Clara de sorte que celle-ci puisse la regarder dans les yeux, avant de lui demander :

— Tu me le promets ?

La petite fille acquiesça d'un signe de tête et resserra la couverture autour de ses jambes. Confortée de savoir que Clara ne bougerait pas, Grace descendit du cabriolet et s'approcha de la tête de Bill.

Nathaniel scruta le ciel en direction du nord. Il avait libéré Amber sitôt qu'ils étaient arrivés au sommet de la colline.

Elle avait volé longtemps en cercles au-dessus de ses hommes et lui. Il savait qu'elle attendait sa récompense de nourriture, mais il l'avait ignorée. Au lieu de cela, il s'était attelé avec les autres à la tâche de regrouper le troupeau de moutons dispersé après toute cette pluie, récupérant les individus à l'écart, pour le faire transhumer vers les pâturages, en bas des collines, où il passerait le reste de l'hiver. Finalement, Amber parut abandonner et s'envola jusqu'à n'être plus qu'un simple point noir dans le lointain.

Même s'il avait fait ce qu'il devait faire, Nathaniel était triste de la voir partir. Il espérait qu'elle recouvrerait bientôt sa défiance envers les êtres humains. Elle avait déjà réussi à chasser par elle-même, aussi pouvait-on espérer qu'elle n'ait plus besoin de rechercher leur compagnie.

— Votre Seigneurie ?

— Oui, Tam ? répondit-il distraitement, ne quittant pas des yeux le point qui allait disparaissant.

Ils avaient fait halte sur la colline qui dominait le val de Shiver Dale.

— Milord !

L'urgence du ton attira son attention. Il rejoignit aussitôt son employé sur le versant surplombant le val, pour observer à son tour.

— Regardez.

Nathaniel repéra ce que Tam lui indiquait au creux du val, où coulait le ruisseau. Un cheval et un cabriolet sortis de la forêt se dirigeaient vers le chemin menant au gué.

— C'est Bill ! Et Miss Bertram.

Grace. En route pour rendre de nouveau visite à ce satané vicaire.

Sa jalousie le submergea, il se raidit de colère, alors même que son bon sens lui rappelait qu'il avait tout fait, ces deux dernières semaines, pour tenir la jeune femme à l'écart. Puis son cerveau prit enfin la mesure de ce qu'il voyait.

— Se rend-elle compte de ce qu'elle est en train de faire,

que diable ? La traversée de la rivière n'est pas assez sûre, après toute cette pluie.

— Ah oui, mais le sait-elle ? fit remarquer Ned. C'est Miss Clara dans le cabriolet, il n'y a personne d'autre.

— Bill est raisonnable, il n'essaiera pas de traverser, déclara Nathaniel, qui s'efforçait de le croire, tout en sachant combien le gué pouvait être traître après les pluies.

Qu'arriverait-il, si Grace parvenait à persuader le cheval d'avancer ? Avec la puissance du courant… Une bouffée d'anxiété l'envahit soudain. Il s'avança jusqu'à Ned et prit les rênes de Zéphyr, lui tirant la tête hors de l'herbe qu'il broutait.

— Je vais descendre et les ramener ! cria-t-il.

Il enfourcha sa monture sans regarder le bas de la colline. Il était à peu près certain que Bill avait freiné des quatre fers au bord de la rivière, refusant d'aller plus loin.

Il guida Zéphyr de manière à descendre en droite ligne jusqu'au gué, se penchant en arrière pour aider le cheval à maintenir son équilibre. Le sol étant glissant, Zéphyr dérapa à plusieurs reprises, et ce fut seulement sa puissance qui l'empêcha de trébucher. Nathaniel dut mobiliser toute sa concentration pour repérer à chaque instant le passage le plus sûr.

Il entendit soudain un cri venant de derrière lui. Il leva les yeux et un spasme de peur lui étreignit le ventre. Grace était descendue du cabriolet et tirait Bill par la bride pour le forcer à traverser.

Nathaniel jura bruyamment et, faisant fi du danger, éperonna les flancs de l'étalon.

Celui-ci réagit sur-le-champ et ils dévalèrent la pente à bride abattue, les sabots de l'animal dérapant périlleusement, tandis que Nathaniel priait pour que ne flanchent ni la sûreté du pas de Zéphyr, ni le refus obstiné de Bill.

Ils gagnèrent l'endroit où la pente était plus douce, et le cheval se mit progressivement au galop, bien que cette allure fût rendue difficile par le sol détrempé. Puis le temps sembla se ralentir, tandis que Nathaniel voyait Grace tenter une fois de plus de faire avancer Bill. Lequel leva la tête brutalement, et se cabra.

Non !

Nathaniel se pencha très bas sur le cou de Zéphyr et lui fit presser l'allure au maximum, mais il ne put empêcher la tragédie de se dérouler. Devant ses yeux impuissants, Grace bascula en arrière avec de grands moulinets, puis tomba à l'eau.

Chapitre 17

Quelques secondes plus tard, Nathaniel stoppait Zéphyr. Une forme noir et feu les dépassa alors, et s'élança dans l'eau. Bill se tenait toujours telle une statue, en face de la rivière qui coulait à flots rapides. Aucun signe de Grace, ni de Brack.

Je dois les retrouver !

Dans le cabriolet, Clara, les yeux écarquillés, se tenait blottie dans une couverture.

Je ne peux pas la laisser toute seule.

Il fit aussitôt faire demi-tour à Zéphyr et scruta la vallée derrière lui. Tam avait déjà atteint le pied de la colline. Il arriverait au cabriolet quelques minutes plus tard. Nathaniel lui fit signe, puis lui désigna Clara. Tam leva la main pour confirmer qu'il avait compris, puis s'inclina plus près du col de son cheval, le pressant d'accélérer l'allure.

— Ne bouge pas, Clara !

Nathaniel n'avait pas le temps de s'arrêter et de la rassurer. Son cœur battant la chamade, il fit partir Zéphyr au petit galop le long du ruisseau, en aval. Il lui faisait confiance pour trouver le chemin le plus sûr, tandis qu'il examinait la surface de l'eau, en essayant de ne pas se laisser désespérer par la vitesse et la force de sa masse rugissante et tourbillonnante.

Ils se faufilèrent entre les buissons et les arbres, s'efforçant de rester toujours le plus près possible de la rive. Enfin, il aperçut un éclat de blanc, un visage, et deux bras enroulés autour d'une robuste branche émergée.

Il sauta de selle et accourut vers la berge.

— Grace ! appela-t-il.

Elle avait les yeux fermés, comme vissés, et les lèvres pincées.

— Grace !

Un arbre s'était abattu en travers de la rivière ; son tronc disparaissait en partie sous la surface des flots impétueux et boueux. Seule émergeait la branche à laquelle se cramponnait Grace.

Nathaniel se débarrassa de son pardessus, retira ses bottes et grimpa sur le tronc. Il pesta contre l'écorce rude qui lui entailla les genoux alors qu'il rampait le long du tronc, et de nouveau quand il atteignit l'endroit où celui-ci disparaissait sous l'eau glaciale. La masse importante de l'arbre contribuait à modérer le courant, qui restait toutefois assez fort pour lui faire perdre l'équilibre. Nathaniel réussit à se mettre à califourchon sur la partie immergée, puis avança avec précaution en direction de Grace.

— Tenez bon, ma chérie, j'arrive !

Les yeux de Grace s'ouvrirent. *Dieu soit loué !* Elle le fixait sans comprendre. Ses lèvres étaient bleues et il put voir qu'elle claquait des dents. Il s'efforça d'avancer plus vite encore, bien conscient qu'elle faiblissait rapidement, même s'il était tout près d'elle. Elle avait la tête pendante, et ses bras relâchaient visiblement leur prise sur la branche, glissant peu à peu.

— Tenez bon ! Pensez à Clara ! Vous ne pouvez pas la quitter !

Elle fit un effort évident pour se reprendre, se forçant à lever la tête et à ouvrir les yeux. Nathaniel s'approcha plus encore.

Vous ne pouvez pas me quitter, ajouta-t-il pour lui-même.

Les visages de son père, d'Hannah et de David flottèrent dans son esprit et sa gorge se serra.

— Restez avec moi, mon amour. Tenez bon, j'arrive.

Je ne peux pas vous perdre.

Un sanglot irrépressible jaillit de sa poitrine. Il bloqua le suivant en serrant les dents.

Ce n'est pas le moment de s'effondrer, Ravenwell. Allez, continue !

Elle était si près ! Tout comme son père. Il l'avait vu à travers les flammes, mais n'avait pu le sauver. Il avait failli, et fait de sa mère une veuve. Il n'échouerait pas, cette fois, et ne ferait pas de Clara une orpheline !

Comme dans un cauchemar, il vit la tête de Grace retomber. Dans un sursaut ultime et désespéré, il l'atteignit au moment où elle lâchait la branche. Il la saisit d'une main et l'attira contre sa poitrine, tandis que sa main libre saisissait la branche au vol. Aussitôt, la puissance du flot le souleva et entraîna ses jambes vers l'aval. Il lutta contre l'aspiration avide de la rivière, serrant les dents à cause de la douleur intense de ses bras et des épaules. Il se battit contre le courant, jusqu'à arrimer son bras autour de la branche.

À bout de souffle, il regarda la rive. Si proche, et pourtant si loin ! Mais il était hors de question d'échouer. Clara avait besoin d'eux deux. Il ramena ses jambes sous lui et sentit le tronc sous ses pieds. Il ne pouvait pas prendre le risque de se retourner pour faire face à la rive. Il adressa au ciel une prière venue du fond du cœur, maintint plus fermement Grace dans ses bras et se remit à califourchon sur le tronc, que ses jambes affûtées par des années d'équitation serraient avec force. Il recula ensuite le long du tronc avec l'énergie du désespoir, jusqu'à ce qu'il gagne enfin la rive.

Au bord de l'épuisement, il se laissa tomber sur le sol, Grace inerte dans le berceau de ses bras, et il tituba pour quitter la rivière.

À deux mètres du bord, ses genoux fléchirent et il tomba, protégeant Grace de son mieux. À peine la déposa-t-il à terre qu'elle roula sur le côté et commença à tousser en crachant de l'eau. Il la frictionna et lui tapa dans le dos, tout en dégageant les mèches mouillées qui lui couvraient le visage.

Il faut que je la réchauffe !

Il s'efforça de désengourdir ses muscles raidis, puis se retourna pour scruter la berge vers l'amont. Ned ou Tam arriveraient bientôt, de toute façon.

Il se releva avec peine, tremblant de froid. Il se débarrassa de sa veste et de sa chemise trempées, ramassa son pardessus, et s'en frictionna vivement la poitrine et les bras. Ensuite, il s'agenouilla à côté de Grace qu'il installa en position assise.

Il devait à tout prix la réchauffer, ce qui était impossible tant qu'elle gardait ses habits détrempés. Sa cape fut vite enlevée. Elle gémit comme il peinait à lui enlever sa robe.

— Qu'est-ce que… ?

— Aidez-moi, mon amour.

Il posa sa joue contre la sienne et la frictionna ainsi, peau contre peau.

— Il faut que nous vous réchauffions.

Elle tâtonna son bras de ses doigts sans force.

— Clara ! cria-t-elle.

— Chut. Elle est en sécurité. Les hommes sont avec elle.

Les mains de Grace furent prises de secousses comme elle se remettait à tirer sur sa robe.

— Mais quoi… Non ! Vous…

L'élocution pâteuse, elle réussit cependant à se débattre alors qu'il relevait sa robe de laine trempée, pour la lui retirer par la tête.

— Miss Bertram !

Cet ordre la calma momentanément, puis elle se mit à secouer la tête de gauche à droite, criant :

— Non, non ! Noooon !

Nathaniel continua résolument à lui enlever son vêtement, jusqu'à ce qu'elle ne soit plus vêtue que de sa chemise. Il la souleva pour la poser sur ses genoux, puis l'enveloppa dans son pardessus, écartant ses cheveux mouillés pris dans le col. Il la frictionna vigoureusement, priant pour que cela la réchauffât, et lui parla pour la tenir éveillée.

— Restez avec moi, ma chère. Ne me quittez pas. Pensez à Clara.

Enfin retentit le bruit sourd et bienvenu des sabots d'un cheval. Tam apparut, et glissa prestement à terre.

— Dieu soit loué, milord !

— Et Miss Clara ?

— Ned ramène le cabriolet au château. Est-ce que Miss Bertram… ?

Il s'arrêta et la regarda de plus près.

— La mine qu'elle a ne me dit rien qui vaille, milord. Il faut que nous la ramenions à la maison.

— En effet, Tam. Je vais prendre Miss Bertram sur Sammy, et vous rentrerez avec Zéphyr au manoir.

L'étalon ne pourrait jamais supporter un double fardeau.

— Dites à Mrs Sharp ce qui est arrivé. Qu'elle fasse chauffer une grande quantité d'eau qui soit prête à notre retour.

Il enroula son pardessus plus étroitement autour de Grace, qu'il demanda à Tam de porter, tandis qu'il se relevait et chaussait ses bottes. Il dut s'y prendre à deux fois pour monter sur Sammy. Ses jambes lui étaient d'aussi peu d'utilité que des bouts de bois, et une douleur intense lui déchirait les muscles du bras droit et des épaules.

— Où est Brack ? demanda Tam.

Nathaniel sentit une boule se former dans sa gorge.

— Il était dans l'eau, sur les traces de Miss Bertram, expliqua-t-il. Mais je ne l'ai pas revu depuis.

Tam hissa Grace en face de Nathaniel, puis enleva son pardessus.

— Prenez-le, milord. Il ne serait pas bon que vous attrapiez la fièvre en sus de tout cela. Nous reviendrons chercher le chien une fois que Miss Clara sera en sécurité et que j'aurai parlé à Mrs Sharp.

Il fit faire demi-tour à Zéphyr et s'en alla au galop. Nathaniel refoula des larmes brûlantes, puis marmonna un juron. Il s'attendrissait. Brack était à ses côtés de longue date, un loyal compagnon.

Grace s'agita et il reprit brusquement conscience du moment présent. Il se couvrit prestement les épaules avec le manteau de Tam, et bénit le réchauffement instantané qu'il lui procura, empêchant l'air froid de décembre d'atteindre sa peau encore humide. Ensuite, il plaça Grace dans une position plus sûre, sur ses genoux.

Elle était si délicate ! Survivrait-elle ? Il pressa les lèvres sur sa tempe, espérant lui insuffler la volonté de lutter encore. Ses frissons devinrent encore plus violents. Il desserra le manteau autour d'elle, pour l'attirer tout contre sa poitrine nue, peau contre peau. Ils se procureraient ainsi mutuellement de la chaleur.

Il réajusta les manteaux autour d'eux et, avec douceur, fit avancer Sammy au pas. Il laissa les rênes lâches sur le cou du cheval : il ne pouvait pas prendre le risque, en allant plus vite, que l'un ou l'autre des manteaux glisse et tombe.

Il entoura Grace de ses bras et frictionna tour à tour ses membres si fins. Les os délicats de ses épaules et de ses hanches, de ses coudes et de ses genoux, trahissaient sa frêle constitution. Elle pesait à peine plus qu'un enfant.

— Restez avec moi, ma chère. Nous serons bientôt à la maison.

À la maison.

La présence de Grace avait changé sa demeure en véritable foyer pour lui, après ces neuf longues années durant lesquelles ce lieu n'avait rien représenté de plus qu'un toit au-dessus de sa tête. Elle en faisait désormais partie intégrante, avec Clara. Pourtant, dans la dernière quinzaine, il avait tout fait pour qu'elle ne se sente ni bienvenue ni désirée, usant de sa colère pour se masquer la réalité. Il avait vu la souffrance dans ses yeux et l'avait ignorée, soucieux avant tout de protéger son propre cœur et sa tranquillité d'esprit.

Ils s'apaisèrent en rythme, Grace s'appuyant contre sa poitrine, et lui posant son menton sur le dessus de sa tête, ses pensées vagabondant librement. Cette fois, il n'avait pas échoué. Il revécut sa terreur, quand il avait vu Grace tomber dans la rivière. Ses muscles se contractèrent malgré lui, pour la blottir plus près, tant il voulait la réchauffer avec sa propre chaleur.

Le froid pouvait tuer très facilement. Il voyait cela se produire chaque printemps, quand une brebis mettait bas prématurément. Si les températures étaient peu clémentes et que l'agneau ne trouvait pas d'abri sec et chaud, il succombait bientôt, le froid l'engourdissant jusqu'à une mort inéluctable.

Il ne laisserait pas cela se produire pour Grace. Cette terreur qu'il avait ressentie…

Un gémissement étouffé lui parvint. De nouveau, ses bras se serrèrent par réflexe. Il ne pouvait pas la perdre maintenant.

Elle paraissait si frêle dans ses bras ! Cependant, elle avait une volonté de fer, il avait eu tout le temps pour le constater. Elle survivrait.

Il *fallait* qu'elle survive. Pour Clara, pour lui.

— Restez avec moi, ma chère Grace. Restez avec moi, je vous en prie.

Il avait cru qu'en la maintenant à distance, ses sentiments grandissants pourraient se faner et mourir, mais il s'était trompé. Ils avaient continué à sinuer dans son cœur, jusqu'à ce qu'il ne puisse plus ignorer la vérité.

Il était amoureux d'elle.

Quel imbécile il faisait !

Il devait le lui dire. Si le pire devait se produire, il fallait qu'elle le sache.

— Je vous aime, murmura-t-il en pressant ses lèvres sur le front froid de Grace.

Il était tombé amoureux d'elle, sachant pourtant qu'elle ne pourrait jamais aimer un être si abîmé, et qu'il ne pourrait lui offrir ce qu'elle méritait : des amis, des distractions et des rires, des soirées et des danses.

Son cœur était insensible à la logique, semblait-il.

Il se hérissa, songeant à la façon dont il l'avait traitée depuis la visite de sa mère.

Mon Dieu, s'il vous plaît. Laissez-la vivre, et je vous promets que je changerai mes manières. Même si je ne puis jamais lui dire combien elle est importante pour moi, je le lui montrerai. Je la rendrai heureuse, chaque jour que vous ferez. Je le jure.

Il chevaucha jusqu'à la porte arrière de la maison. Tous étaient assemblés dehors, le visage crispé par l'inquiétude. Puis Mrs Sharp, Alice et Annie emmenèrent Grace au chaud et au sec.

— Tam est reparti rechercher Brack, annonça Sharp, tandis que Ned s'occupait de Sammy.

— Je dois y aller aussi. Il faut que je le retrouve, dit Nathaniel.

Il se tourna pour suivre Ned, mais il flageola et trébucha. En un instant, Sharp fut à côté de lui et le prit par le bras pour qu'il s'appuie sur ses épaules.

— Vous n'êtes guère en état d'aller où que ce soit, milord. Il y a un grand baquet d'eau chaude qui vous attend dans votre chambre. Quand vous vous serez bien réchauffé et séché, et que vous aurez mangé quelque chose, il sera temps de songer à cela. Vous ne pouvez rien faire de plus que Tam.

— J'irai aussi, une fois que j'aurai bouchonné Sammy, milord, lui indiqua Ned par-dessus son épaule. Ne vous tracassez pas, nous allons le trouver.

Sharp l'aida à se déshabiller. Il n'avait même plus la force de dissimuler ses cicatrices, comme il l'eût fait en temps normal. Sharp emporta ses habits mouillés, le laissant à ses pensées. Une fois dans le baquet, il ferma les yeux, et reposa sa tête sur le bord, savourant les bienfaits de l'eau chaude.

Il avait été près de perdre Grace. Il l'imagina, riant, avec sa peau claire et douce qui rayonnait. Ses yeux vert doré si expressifs, si chauds, si pétillants. Sa chevelure fine et délicate, telles des mèches de soie. Puis une autre image s'imposa : ces mêmes cheveux détrempés par l'eau, éparpillés sur son visage en mèches sales, ses lèvres bleues et pincées, ses paupières pâles, fragiles, closes par l'effet de son extrême épuisement.

Il jaillit hors du baquet, sans prêter attention à l'eau qu'il renversait sur le sol. Une serviette était posée sur une chaise, chauffant près du feu. Il la saisit et se frotta énergiquement, puis s'habilla, la peau encore moite, avec la chemise et le pantalon qu'on lui avait préparés. Il enfila par-dessus sa veste d'intérieur avec un haussement d'épaules et sortit à grands pas de la pièce pour se rendre dans l'aile de la nurserie.

Il frappa à la porte de la chambre de Grace. Ce fut Annie, la femme de Tam, qui lui répondit.

— Comment va-t-elle ?

— Elle dort, milord. Elle…

— Écartez-vous, la coupa-t-il. Je veux la voir.

Il devait le faire. Il avait besoin de se rassurer. Il fallait qu'il sache qu'elle était en sécurité. Qu'elle survivrait.

— Mais…

— Vous resterez dans la pièce pendant ma visite. Il ne peut y avoir aucune inconvenance à cela.

D'une poussée résolue, il ouvrit en grand la porte, ne laissant à Annie que le seul choix de lui céder le passage. Il traversa la pièce jusqu'au lit, auprès duquel il resta debout pour observer Grace.

Elle était si petite ! Mais ses joues étaient redevenues roses, de même que ses lèvres ; et sa respiration, régulière. La peur qui l'avait saisi relâcha son emprise, de même que l'étau qui lui enserrait la poitrine.

— Est-ce que l'on a envoyé quérir un médecin ? demanda-t-il.

— Non, milord. Elle a des bleus et elle est meurtrie, mais Mrs Sharp est certaine qu'elle va se rétablir.

Il faisait confiance à l'expérience de Mrs Sharp en matière de blessures et de maladies.

— Elle a dit que la poitrine de Miss Bertram était dégagée, continua Annie, elle ne pense pas qu'elle ait de l'eau dans les poumons.

— Voilà une bonne chose. A-t-elle repris conscience à un moment donné ?

Il passa le dos de ses doigts sur la peau soyeuse de la joue de Grace. C'était chaud. Comme cela devait l'être.

C'était rassurant.

Elle avait sur le front une écorchure qui commençait à enfler sur son pourtour, mais pas d'autre blessure apparente.

— Elle a repris connaissance quand nous l'avons baignée et qu'elle s'est réchauffée. Elle a baragouiné des choses au sujet de Clara et de Brack. Mais ce n'était pas très compréhensible.

À ces mots, un pli se creusa entre les sourcils de Grace et ses lèvres se pincèrent.

— Brack, dit-elle d'une voix rauque, où est Brack ?

Annie vint se placer derrière lui et lui murmura :

— Nous lui avons dit que Clara était en sécurité. Alice a amené la petite la voir, avant d'aller la coucher. Mais nous ne savions pas pour Brack.

Les paupières de Grace s'entrouvrirent légèrement et elle fixa son regard sur Nathaniel. Elle se passa la langue sur les lèvres.

— Est-il hors de danger ? dit-elle, repoussant les draps et les couvertures et tendant la main vers lui.

Annie exprima sa réprobation et remit en place draps et couvertures, les enroulant bien autour de Grace, qui résista cependant lorsque Annie voulut lui faire replier le bras pour le recouvrir.

— Nath… Milord, dit-elle comme mue par l'urgence, Brack m'a sauvée.

Ses paupières retombèrent malgré elle, puis elle inspira profondément. Nathaniel voyait combien d'effort cela lui coûtait de forcer ses yeux à se rouvrir.

— Dites-moi, est-ce qu'il va bien ?

Comment lui mentir, alors qu'elle le fixait d'un tel air suppliant ? Il prit sa main dans ses siennes, résistant à son ardent besoin d'y presser les lèvres. Jamais, par des paroles ou des actes, il ne l'embarrasserait en lui révélant l'ampleur de ses sentiments pour elle.

— Je ne sais pas, répondit-il. Ned et Tam sont en train de le chercher, à l'heure qu'il est.

Les doigts de Grace s'accrochèrent aux siens.

— Il m'a sauvé la vie. Il m'a poussée vers la rive, et j'ai pu attraper une branche. Mais lui… il a été emporté par le courant.

Elle avait les yeux brillants de larmes et son angoisse déchira le cœur de Nathaniel. Plus que tout au monde, il voulait la protéger de tout ce qui pourrait la faire souffrir dans sa vie. Il lui caressa la main, rageant que ses efforts ne suffisent pas à la réconforter. Inopinément, l'image de Ralph Rendell s'imposa à son esprit et un grognement silencieux vibra dans sa poitrine.

— Je l'ai vu… Je ne pouvais pas…, balbutia-t-elle d'une voix tremblante.

— Chut, dit-il en lui caressant doucement le front. Nous allons le trouver.

D'une manière ou d'une autre. Vivant ou mort.

— Il faut que vous dormiez maintenant. Je vous en prie, ne vous inquiétez pas.

— Me direz-vous la vérité ?

— Je vous l'assure.

L'image de Rendell ne voulait pas disparaître. Tout en sachant qu'il ne devait se soucier que de ce qui était le mieux pour Grace, il hésitait néanmoins. Il ne voulait pas de cet homme chez lui. Mais le vicaire avait le droit de savoir ce qui s'était passé, aussi se devait-il de mettre de côté ses propres sentiments, pour le bien de Grace.

— Dois-je envoyer chercher Mr Rendell ? proposa-t-il.

— Suis-je en train de mourir ? demanda-t-elle, les yeux écarquillés.

— Non ! s'exclama-t-il en lui saisissant de nouveau la main. Bien sûr que non, vous n'êtes pas mourante !

— Alors pourquoi ?

— C'est votre… ami. Je pensais que vous voudriez le voir.

— Non, ce n'est pas nécessaire, répondit-elle en baissant les paupières.

Le moral de Nathaniel remonta aussitôt. Peut-être n'était-elle pas aussi éprise qu'il le pensait ?

— Je suis si fatiguée ! dit-elle, étouffant un bâillement.

— Eh bien, dormez. Je reviendrai vous voir plus tard.

Après que j'aurai retrouvé Brack.

Et il se dirigea vers la porte.

Chapitre 18

Nathaniel s'élança sur son cheval de chasse bai, Caesar, la gorge effroyablement obstruée et la poitrine enserrée comme par un étroit bandeau. Il redoutait ce qu'il pourrait découvrir, mais savait aussi qu'il n'aurait pas de repos tant qu'il ne serait pas fixé sur le sort de Brack.

Le soleil était bas, les ombres s'étiraient et il estima qu'il lui restait une heure avant qu'il ne fasse trop sombre pour chercher. Il se rendit directement à l'endroit où il avait trouvé Grace, et commença à descendre le cours de la rivière, inspectant la berge et les broussailles, à l'affût de tout indice du passage de son fidèle Brack. La lumière déclinante ne lui facilitait pas la tâche. La terre sombre et les feuilles mortes, sous les buissons, camoufleraient aisément la couleur noir et feu de Brack, à moins qu'il ne se trouve dans un espace dégagé. Ce qui était peu probable. Il devait plutôt se terrer quelque part, à supposer qu'il lui soit resté une once de force quand il était sorti de l'eau. Nathaniel se refusait à accepter que son chien n'ait pas réussi à le faire.

Au bout de cinq minutes de chevauchée, il grommela un juron, stoppa Caesar et mit pied à terre. Il n'avait pas eu les idées claires jusque-là. Il coupa une branche de noisetier longue et droite pour s'en faire un bâton. Puis, passant les rênes de son cheval par-dessus sa tête pour le conduire, il commença à marcher. Il était perclus de douleurs, mais les ignora. Il aurait bien le temps de récupérer, quand il aurait retrouvé Brack. Il marcha péniblement vers l'aval, piquant son bâton dans et sous chaque buisson, sifflant et appelant de temps à autre, aux aguets de la moindre réponse.

Il avait passé au peigne fin cinq cents mètres de berge environ, lorsque deux silhouettes à cheval se matérialisèrent, émergeant de l'obscurité.

— Eh bien ?

— Rien, milord, répondit Ned, portant un doigt à son chapeau.

— C'est triste.

— Nous avons parcouru deux fois ce secteur jusqu'au pont, dans les deux sens, et nous n'avons pas vu le moindre signe, expliqua Tam qui ajouta : Mais nous avons rencontré Gil Brown, de la propriété de Braithwaite. Il nous a promis d'avertir ses hommes pour qu'ils restent vigilants. Je doute que nous puissions en faire plus ce soir.

Tam jeta un regard éloquent vers le ciel qui s'assombrissait de minute en minute.

— Il va faire froid cette nuit, on dirait.

La situation semblait désespérée, pourtant Nathaniel ne pouvait se résoudre à abandonner. Pas encore. Pas tant qu'il restait encore un peu de luminosité.

— Rentrez à la maison, dit-il. Je vais juste aller voir un peu plus loin.

Les deux employés échangèrent un regard.

— Nous allons rester vous aider, dit Tam en s'apprêtant à descendre de son cheval.

— Non !

Tam repassa lentement la jambe par-dessus sa selle.

— Je vous prie de m'excuser, Tam, je ne voulais pas être brusque.

Ned et lui le regardèrent avec une intensité brûlante qui le rendit honteux.

— Merci pour vos efforts.

Ils se faisaient du souci à son sujet, mais il avait besoin d'être seul. L'espoir s'était amenuisé. Si le pire était arrivé, il voulait y faire face seul.

— Vous avez déjà inspecté ce secteur, mais je vais le parcourir encore un peu, jusqu'à ce qu'il fasse trop sombre. Inutile d'être trois pour cela.

Le martèlement des sabots de leurs montures s'évanouit au loin et Nathaniel reprit sa tâche solitaire, priant en son for intérieur, et appelant Brack. Il ne supportait pas d'imaginer son fidèle compagnon blessé et souffrant. Il préférerait qu'il fût déjà mort plutôt que gisant quelque part, blessé et agonisant.

La nuit finit par se refermer autour de lui. Il devait abandonner les recherches. Le cœur lourd comme du plomb, la gorge endolorie par des larmes qui ne pouvaient se déverser, il lança rageusement son bâton dans l'obscurité, passa les rênes par-dessus la tête de Caesar et engagea son pied gauche dans l'étrier. Il avait déjà plié la jambe droite, prêt à se propulser sur la selle, quand le cheval releva brusquement la tête, puis dressa l'oreille, fixant quelque chose situé à sa droite, loin de la rivière.

Probablement un renard. Ou un lapin.

Il n'avait rien à perdre cependant, aussi se dégagea-t-il de l'étrier et se dirigea-t-il vers ce qui avait attiré l'attention de sa monture. Caesar le suivit sans hésiter. Rien de trop étrange donc, sinon il aurait planté ses sabots dans le sol et refusé d'avancer.

Et si…

Se sentant stupide de s'être laissé aller à ce regain d'espoir, il appela :

— Brack ? Tu es là, mon garçon ?

Il se concentra pour mieux entendre. Pas un bruit. Il se retourna pour observer Caesar, toujours en alerte extrême, qui scrutait… scrutait… non pas avec des yeux farouches, mais avec un air concentré et résolu.

Nathaniel avança dans la direction que visait Caesar. Dix mètres. Puis quinze. Caesar ne bougeait pas, reniflant doucement, ses doux naseaux vibrant. Nathaniel lui caressa le bout du nez, scruta alentour, essayant en vain d'apercevoir… quelque chose.

Il siffla.

Venu des broussailles en face d'eux, à peine audible, un bruit de petits pas précipités se laissa deviner. N'osant pas lâcher les rênes de crainte que Caesar ne finît par prendre peur, il se dirigea vers le bruit. Quand son bras et les rênes furent tendus en bout de course, il s'arrêta, essayant désespérément de s'engager dans l'obscurité, regrettant d'avoir abandonné son bâton.

Il entendit alors un faible gémissement. Le cœur battant la chamade, il chercha à la ronde un endroit où il pourrait attacher Caesar. S'il s'agissait bien de Brack, il aurait besoin du cheval, habitué à porter des carcasses de cerfs, pour le ramener à la maison. Il attacha Caesar à un jeune arbre puis revint en courant à la source du bruit.

— Brack ?

Un bruissement. Il focalisa son attention et s'approcha avec prudence. Un buisson apparut indistinctement devant lui. S'agenouillant, il tâtonna en dessous. Ses doigts identifièrent de l'humidité, puis une fourrure feutrée. Enfin, il entendit un autre gémissement.

— Dieu soit loué !

Ses mains reconnurent et parcoururent le corps de son chien, suscitant plusieurs gémissements plaintifs. Signe encourageant, Brack semblait avoir des contusions, mais pas de fracture. Étendu de tout son long sur le flanc, l'animal n'avait pas même levé la tête. Ne pouvant le laisser ici toute la nuit, Nathaniel n'avait d'autre choix que de l'emmener. Il le dégagea de sous le buisson, s'efforçant d'ignorer ses plaintes et un faible jappement. À la différence des chevaux, les chiens réagissaient toujours par la voix, même pour une légère blessure. Il fallait espérer que ce fût le cas à présent. Il enleva son manteau et l'enroula autour de Brack, qui haletait maintenant de détresse. Nathaniel crut un instant que ses nerfs allaient le lâcher. Et si ce qu'il s'apprêtait à faire aggravait son état ?

Il ne peut pas survivre ici. Et je ne peux pas l'examiner correctement avec l'obscurité.

— Pardonne-moi, mon vieux, murmura-t-il, mais je n'ai pas le choix.

Il le souleva aussi doucement qu'il le put, puis le porta jusqu'à Caesar. Chevaucher avec lui serait difficile. Pour rendre la chose possible, il lui fallut trouver et ramasser un tronc d'arbre mort qui lui servirait de marchepied pour hisser l'animal sur la selle. Par bonheur, il réussit la manœuvre sans encombre et, bientôt, ils furent sur le chemin du retour, Brack, inerte, allongé en travers de ses genoux.

Il l'avait retrouvé, mais son fidèle ami survivrait-il ?

Quand Grace se réveilla, la maison était silencieuse et sa chambre plongée dans l'obscurité, que pénétrait seulement le rougeoiement résiduel du feu que l'on avait maintenu en le recouvrant de cendres. Elle frissonna, referma les yeux et se blottit au creux de ses couvertures, vaguement consciente de douleurs diverses. Les yeux toujours clos, elle demeura dans la chaleur de ce cocon, son esprit émergeant tant bien que mal des profondeurs du sommeil.

Elle se rappelait son sentiment de réussite, lorsqu'elle avait harnaché et attelé Bill au cabriolet, et… Elle se redressa soudain et s'assit en sursaut, les couvertures retombant autour de sa taille.

Oh ! mon Dieu ! Clara est hors de danger... j'en suis certaine. Je l'ai vue… Ils l'ont amenée pour qu'elle me voie. N'est-ce pas ?

Elle écarta d'un coup les couvertures et… Elle voulait sauter hors de son lit, mais impossible, elle dut se résoudre à ramper. Jamais elle ne n'était sentie aussi meurtrie. Elle serra les dents et, quand elle eut mis le pied par terre, tâtonna pour chausser ses pantoufles. Elle trouva sur sa table de nuit sa chandelle de chambre et s'en servit pour allumer le feu. Son châle recouvrant le bout de son lit, elle le posa bien vite sur ses épaules. Il était si grand qu'il tombait presque jusqu'au sol.

Elle se dirigea alors vers la porte de communication entre sa chambre et celle de Clara. Elle leva la chandelle pour éclairer la pièce : sa terreur s'évanouit aussitôt qu'elle vit la petite forme qui dormait paisiblement. Son pouls redevint régulier. Un mouvement attira son attention et elle comprit que quelqu'un d'autre avait dormi dans la pièce, sur un lit gigogne. C'était

Alice, sans doute postée là afin de ne pas la déranger, au cas où Clara se réveillerait.

Grace observa sa fille tout en fouillant sa mémoire, à la recherche de bribes des événements de la veille. Il lui revint que Mrs Sharp lui avait donné une dose de laudanum pour l'aider à s'endormir. Elle se remémora aussi sa chute dans l'eau glacée. La force inattendue du courant qui avait submergé ses vêtements et l'avait emportée à la dérive, ballottée en tous sens au-delà du gué, vers des eaux de plus en plus profondes. Frissonnant, elle se revit avalant gorgée sur gorgée d'eau sale, haletant désespérément pour avoir de l'air à chaque fois que son visage remontait à la surface, et Brack…

Elle sortit de la chambre de Clara. Avaient-ils retrouvé Brack ? Elle fronça les sourcils, ce qui lui causa une douleur à la tempe. Elle se toucha le front, sentit le renflement d'une bosse et la vive brûlure d'une écorchure. Le mieux était de retourner se coucher, mais au moment même où cette idée lui traversa l'esprit, son estomac se mit à gargouiller. Elle aurait donné n'importe quoi pour une boisson chaude et quelque chose à manger. Elle descendrait à la cuisine, décida-t-elle. Le feu de la cuisinière avait dû être recouvert pour la nuit, mais il resterait bien assez de chaleur pour faire chauffer un chocolat. En outre, elle ne pourrait pas se rendormir en ignorant ce qu'il était arrivé à Brack. S'il était sauf, il serait dans la cuisine, où il dormait la nuit.

Elle quitta sa chambre et descendit l'escalier, grimaçant dès qu'elle s'appuyait sur sa jambe gauche. Comme elle traversait le hall jusqu'à la porte menant aux logements des domestiques, à l'arrière de la maison, l'horloge sonna 2 heures. Elle sursauta et les ombres créées par sa chandelle se mirent à danser le long des murs lambrissés. Elle frissonna et resserra son châle autour d'elle.

Elle emprunta le corridor menant à la cuisine, souleva le loquet et poussa la porte, découvrant la douce lueur d'une chandelle posée sur le buffet. Elle contourna la table à pas de loup. Là, étendu sur une couverture repliée devant la cuisinière, se trouvait

Brack. Son oreille s'agita brièvement, il remua doucement la queue, sans toutefois lever la tête, car son cou était cloué au sol par Sweep qui ronronnait dessus à plein volume.

— Que faites-vous hors de votre lit ?

Cette question, posée avec douceur, provenait du fond de la cuisine, plongé dans l'obscurité. Une grande silhouette se déplia de la chaise rembourrée tant prisée de Sharp, laissant une couverture en tas derrière elle. Puis Nathaniel avança dans la lumière. Ce fut un choc pour Grace de le voir… et le souvenir de ce qu'il avait fait pour elle resurgit aussitôt. Elle secoua la tête, sans mot dire, ravalant l'afflux d'émotions qui menaçait de la submerger.

— Que se passe-t-il, Gra… Miss Bertram ? Vous ne vous sentez pas bien ?

En un instant, il fut à côté d'elle. Grand, rassurant, réconfortant. Une chaleur irradiait de lui, et son parfum de savon au citron, avec une note virile sous-jacente, envahit les sens de Grace. Il la prit par la taille pour la soutenir alors qu'elle chancelait.

— Vous ne devriez pas être en bas. Venez, asseyez-vous.

Il lui indiqua la chaise avec insistance. Elle résista.

— Non, dit-elle. Je vais bien, je vous le promets, à part quelques bleus. C'était seulement que je…

Elle se retourna alors dans les bras de Nathaniel qui l'entouraient, et le regarda dans les yeux.

— Merci, murmura-t-elle. Merci du fond du cœur.

Les yeux de Nathaniel s'obscurcirent, cherchant les siens. Il entrouvrit les lèvres, se pencha légèrement vers elle, mais ses épaules s'écartèrent brusquement et il releva la tête, rompant le contact de leurs regards. Elle scruta son visage. Sa bouche n'était plus qu'une ligne fine. Une ride plissait son front et un muscle de sa joue s'était crispé.

— Vous n'avez pas besoin de me remercier, se récria-t-il d'une voix soudain bourrue.

Il ôta son bras de sa taille et s'écarta de sorte à laisser de l'espace entre eux.

— Tout le monde aurait fait la même chose, ajouta-t-il.

Elle s'agenouilla à côté de Brack, qu'elle caressa pour cacher l'humiliation qu'elle venait de subir, telle une gifle.

— Et toi, mon beau et solide Brack, chuchota-t-elle en se penchant pour poser les lèvres sur la tête bombée du chien.

Ses yeux s'embuèrent de larmes, lorsqu'elle ajouta :

— Sans toi, je ne serais sans doute pas ici.

Elle refoula un sanglot. Donner libre cours à ses émotions n'aboutirait qu'à les mettre mal à l'aise tous les deux. Elle n'aurait pas dû le regarder de cette façon si aguichante. Avait-elle donc imaginé les appels angoissés qu'il lui avait adressés et ces tendres paroles ?

Elle écarta ces questions sans réponses. Que ses souvenirs fussent réels ou non ne changeait rien. Elle avait agi inconsidérément, et le rejet de Nathaniel était logique. Mais ô combien cruel !

Elle se concentrerait sur la réalité, résolut-elle. Elle avait survécu. Sa terreur s'estomperait et elle reprendrait le cours de sa vie. Tout comme elle l'avait fait après avoir abandonné Clara. Elle avait alors appris la valeur de la résilience, et elle mettrait cette leçon en pratique de nouveau. Elle survivrait au fait d'avoir été rejetée par Nathaniel.

Elle caressa doucement la tête de Brack, se donnant le temps de recouvrer son calme. Sweep, qui s'était réveillé, cherchait à attirer son attention ; elle lui chatouilla le menton.

— Est-il blessé ? Va-t-il récupérer ? demanda-t-elle.

— Nous pensons qu'il souffre de contusions, tout comme vous. Il est meurtri et sous le choc, mais n'a rien de cassé. Il devrait donc redevenir bientôt le cher vieux Brack qu'il était.

Sweep entreprit de nettoyer l'oreille du chien avec sa langue, puis en fit autant avec l'œil. Brack ne semblait y voir aucune objection. Grace lui donna une petite tape affectueuse.

— Où a-t-il été trouvé ?

— Le long de la rivière, à environ deux kilomètres en aval de l'endroit où vous étiez.

— Je suis vraiment soulagée !

Grace se remit debout, titubant un peu. Nathaniel lui soutint le coude avec ses deux mains — pas de contact plus intime, cette fois.

— Je suis descendue pour voir si Brack était sauf, dit-elle, maintenant le regard sur le chien et le chaton. Et j'ai un petit peu faim. Ça ne vous dérangerait pas si je… ?

— Asseyez-vous, je vais aller vous chercher quelque chose, dit Nathaniel en lui désignant de nouveau la chaise située dans le coin.

Epuisée, Grace y sombra. Elle replia les jambes, se blottissant dans la couverture encore chaude et imprégnée de l'odeur de Nathaniel. Lequel l'observa jusqu'à ce qu'elle soit installée, une expression insondable dans ses yeux sombres. Elle perçut ensuite de vagues bruits de préparation et ne tarda pas à se voir fourrer dans les mains une assiette contenant une tranche du cake aux fruits de Mrs Sharp.

— Merci, dit-elle.

Elle grignota la part du gâteau, l'assiette posée en équilibre sur les genoux, jusqu'à ce que Nathaniel revienne avec une tasse de chocolat qu'elle but avec reconnaissance, ses paupières s'alourdissant. Elle se rendit vaguement compte qu'on lui enlevait le bol et l'assiette, puis ne se souvint plus de rien.

— Oh ! mademoiselle, que d'événements hier ! s'exclama Alice, qui allumait le feu dans la chambre de Grace, les yeux tout écarquillés.

La protestation de ses muscles douloureux fit grimacer Grace comme elle se retournait.

— Comment va Miss Clara ? Est-elle levée ?

— Pas encore. Elle est restée réveillée pendant un moment, cette nuit, et maintenant, elle est en train de rattraper cela.

Ce qui voulait dire qu'Alice aussi avait été réveillée. En dépit de ce sommeil perturbé, ce fut avec son entrain habituel qu'elle se nettoya les mains avec un chiffon mouillé, puis les sécha sur son tablier. Grace n'avait pour seule envie que de se blottir sous ses draps et de dormir le reste de la journée, mais il fallait qu'elle se lève. Clara allait bientôt se réveiller, et voudrait manger quelque chose…

Elle s'assit brusquement, portant la main à la bouche.

— Qu'est-ce qu'il y a, mademoiselle, avez-vous mal ?

— Non, non, je vais bien. Je viens de me souvenir de quelque chose…

À moins que je ne l'aie rêvé ?

— Alice, les hommes ont-ils retrouvé Brack, hier ?

— Non, mademoiselle.

— Oh non ! Pauvre…

— Mais Sa Seigneurie, oui.

— Sa Seigneurie ?

Nathaniel l'avait donc ramenée à la maison, puis était reparti aussitôt chercher son chien ? Le cœur de Grace déborda d'admiration pour sa loyauté et son courage.

— Oui, mademoiselle. Il était à demi-mort. Le chien, je veux dire, pas Sa Seigneurie, quoiqu'elle ne parût guère mieux.

Alice vint s'affairer près du lit et tendit son châle à Grace.

— Je ne l'avais jamais vu si angoissé ! Il n'avait qu'une idée en tête, rester toute la nuit dans la cuisine, au cas où l'état de Brack empirerait.

Elle n'avait donc pas rêvé ! Elle était bien descendue à la cuisine et avait parlé à Nathaniel. Et l'avait invité, quoique silencieusement, à l'embrasser. Invitation qu'il avait refusée. Un accès nauséeux lui chamboula l'estomac. Comment était-elle retournée à sa chambre ? Elle ne se souvenait pas de ce qui s'était passé après qu'elle avait bu son chocolat…

Alice se rendit jusqu'à la porte, qu'elle ouvrit. Elle s'arrêta alors et se retourna.

— C'est bien ça l'ennui avec les animaux, n'est-ce pas, mademoiselle ? Ils ne peuvent pas vous dire où ils ont mal. Ce n'est pas comme les gens.

Pas comme les gens…

Grace s'affala de nouveau sur son oreiller.

Mais les gens peuvent choisir de ne pas vous dire ce qui ne va pas. Et il n'y a pas que la douleur physique. Nathaniel…

Alice continuait de parler.

— Je vous demande pardon, Alice. J'ai bien peur de n'avoir pas entendu ce que vous venez de dire.

— Je disais que Mrs Sharp a recommandé que vous restiez au lit. Elle vous apportera votre petit déjeuner ici.

— Mais..., protesta Grace en se soulevant pour se remettre en position assise.

— À présent, mademoiselle, vous feriez mieux de faire comme Mrs Sharp a dit, ou bien...

Alice lui fit les gros yeux, avant de sourire.

— Je vais m'occuper de Miss Clara. Mrs Sharp a dit qu'il fallait l'amener à la cuisine pour son petit déjeuner, aujourd'hui.

— Amenez-la ici avant pour que je la voie, s'il vous plaît. Il faut que je sache si elle va bien.

— Oh ! Dieu vous bénisse, Miss Clara est rayonnante comme le soleil ! C'est vous qui avez besoin qu'on s'occupe de vous.

Alice quitta promptement la pièce, refermant la porte derrière elle.

Grace se détendit en se calant bien contre les oreillers, et se repassa les événements de la veille, ses pensées tournant en rond, comme si elles voulaient éviter quelque chose. Comme si elle-même redoutait de se confronter à la réalité, trop terrifiée de s'avouer l'horrible chose qui aurait pu résulter de ses actes, quand Bill avait rechigné à avancer au bord de la rivière.

Et si...

Le bruit de la porte qui s'ouvrait l'arracha à ses pensées. Elle se plaqua un sourire sur le visage. Cependant ce ne fut ni Clara ni Alice qui parut.

Mais Nathaniel.

Chapitre 19

— Bonjour, Miss Bertram, commença Nathaniel, dont les yeux brun sombre trahissaient qu'il était soucieux. Alice m'a dit que vous étiez réveillée. Comment vous sentez-vous, ce matin ?

— Endolorie, admit-elle. Et honteuse.

— Honteuse, pourquoi ? demanda-t-il en se rapprochant d'elle.

Elle se redressa et serra les couvertures sur sa poitrine.

— Pour les problèmes que j'ai causés, répondit-elle. Pour le danger que je vous ai fait courir.

Ses yeux s'emplirent de larmes tandis qu'elle affrontait enfin sa pire peur.

— Quand je pense que… si vous n'aviez pas été là… ce qui aurait pu arriver à… Clara.

Le prénom de sa fille s'étrangla dans sa poitrine, car elle dut étouffer un sanglot. C'était la première fois qu'elle osait exprimer cette terreur, qui, jusqu'alors, flottait à la lisière de sa conscience, tel un spectre. À cause de sa stupidité, elle avait mis en danger sa précieuse fille. Les larmes lui brûlèrent les yeux et lui piquèrent le nez.

Nathaniel s'assit sur le coin du lit, en face d'elle.

— Vous n'avez pas à vous inquiéter de quelque chose qui n'a pas eu lieu. C'était un accident.

— Mais il aurait pu arriver qu'elle… Elle aurait pu…

Elle pleurait à présent à chaudes larmes, et se couvrit le visage de ses mains tremblantes.

— J'étais si fière de moi, murmura-t-elle à travers ses doigts. Quelle idiote, mais quelle idiote ! J'avais prouvé que j'étais capable de harnacher Bill toute seule, et je ne voulais pas rebrousser chemin. Cette fierté a failli me coûter la vie. Et la vôtre. Et celle de Brack. Et de Clara…

Ses mots s'épuisèrent en un gémissement. Les bras puissants de Nathaniel l'entourèrent, l'étreignirent, la rapprochèrent de sa solide poitrine, où elle perçut le battement régulier de son cœur, alors qu'elle exprimait dans ses larmes sa culpabilité et sa détresse.

— Ne vous blâmez pas. C'était notre faute, dit-il.

Le grondement de ses mots vibra en elle, et la calma. Comme elle aurait aimé rester ainsi pour toujours, lovée dans le cocon de ses bras !

— Nous aurions dû vous avertir que le courant était traître après les grosses pluies, même si le gué paraît peu profond et franchissable sans danger. Nous savons tous que vous n'êtes pas encore familiarisée avec tous les aspects de la région.

Il la saisit délicatement par les épaules, l'éloigna un peu de lui, puis baissa la tête pour la regarder dans les yeux.

— Si cela peut vous aider à vous sentir mieux, reprit-il, sachez que Mrs Sharp est à l'instant même en train de se rendre malade, tant elle se reproche de ne vous avoir rien dit.

— Mrs Sh… Sharp ? Elle ne m'aime pas, pourtant.

Nathaniel lui fourra un mouchoir dans les mains.

— Elle est en train de s'habituer à vous, commenta-t-il avec une note narquoise dans la voix. Je pensais que vous le saviez.

— Je commençais à espérer que ce fût vrai.

Elle se sécha les yeux et se moucha, puis poussa le mouchoir sous son oreiller.

— Je ne devrais plus en avoir besoin, dit-elle en réponse au haussement de sourcils un rien railleur de Nathaniel.

— Je vois qu'il va falloir que je reconstitue ma réserve de mouchoirs. Je vous rappelle que, lors de notre entretien, vous m'aviez promis de ne plus succomber à vos émotions.

Le cœur de Grace tressauta brusquement.

— Vous ne pouvez pas…, bredouilla-t-elle. Avez-vous l'intention de me renvoyer ?

— Pour avoir pleuré ? Ou dégarni ma réserve de mouchoirs ? Ce n'était qu'une plaisanterie, Miss Bertram, même si elle n'était pas du meilleur goût.

Je n'arrive même plus à reconnaître une plaisanterie à mes dépens. Je ne suis plus bonne à rien, songea-t-elle amèrement.

Les vagues souvenirs qui l'avaient tourmentée depuis son réveil devinrent soudain parfaitement nets. Elle ne put cacher son trouble lorsqu'elle se remémora Nathaniel la sortant de la rivière, puis lui enlevant sa robe…

— Ma robe !

Les mots sortirent de sa bouche avant qu'elle n'ait pu les retenir. Elle aurait mieux fait d'attendre et de demander à Alice, mais il était trop tard : Nathaniel, l'air interrogateur, attendait qu'elle développe sa pensée.

— C'est que… Je me demandais… Je me rappelais que…

Elle sentait son visage devenir brûlant, et le moindre aplat du visage de Nathaniel sembla se durcir.

— Votre mémoire ne vous trahit pas, Miss Bertram. Je vous prie de bien vouloir envisager votre état, lorsque je vous ai sortie de la rivière. Vous grelottiez de froid. Aussi fallait-il que vous vous réchauffiez, ce qui était impossible avec vos habits trempés d'eau glacée.

— Oh ! s'exclama-t-elle en saisissant la frange de son châle. Je vois. Je comprends. Est-ce… Est-ce que vous… Mes vêtements sont-ils ici ?

— Ah, non. Ils sont restés là où je les ai laissés. Au bord de la rivière.

— Mais je vais avoir besoin…

— Vous ne porterez plus jamais ces habits. Pas tant que vous serez mon employée. Je ne veux pas avoir à me rappeler…

Il devint brusquement silencieux, se renfrogna, et le cœur de Grace chavira. Bien sûr qu'il ne voulait pas qu'on lui rappelle à quel point elle avait été stupide, et comment elle avait failli les tuer, Brack et lui, sans parler du risque auquel elle avait exposé Clara ! Mais elle avait besoin de sa robe et de son manteau.

— Mais je n'ai que…

— Il suffit ! tonna-t-il. Je vais remplacer votre garde-robe. Il y a des coupons de tissu stockés ici, quelque part. Vous pourrez choisir tout ce qui vous plaira et faire… Non, parlez-en plutôt à Mrs Sharp. Je crois qu'il y a une couturière au village qui pourra vous confectionner des vêtements. Vous n'aurez guère le temps, avec tout ce que vous avez à faire pour vous occuper de Clara. Et, pour l'amour de Dieu, ne choisissez pas du marron ou du gris, ou je ne sais laquelle de ces mornes couleurs que vous portez d'ordinaire !

Grace le regarda fixement, déconcertée.

— Mais, milord, je suis gouvernante. Je me dois de me vêtir d'une manière qui convienne à ma…

— Et moi, Miss Bertram, rétorqua-t-il avec un regard cinglant comme une gifle, je suis votre employeur. Et si je choisis d'ordonner à mon employée de ne pas porter des vêtements qui la transforment en souillon, j'entends bien qu'elle m'obéisse ! Sans poser de questions. Est-ce clair ?

La chaleur de sa voix démentait la dureté de ses paroles. Le cœur de Grace s'allégea : il n'avait pas l'air si furieux que cela, après tout.

— Oui, milord.

Elle esquissa un sourire hésitant. À dire vrai, ce ne serait pas une épreuve d'accepter sa proposition. Les couleurs sombres tendaient à lui donner l'air épuisé. Elle n'aurait pas dû se soucier tant de son apparence, cependant elle était assez femme pour vouloir paraître à son avantage, particulièrement devant lui.

— Merci. Vous savez, je suis vraiment heureuse que Brack soit sauf. La nuit dernière, j'ignorais que c'était vous qui l'aviez trouvé.

— Est-il important de savoir qui l'a fait ? s'étonna-t-il en haussant un sourcil.

— Je voulais dire que c'est… Vous êtes ressorti pour aller le chercher, alors que vous deviez être aussi épuisé que moi.

— Pas tout à fait, dit-il avec la vague lueur d'un sourire. Et Brack n'est pas seulement un chien. C'est mon chien. Je m'en occupe moi-même.

— Et vous l'aimez.

— Trouvez-vous étrange que je tienne à mes animaux ?

— Non ! Je trouve cela admirable.

Ce n'était pas seulement à ses animaux qu'il tenait. Mais aussi à Clara, et aux personnes qui travaillaient pour lui.

À elle.

— Encore merci de m'avoir sauvée hier, milord. Et d'avoir veillé sur moi la nuit dernière.

— De rien, Miss Bertram, répondit-il avec un plissement au coin des yeux.

Ce qui lui mit aussitôt la puce à l'oreille.

— Avez-vous versé des gouttes de laudanum dans mon chocolat ? demanda-t-elle.

Une bulle de rire s'épanouit en elle, quand elle vit Nathaniel grimacer tel un petit garçon que l'on venait de surprendre en train de faire une bêtise.

— Je plaide coupable et m'en excuse, mais vous aviez besoin de sommeil et non de rester éveillée à vous inquiéter. Aussi ai-je estimé utile de vous donner un petit coup de pouce.

— Il n'est donc pas étonnant que je ne me souvinsse plus d'être retournée dans mon lit, dit-elle, mobilisant sa volonté pour ne pas rougir. Je… Est-ce que… ?

— Je vous ai portée à l'étage, si c'est ce que vous vous demandez. Vous n'avez pas bronché.

Il lui effleura fugitivement la joue avec un doigt.

— Et vous n'avez aucune raison de vous sentir gênée par ce qui s'est passé hier après-midi, continua-t-il. Je me suis comporté en parfait gentleman, je peux vous l'assurer.

À ces mots, un léger sourire lui étira les lèvres, puis s'évanouit.

— Je n'en doute pas, milord. Merci.

Le lit tangua quand il se leva.

— Je suis soulagé de vous trouver en bonne voie de convalescence et je vais vous laisser vous reposer. La prescription de Mrs Sharp est que vous restiez au lit aujourd'hui. Je vous prie de bien vouloir vous en tenir à cela.

Il tourna les talons et quitta la chambre, laissant Grace méditer sur ses sentiments croissants pour un homme qui n'éprouvait rien pour elle en retour.

Et si je me trompais ?

Lady Ravenwell avait vu assez clair dans le comportement de son fils pour le dissuader de s'intéresser à elle, et avec succès, à en juger par la conduite de Nathaniel depuis. Cependant son attitude s'était nettement radoucie. De plus, elle aurait mis sa main au feu que sa mémoire ne lui restituait pas à tort les mots doux précipités de Nathaniel, quand il l'avait secourue.

Pourtant, ses doutes envers son propre jugement étaient encore très forts.

Vois ce qui est arrivé, la dernière fois que tu as cru qu'un homme tenait à toi.

Elle convoqua le souvenir de la nuit précédente, lorsqu'elle avait regardé Nathaniel dans les yeux. Il avait été tenté de l'embrasser, puis avait ignoré son invitation silencieuse. Il était son employeur, un marquis de surcroît.

Les mises en garde de Miss Fanworth contre le badinage avec un employeur se firent plus présentes. Elle les avait rejointes, toutes les quatre, alors qu'elles attendaient dans leur chambre la voiture qui allait emmener Joanna vers sa nouvelle vie. « Cela ne se finit jamais bien, voyez notre pauvre Madame… », avait-elle dit. Puis elle avait rougi, pincé les lèvres et hoché la tête, quand elles l'avaient pressée d'en dire plus.

Joanna, Rachel, Isabel et elle avaient souvent spéculé quant à ce qui était arrivé à la directrice dans le passé. Des rumeurs, colportées par des générations d'élèves, racontaient l'histoire d'une gouvernante fraîchement qualifiée tombant amoureuse de l'héritier de son employeur de très haut rang. On disait que Madame avait été dédommagée avec l'école de Salisbury, mais que cette triste histoire lui avait brisé le cœur.

Grace avait du mal à croire que la sévère Française ait pu un jour être indisciplinée au point de laisser son cœur régner sur son esprit, ce qu'elle avait reproché à Grace en maintes occasions. La nuit avant que Rachel ne quittât l'école, elle en avait cependant appris un peu plus. Ne pouvant trouver le sommeil, son amie était descendue au rez-de-chaussée et était tombée sur Madame en train de lire une pile de vieilles lettres, les yeux pleins de larmes.

« Surtout gardez bien votre cœur », avait dit Madame, en français, avant de la renvoyer au lit avec une boisson chaude. « Par-dessus tout, protégez bien votre cœur. »

Rachel leur avait raconté cela, à Isabel et elle — Joanna avait déjà quitté l'école —, et elles en avaient conclu que les rumeurs à propos de l'amour perdu de Madame devaient être vraies.

Avec un soupir, Grace se faufila sous les couvertures et se tourna sur le côté. Elle veillerait désormais à ce que sa tête règne sur son cœur. Madame avait parlé avec sagesse. Au moins verrait-elle Nathaniel chaque jour. Peut-être pourraient-ils reprendre leurs parties d'échecs et leurs relations d'avant, bien plus confortables, et oublier la froide et triste ambiance de la dernière quinzaine.

Elle l'encouragerait à passer plus de temps avec Clara et se donnerait pour objectif de les rendre heureux, tous deux.

Quatre jours s'étaient écoulés depuis l'accident. Le dimanche matin, tout le personnel était allé à l'église, mais Grace avait décliné l'invitation, se sentant incapable d'affronter les questions qu'on lui poserait inévitablement à propos de son épreuve.

Dès que la voiture fut hors de vue, Nathaniel lui fit une proposition.

— Aimeriez-vous aller voir les oiseaux de proie, aujourd'hui ? Le temps est idéal. Nous pourrions en faire voler un, si vous voulez.

Grace rayonnait tant cette perspective la réjouissait, ce qui fit se consumer de honte Nathaniel, tandis qu'il se souvenait de la façon dont il l'avait éconduite, la dernière fois qu'elle lui avait demandé de voir les oiseaux.

Comme ils atteignaient presque le sommet de la colline, à l'endroit même où Grace avait cru que l'aigle l'attaquait, il demanda :

— Êtes-vous certaine que cela ne fait pas trop pour vous ?

Elle se mit à rire, les yeux pétillants et les joues rougies par la marche. Elle portait un vieux manteau noir de Mrs Sharp, la nouvelle cape qu'il lui avait commandée n'étant pas encore arrivée, et un bonnet brun tout usé. En dépit de ces vêtements défraîchis, il songea qu'il n'avait jamais connu de lady aussi belle et raffinée que Miss Bertram.

— Je ne suis pas fatiguée, lui assura-t-elle. Comment le serais-je, alors que vous avez avancé à une allure d'escargot pour vous adapter à mes petits pas ?

Il s'arrêta sans tenir compte de cette remarque.

— L'endroit est très bien, décréta-t-il. Nous n'avons pas besoin d'aller plus loin.

Wood, son faucon crécerelle, était posé sur son bras. Comparé aux autres oiseaux de proie — buses et faucons pèlerins —, il était délicat et riche en couleurs. Grace en était tombée amoureuse, admirant son plumage taché de noir et de brun noisette sur le dos et les ailes, ainsi que le gris ardoise de sa tête et de sa queue.

Il enleva le chaperon de Wood et le laissa s'envoler librement. Grace l'observa, le respect et le ravissement se peignant sur son visage levé vers le ciel. Lui ne regardait qu'elle.

— Il reste au même endroit, maintenant, fit-elle remarquer.

— Il plane. C'est ainsi que chassent les faucons crécerelles. Leur vue perçante leur permet de repérer les mouvements de souris, de mulots, ou de petits oiseaux. C'est difficile à observer, mais si vous être très attentive, vous verrez que sa tête est parfaitement immobile alors que ses ailes et son corps amortissent les courants de l'air.

— Va-t-il revenir vers vous ?

— Oui, bien sûr. Je l'ai eu alors qu'il était poussin. Il ne pourrait pas survivre seul dans la nature. Nous allons le faire revenir.

Il ôta le gant de sa main gauche et le tendit à Grace.

— Comme vous êtes droitière, vous devez enfiler le gant à la main gauche. Vous pourrez ainsi lui remettre le chaperon et changer ses attaches sans avoir à tâtonner.

— Et si je lui faisais mal ?

Le regard anxieux de Grace chercha le sien, et son cœur s'emballa aussitôt. Comment résista-t-il à l'envie de la prendre dans ses bras sur-le-champ, il l'ignora.

— Ne vous inquiétez pas. Je suis là. Je vais vous montrer.

Le sourire confiant de Grace l'embrasa instantanément.

— Tenez-vous ainsi, lui montra-t-il, posant les mains sur ses épaules pour la placer de profil par rapport à l'endroit où volait Wood. Gardez la main en face de vous, comme ça, doigts tendus, ajouta-t-il en lui levant le bras droit, et ne bougez plus.

Il resta près d'elle, ses mains derrière les siennes, tenant un petit morceau de viande fraîche. Il appela l'oiseau qui, sachant qu'il serait récompensé par de la nourriture, mit le cap dans leur direction, piquant droit comme une flèche, pour atterrir sur le bord de la main de Grace. Qui en eut le souffle coupé.

— Je ne pensais pas que je le sentirais à travers le cuir du gant, fit-elle remarquer, mais je sens la prise de ses serres.

Nathaniel donna à Wood sa récompense et fit plier les doigts de Grace sur l'attache de cuir qu'elle fixa au bracelet de la patte du faucon.

— Voilà, dit-il alors que l'odeur de muguet de Grace, si près de lui, lui exacerbait les sens. Maintenant, c'est vous qui décidez quand il s'envolera de nouveau.

Ils firent voler le rapace plusieurs fois, puis Nathaniel lui remit son chaperon et ils repartirent en direction de la maison.

— Merci, N… Milord, bafouilla Grace.

Il se mordit la lèvre pour s'empêcher de lui donner la permission de l'appeler Nathaniel. En quoi cela l'aiderait-il, alors qu'il s'efforçait de la tenir à distance de son cœur ?

— Je suis ravi que cela vous ait plu, Miss Bertram.

— Pensez-vous… Pourrais-je revenir avec vous une prochaine fois ? J'aimerais beaucoup voir voler les plus grands oiseaux.

Soudain, elle trébucha et il la rattrapa, l'attirant machinalement près de lui. Il baissa les yeux vers elle, qui leva les siens. Il était très tenté de céder au désir qui crépitait dans ses veines, mais il ne le pouvait pas. Il raffermit sa résolution et, bien que le regret lui serrât le cœur, l'écarta de lui. Elle avait accepté qu'il ait des cicatrices sur le visage et la main, mais elle était si jeune… si naïve, qu'elle ne pouvait réaliser l'étendue des ravages que le feu avait causés. Imaginant son horreur à la vue de son corps, il fut parcouru de frissons d'angoisse. Comment une belle femme comme elle pourrait-elle accepter d'avoir des relations intimes avec lui ?

— Je vous remercie de m'avoir rattrapée, dit-elle après quelques secondes d'un silence inconfortable. Je devrais faire plus attention.

Son ton n'exprimait aucune préoccupation, aussi Nathaniel se sentit-il immensément soulagé de n'avoir pas cédé à son désir de l'embrasser.

— J'aimerais vous demander quelque chose à propos des décorations de Noël.

— Oui ?

— J'aimerais couper quelques rameaux persistants dans les bois. Mrs Sharp dit qu'il y a du houx, du lierre et… euh… d'autres plantes avec lesquelles je pourrais faire des guirlandes.

— Vous pensez à quelque chose comme du laurier ou du genévrier ?

— Oui, dit-elle, peu assurée. Je pense que ce sont ces noms-là.

Il se retint de sourire, débordant d'amour devant les efforts qu'elle faisait pour s'adapter à ce lieu étrange, du moins pour elle.

— Vous n'avez pas besoin de ma permission pour couper des branches dans les bois.

— Certes, mais il me la faut pour demander à Ned ou à Tam de m'aider à les couper. Et à les rapporter à la maison.

« À la maison. »

Il aimait la façon dont elle avait dit cela.

— Vous pouvez le leur demander. Et je vous aiderai, moi aussi. Quand souhaitez-vous commencer ?

— Quelques jours avant Noël. Ensuite, nous confectionnerons les guirlandes et décorerons la maison la veille. Ce serait gentil, ajouta-t-elle d'une voix soudain teintée alors de nostalgie, si je pouvais avoir également une bûche de Noël. Pensez-vous… ?

— Tout le bois pour l'hiver a déjà été coupé. Je doute que nous ayons quelque chose d'assez gros.

Mais il remuerait ciel et terre pour en trouver une, juste pour elle.

Chapitre 20

Deux jours plus tard, Nathaniel apparut à la porte de la bibliothèque au moment où Grace descendait l'escalier, portant Clara, habillée pour sortir, ainsi que sa nouvelle cape et son chapeau. Quand elles atteignirent le hall, Grace posa Clara à terre et la petite fille se précipita vers son oncle en levant les bras. Elle souhaita soudain ardemment qu'ils fussent tous les trois une vraie famille, le cœur empli d'un amour teinté de mélancolie.

— Vous sortez ? s'enquit Nathaniel en soulevant Clara pour l'embrasser, avant de la reposer à terre.

— Oui, répondit Grace.

Évitant son regard, elle accrocha sa cape au pilastre de la rampe d'escalier, le temps de coiffer son chapeau.

— Nous allons à Shivercombe, pour nous entretenir avec la couturière et lui apporter le tissu que j'ai choisi pour mes nouvelles robes. Je vais aussi rendre visite à Miss Dunn.

— Êtes-vous sûre de vous pour conduire, si tôt après votre accident ?

Alors qu'elle était en train de nouer sous son menton les rubans de son chapeau, Grace s'arrêta. Nathaniel n'avait pas à connaître en détail l'état de ses nerfs, aussi adopta-t-elle un ton léger pour lui répondre.

— Il faudra bien que je retraverse le gué, alors, pourquoi pas aujourd'hui ? De plus, je dois remplacer ma robe, et il me tarde de revoir Elizabeth.

Elle n'avait pas assisté à la messe, ce dimanche-là, raison pour laquelle Elizabeth lui avait adressé une lettre via Mrs Sharp, exprimant son inquiétude, s'enquérant de sa santé et l'invitant à lui rendre visite bientôt. Grace déploya sa nouvelle cape sur ses épaules et l'attacha à son cou au moyen du fermoir d'argent.

Elle hésita. Elle avait déjà remercié Nathaniel pour ce vêtement, mais c'était la première fois qu'elle le portait. De plus, elle était bien consciente qu'il était en train de l'observer, et il lui donnait des frissons.

— Merci une fois encore pour cette belle cape, dit-elle en en caressant la bordure de fourrure.

— La couleur vous va bien.

Son ton était bourru, comme s'il était gêné. La cape était en velours vert émeraude. Grace avait poussé un cri de surprise quand elle avait ouvert le paquet que Ned avait rapporté, la veille, du village. C'était le plus beau vêtement qu'elle eût jamais possédé.

— Vous pourriez venir avec nous, si vous êtes inquiet, dit-elle impulsivement.

— Au village ?

— En effet. Nous ne resterons pas plus d'une heure chez Elizabeth. Et si cela vous rassure…

— Prenez avec vous Ned ou Tam, la coupa-t-il.

Puis il tourna les talons et ferma avec force la porte de la bibliothèque derrière lui.

Grace se mordit les lèvres. Quelle suggestion stupide de sa part ! C'était évident qu'il refuserait.

— Viens, mon ange, dit-elle en prenant la main de Clara, nous partons.

Sa fanfaronnade ne dura que jusqu'à la dernière portion du chemin qui descendait au gué. Dès qu'elle fut en vue de celui-ci, son cœur se mit à battre très fort et elle serra les rênes, forçant par mégarde Bill à s'arrêter. Elle aurait voulu que Nathaniel fût à ses côtés, mais à peine cette pensée affleura-t-elle qu'elle la repoussa.

Elle jeta un regard furtif à Clara, assise tranquillement sur la banquette à côté d'elle. Une paire d'yeux verts à l'expression solennelle lui rendit ce regard, et lui insuffla la force de surmonter sa nervosité pour repartir. Le niveau des eaux et le courant étant revenus à la normale, Bill n'hésita pas à franchir le gué de son pas bonhomme. Grace retint toutefois sa respiration tant qu'ils ne furent pas arrivés de l'autre côté.

Elle fit halte chez Mrs Campbell, la couturière, qui prit ses mesures pour deux robes. Elle se rendit ensuite au presbytère, où sa visite fut accueillie avec moult signes d'affection. Tous les Dunn étaient présents, ainsi que Mr Rendell. On lui demanda de narrer son accident par le menu, et le récit de cette épreuve provoqua de nombreuses exclamations horrifiées.

— Je vous sais gré de vous être inquiétée à mon sujet, Elizabeth, dit-elle finalement, après que le révérend et Mrs Dunn eurent quitté la pièce. Mais je veux maintenant tourner la page. Je sais qu'il ne faut pas essayer de traverser le gué après les grosses pluies. La leçon n'aura pas été inutile.

— Une leçon ? Mais, ma très chère Grace, vous n'avez pas besoin de faire bonne contenance pour nous, dit Elizabeth en attrapant Clara, qui était par terre, pour l'asseoir sur ses genoux. Votre Miss Bertram est très courageuse, n'est-ce pas, Clara ?

Mr Rendell adressa un bref sourire à Grace.

— Eliz… Miss Dunn, je crois que Miss Bertram vient de nous signifier clairement qu'elle ne souhaite pas qu'on lui rappelle l'épreuve qu'elle a subie. Au lieu de cela, parlons donc de la période des fêtes de Noël, car il ne reste guère plus qu'une semaine. Il se trouve que j'ai arpenté de long en large la forêt de Langtrop dans l'espoir de trouver l'endroit où poussent les plus belles baies de houx, mais je suis rentré bredouille.

— Il est un peu trop tôt pour couper des plantes, répondit Elizabeth un peu distraitement, car elle était absorbée à jouer à « tape, tape, tape » avec Clara. En règle générale, nous ne décorons pas l'église avant la veille de Noël.

— Certes, mais l'année dernière, nous avons mis longtemps à repérer les meilleures baies, et nous étions encore en train de décorer l'église à la nuit tombée, comme vous devez vous en souvenir. J'escomptais gagner du temps en parvenant à les localiser avant, mais tout indique que nous allons devoir nous contenter de la beauté des feuilles vertes.

— J'ai remarqué qu'il y avait abondance de baies sur le chemin que je prends pour venir au village, intervint Grace. C'est vrai que je ne connais pas beaucoup d'espèces d'arbres, mais je sais reconnaître le houx.

Une image lui traversa rapidement l'esprit. Celle d'Isabel à Noël, l'année précédente, un ruban rouge ceignant son chapeau orné d'un rameau de houx avec des baies brillantes. Une vague de nostalgie la traversa. Comme le Noël de cette année serait différent du précédent !

— Vous parlez des bois de Shiverstone, Grace, et des terres de Lord Ravenwell. Nous ne pouvons pas… Il ne…

La voix d'Elizabeth se perdit dans le silence.

— Je demanderai la permission à Sa Seigneurie. S'il n'assiste pas à la messe, c'est son choix, mais le reste de la maisonnée y va, et je suis sûre qu'il ne verra pas d'objection à ce que…

— Il n'est pas nécessaire que vous en fassiez la demande pour moi, objecta Mr Rendell avec fermeté. Je m'y emploierai moi-même. Avec votre permission, Miss Bertram, je vous accompagnerai, lorsque vous retournerez à Shiverstone Hall aujourd'hui, pour régler cela.

— Mais Ralph… Mr Rendell… et si Lord Ravenwell en prenait ombrage ? l'interrogea Elizabeth d'une voix apeurée. Pourquoi ne laissez-vous pas Grace…

— Chut, Elizabeth, l'interrompit-il en se penchant vers elle et en lui tapotant la main. Point n'est besoin de vous alarmer. Les rumeurs qui courent au village reposent sur la peur de l'inconnu. Sa Seigneurie a été parfaitement civile, lorsque je lui ai rendu visite, et elle ne m'effraie pas le moins du monde. Dans la mesure où ceci concerne l'église, c'est la moindre des corrections que je le lui demande moi-même. Il peut parfaitement refuser, mais j'ose espérer que cela lui sera plus difficile si je le lui demande en face et non par l'intermédiaire de son employée.

Ralph ? Elizabeth ?

Grace avait à peine prêté attention aux mots qu'ils venaient d'échanger, trop occupée à spéculer sur le fait qu'ils se fussent appelés par leurs prénoms. Comme ce serait romantique, s'ils étaient amoureux l'un de l'autre et se mariaient, puis qu'ils aient un enfant…

Elle se força à revenir au moment présent, car, perdue dans ses réflexions, elle s'était mise à nourrir le même genre de pensées pour elle-même.

— Pardon ? demanda-t-elle.

— J'ai dit que j'allais seller ma jument et qu'ensuite, quand vous serez prêtes à partir, je vous accompagnerais jusqu'au domaine. Je me doute bien que ce sujet ne présente guère d'intérêt pour vous, mais il est important pour notre congrégation que les décorations de l'église donnent un air de fête à la célébration de la naissance de notre Seigneur. En outre, les villageois utilisent traditionnellement de la végétation pour décorer leurs maisons.

— Je ne pense pas que cela soit sans intérêt, Mr Rendell, et je trouve tout à fait bienvenue votre compagnie pour rentrer.

— Voilà qui est donc entendu, déclara-t-il en se levant. Je vais vous laisser à vos bavardages, mesdames, et je me tiendrai prêt quand vous le serez, Miss Bertram.

Il fit une révérence et quitta la pièce. Elizabeth le suivit avec un regard intense, s'attardant sur la porte qui venait de se refermer comme s'il était encore en vue jusqu'à ce que, saisie d'un tressaillement visible, elle parût se souvenir qu'elle avait des visiteurs. Elle regarda alors furtivement Grace, commença à rougir, puis détourna la tête, cachant son visage dans les cheveux de Clara.

— Mr Rendell est un charmant jeune homme, fit Grace, n'est-ce pas Elizabeth ?

— En effet. Il est si… Oh ! Il faut absolument que je le dise à quelqu'un ! Je dois vous demander de me promettre de garder ce secret, Grace, car Ralph doit encore en parler à papa, mais… Nous nous sommes engagés.

— Je suis si heureuse pour vous ! s'écria Grace en lui

étreignant les mains. J'espère que… Croyez-vous que votre père vous donnera sa bénédiction ?

Elizabeth était radieuse, ses yeux sombres étincelaient.

— Je l'espère, répondit-elle, son sourire s'évanouissant très vite. Nous devrons demeurer ici, jusqu'à ce que Ralph gagne sa vie. Ce serait pourtant tellement merveilleux d'avoir notre propre maison, conclut-elle d'un ton nostalgique.

— Je suis sûre que vous n'aurez pas longtemps à attendre.

— Vous ne direz pas à Ralph, ou à quiconque, que je vous ai avoué cela ? Nous sommes convenus de ne pas l'ébruiter jusqu'à ce que Ralph ait parlé à papa. J'espère qu'il pourra bientôt le faire.

— Je n'en soufflerai mot, Elizabeth, et j'en suis ravie pour vous.

— Ralph, répéta Clara en regardant Elizabeth, puis Grace, avant de recommencer. Ralph.

— Tu dois l'appeler Mr Rendell, ma puce, lui expliqua Grace qui la chatouilla sous le menton, puis lui tendit les bras. Allez viens, il est temps de rentrer à la maison.

— À la maison ? Est-ce vraiment ainsi que vous considérez le manoir, Grace ? J'ai entendu dire que c'était… Oh ! je suis désolée, c'était trop indiscret de ma part.

— Oui, je considère Shiverstone Hall comme ma maison. Je ne doute pas que Mr Rendell vous a raconté que cette demeure est chichement meublée et sombre. Mais Sa Seigneurie m'a laissée faire quelques changements, et je crois que cela a amélioré les choses.

— Eh bien, je pense que vous êtes très courageuse de vivre là-bas !

— Lord Ravenwell n'est pas un ogre ! se récria Grace, mue par une pointe d'indignation, et je n'ai pas besoin de bravoure, je peux vous l'assurer.

— Je ne voulais pas…

— Et moi, je ne voulais pas vous rabrouer, s'excusa Grace dont le remords avait été éveillé par l'air accablé d'Elizabeth.

Sa réaction s'expliquait aisément par les histoires qui circulaient au sujet de Nathaniel.

— Sa Seigneurie est gentille avec moi et adore Clara. Comment les gens peuvent-ils colporter sur lui des choses aussi cruelles ? reprit-elle.

— Ils racontent les histoires qui correspondent à ce qu'ils voient. Si Sa Seigneurie venait à l'occasion au village, ils forgeraient leurs opinions d'après la réalité, et non au gré de ce qu'invente leur imagination.

— Si seulement ils le connaissaient comme moi…

Grace se mordit la langue et ses joues devinrent légèrement brûlantes, tandis qu'une lueur de compréhension apparaissait dans les yeux d'Elizabeth.

— Oh ! Grace… Je n'avais pas soupçonné que vous nourrissiez des sentiments pour lui. Soyez prudente, je vous en prie. Vous êtes une adorable jeune femme, mais en admettant qu'il partage votre… affection, vous ne souhaitez certainement pas passer le reste de votre vie dans un endroit aussi isolé et coupé du monde ?

— Mes espérances se bornent à ma situation présente.

Elle se leva et se prépara pour partir.

— Voilà que je vous ai mise en colère. Je m'excuse de vous avoir parlé aussi franchement. C'est impardonnable de ma part, murmura Elizabeth, confuse.

— Non, c'est moi qui vous dois des excuses, trancha Grace qui ne souhaitait pas la quitter en mauvais termes. Vous avez été franche parce que vous vous faites du souci pour moi. Et je n'ai réellement pas d'espérances, Elizabeth, mais… les gens peuvent changer, n'est-ce pas ?

— À condition qu'ils le veuillent vraiment, ma chère. N'oubliez pas que le marquis a vécu la vie qu'il s'est choisie durant plusieurs années déjà, et que, par conséquent, il doit y trouver son compte. S'il s'était langui d'une existence plus sociable, ne croyez-vous pas qu'il aurait déjà montré des signes de changement ?

Grace hésita. Comment pourrait-elle traduire en mots ce qu'elle souhaitait au plus profond de son cœur ? Elle avait envie de crier : « L'amour peut tout vaincre », mais elle savait qu'un tel sentiment inquiéterait Elizabeth et les gênerait toutes les deux. Non, elle voulait suivre ses propres intuitions. Elle espérait avoir raison et qu'Elizabeth se trompait.

— Nous devons y aller maintenant, dit-elle. Au revoir Elizabeth.

Il lui fut agréable de faire le voyage du retour en compagnie de Mr Rendell. Il avait attaché son cheval à l'arrière du cabriolet et s'était assis à côté d'elles, à la grande joie de Clara, qui passa tout le voyage sur ses genoux, à regarder à l'arrière et à jacasser en s'adressant au cheval.

Ils se garèrent dans la cour de l'écurie, remirent les chevaux aux bons soins de Ned et marchèrent jusqu'à la maison.

— Je vais aller chercher Sa Seigneurie, dit Grace en faisant entrer Mr Rendell dans le salon de réception.

— Cette pièce a été fort améliorée depuis ma dernière visite, déclara-t-il en faisant le tour de la pièce. Est-ce votre œuvre, Miss Bertram ? Vous avez le sens des couleurs, je vois.

À ce compliment, Grace sentit ses joues rougir de plaisir.

— C'est en effet son œuvre.

Grace se retourna aussitôt. Son cœur palpita légèrement à la vue de Nathaniel, ses cheveux bruns balayés par le vent, remplissant l'embrasure de la porte.

Nathaniel nota, courroucé, la délicate rougeur qui recouvrait les joues de Grace et parlait d'elle-même. Son galant l'avait escortée à la maison et elle ne pouvait dissimuler son plaisir.

— Je me trouvais en haut sur les collines et je vous ai vus sur le chemin.

Quand il les avait aperçus, la jalousie avait menacé de le submerger. C'était méprisable. Il devait au contraire se réjouir pour elle, pour eux deux.

— C'est louable de votre part, Rendell, de veiller à ce que Miss Bertram rentre en toute sécurité à la maison.

— Je vous en prie, c'était un plaisir pour moi, répondit le vicaire, avançant vers lui, la main droite tendue.

Du coin de l'œil, Nathaniel vit Grace jeter un bref coup d'œil à sa main non gantée, et son expression trahit son inquiétude aussi clairement que si elle eût parlé.

Elle craint que je ne le snobe.

Comme elle levait les yeux dans sa direction, Nathaniel haussa un sourcil et s'avança pour serrer la main tendue de Mr Rendell, conscient du soupir de soulagement que Grace laissa échapper alors. Quand était-elle devenue si importante pour lui, qu'il fût ainsi conscient en permanence de sa présence et des sentiments qu'elle éprouvait ?

Son instinct le pressait de s'en aller sur-le-champ, mais sa fierté l'obligea à rester.

— J'ai demandé à Mrs Sharp d'apporter des boissons, dit-il. Vous prendrez bien du thé avant de repartir, Rendell ?

Il fit un geste en direction des sièges disposés autour de la cheminée.

— Asseyez-vous, je vous en prie.

Il suivit le vicaire qui traversa pièce, mais ne s'assit pas. Au lieu de cela, il tisonna le feu pour ranimer les flammes. Mrs Sharp apporta le plateau de thé et repartit. Grace fit le service, alors que Rendell faisait grand cas de Sweep, qui venait de sauter sur ses genoux, s'extasiant qu'il eût tant grandi. Nathaniel accepta la tasse de thé que Grace lui proposa, puis s'assit finalement.

C'est alors que Rendell s'adressa à lui, comme s'il avait attendu jusqu'alors le moment propice.

— J'avais une arrière-pensée en escortant Miss Bertram au manoir, dit-il, car je viens vous solliciter pour quelque chose, milord.

Des pensées incohérentes et des suspicions traversèrent l'esprit de Nathaniel. La principale étant que Rendell venait lui demander la permission de fréquenter Grace.

C'est absurde. En quoi aurait-il besoin de me demander la permission ? Je ne suis pas son père.

Mais il y avait Clara. Il sentit sa gorge se serrer.

Et s'il connaissait la vérité ? S'il les voulait toutes deux ?

Il repoussa de toutes ses forces ces conjectures de plus en plus affolantes.

— Je vous écoute, dit-il.

Clara s'agita et s'approcha du vicaire.

— Ralph…, dit-elle en le regardant. Et Sweep, ajouta-t-elle.

Un coup de poing dans le ventre n'eût pas coupé plus efficacement le souffle de Nathaniel. « Ralph ? » Il jeta à la dérobée un coup d'œil sur Grace, qui s'efforçait de ne pas se mettre à rire.

— Clara ! dit-elle. C'est Mr Rendell. Tu ne dois pas l'appeler autrement. Peux-tu dire « Mr Rendell » pour moi ?

— Mr Bendell.

— Tu es une bonne fille. C'est mieux. Je m'excuse, Mr Rendell, je crains que Clara n'ait entendu par hasard quelque chose qu'elle n'aurait pas dû.

Les joues du vicaire devinrent écarlates.

— Cela n'a aucune importance, dit-il hâtivement. À présent, Votre Seigneurie, si je puis me permettre d'en venir au motif de ma visite… Je souhaite vous demander la permission, pour moi-même et quelques villageois, de collecter du houx dans les bois de Shiverstone.

— Du houx ?

— Euh… Oui. J'en ai cherché dans les bois, de l'autre côté du village, et celui que j'ai trouvé n'avait guère de baies…

— Et il faut du houx avec des baies rouges pour décorer l'église pendant les offices de Noël, termina Grace à sa place. C'est moi que vous devez blâmer, si la demande de Mr Rendell vous irrite, car c'est moi qui lui ai parlé de l'abondance de baies dans les bois de Shiverstone.

Nathaniel s'empressa d'atténuer son froncement de sourcils. Si seulement il pouvait leur avouer que c'était l'incrédulité, et non la colère, qui lui avait plissé le front ! Du houx ! Il s'était tourné les sangs jusqu'à en paniquer, alors que l'objet de la requête de Rendell n'était que du houx ? Il restait cependant une petite inquiétude : le fait que Clara l'appelât par son prénom. Elle avait dû l'entendre quelque part.

— Oui, vous avez ma permission.

— Merci, se réjouit Grace, radieuse.

— Nous le collecterons dans les tout prochains jours, expliqua Rendell. Et nous décorerons l'église l'après-midi de la veille de Noël. C'est un événement en soi. La plupart des villageois nous aident. Ensuite, nous tenons un bref office, avec des chants de Noël.

— Cela semble magique, s'enchanta Grace, les yeux brillants d'enthousiasme. Peut-être que... Ce serait formidable d'y emmener Clara, si vous le permettez, milord ?

— Votre foyer tout entier serait le bienvenu, milord, ajouta Rendell.

— J'avais compris que vous aviez l'intention de décorer la maison la veille de Noël, Miss Bertram ?

Elle lui avait fait part de ses projets la veille, durant le dîner.

— C'est vrai, admit-elle. Mais il faudra que nous rassemblions les plantes à l'avance, pour nous ménager le temps de confectionner les guirlandes. Ainsi, la veille de Noël, ne nous restera-t-il plus qu'à les rentrer dans la maison et à décorer les pièces. Nous devrions avoir fini à temps pour aller aider à l'église.

Il ne put résister au plaidoyer de ses yeux. Il s'était juré de ne pas l'empêcher de se faire des amis au village, y compris si le beau vicaire était du nombre.

— Vous pourrez y assister, bien sûr. Je suis certain que Clara en sera ravie.

Elle rayonna de nouveau et son sourire déchira le cœur de Nathaniel. Si seulement elle pouvait toujours lui sourire ainsi ! Il ne voulait pas la perdre, bien que cela lui parût inévitable. Son esprit reculait devant la complication liée à Clara. Il ne voulait pas laisser partir sa nièce. Mais pouvait-il séparer une mère de son enfant ? Clara, il le savait, représentait le moyen de garder Grace à Shiverstone Hall, même si elle tombait amoureuse de quelqu'un d'autre. Mais... pouvait-il être si cruel ? Si égoïste ?

S'il aimait Grace, il devait la rendre heureuse. Toujours. Son impatience le poussa à laisser de côté ses conjectures. Il s'en occuperait... si... Quand elles se présenteraient. En attendant, il ferait tout son possible pour que Grace et Clara soient contentes. Et si cela impliquait qu'il se lance dans les préparatifs d'un Noël dont la célébration lui semblait de bien peu d'intérêt cette année, eh bien soit !

Chapitre 21

— Ce n'est pas une lettre, mais deux que vous avez reçues, Miss Bertram. Vous êtes populaire !

Il ne restait plus que quatre jours avant Noël. Ned était allé comme de coutume collecter le courrier. Ayant aperçu ces lettres sur la table du hall, Nathaniel avait usé de ce prétexte pour rendre visite à sa nièce et à Grace dans la nurserie.

— Deux ?

Elle tendit la main et il lui remit ses missives, avant de hisser et de faire virevolter dans ses bras Clara, qui le réclamait à grands cris.

— Oh ! comme c'est adorable !

Les joues de Grace étaient roses de plaisir, et force fut à Nathaniel de noter que ses pensées s'étaient mises à vagabonder dans une direction bien inconvenante : Grace… sa chevelure défaite… sous lui… rosissant sous l'effet d'un plaisir d'une tout autre nature. Il se força à reporter sur Clara son attention charmée par la jeune femme, et se pencha pour chatouiller le visage de l'enfant avec ses cheveux.

— Elles sont de Joanna et Isabel. N'est-ce pas gentil de leur part de m'écrire de nouveau, alors que je n'ai pas encore répondu à leurs lettres ?

Le plaisir que procurait à Grace une chose aussi simple toucha Nathaniel. Elle avait eu une enfance difficile, vécu une expérience qui lui avait brisé le cœur, et elle était, de fait, seule au monde, car il n'avait pas manqué de remarquer que son oncle n'avait jamais répondu à sa lettre. Pourtant, elle se montrait bonne envers les autres et restait toujours optimiste. Était-ce dû à sa jeunesse ? Deviendrait-elle, comme lui, plus cynique avec l'âge ? Ou bien était-ce simplement dans sa nature de voir bonté et gentillesse en toutes choses ? Une telle attitude était communicative. Cela avait changé son foyer, et pour le mieux. Même Mrs Sharp avait perdu sa méfiance envers elle.

Grace posa ses lettres, qu'elle n'avait pas ouvertes, sur le dessus de la cheminée.

— Vous n'allez pas les lire ? s'étonna-t-il.

Elle fit un signe de dénégation. Ses cheveux blonds s'échappèrent de leurs épingles en vrille exquises et caressèrent son cou.

— J'attends de pouvoir leur accorder toute mon attention, quand Clara sera endormie.

— Lisez-les. Je vais jouer avec elle, ainsi vous ne serez pas dérangée ni ne penserez que vous la négligez.

Il s'assit par terre à côté de sa nièce et se mit à empiler des blocs de bois peints de couleurs vives.

Grace le remercia d'un sourire et prit la première lettre. Du coin de l'œil, il observa les expressions qui se succédaient à toute vitesse sur son visage.

Quand elle eut terminé, elle parut pensive.

— J'espère qu'il ne s'agit pas de mauvaises nouvelles ?

— Pardon ? Non, ce ne sont pas de mauvaises nouvelles. Vous rappelez-vous Isabel, mon amie qui a épousé William Balfour, le fils du vicomte de Langford ?

Clara, chantant à tue-tête tant elle était ravie, fit s'écrouler la tour de blocs de bois de Nathaniel.

— Oui, absolument, répondit-il tout en ramassant en un tas les blocs éparpillés. Vous vous faisiez du souci à son sujet, je crois…

Et nous étions en désaccord au sujet du besoin d'amour dans le mariage.

— Je n'ai plus besoin de m'en faire, semble-t-il. Ils ont séjourné avec Joanna et son nouveau mari, Luke, dans la maison de famille de celui-ci, dans le Hertfordshire. Isabel paraît bien plus heureuse que lors de sa dernière lettre. Elle parle de son époux en termes élogieux… Pourtant, j'ai l'impression qu'elle me cache encore quelque chose. Oh ! comme je souhaiterais la voir les yeux dans les yeux et m'assurer qu'elle va bien !

— Si l'autre lettre est de Joanna, cela ne pourrait-il pas vous aider à faire la lumière à ce sujet ?

Il chatouilla Clara qui se tortilla et gloussa. Quand il la relâcha, elle se rua aussitôt de l'autre côté de la nurserie. Nathaniel commença patiemment à rebâtir la tour.

Quand Grace eut lu la seconde lettre en silence, lequel fut toutefois troublé par la charge de Clara, qui démolit pour la deuxième fois la tour, elle soupira, l'air nostalgique.

— Vos amies vous manquent, n'est-ce pas ? s'enquit Nathaniel.

— Oui, mais je ne soupire pas à cause de cela. C'est… qu'elles ont toutes deux avancé dans leurs vies. Et cette constatation, plus que quoi que ce soit d'autre, me ramène au fait que l'on ne peut revenir en arrière. Notre enfance est terminée, et deux d'entre nous sont déjà mariées. Joanna est si heureuse ! Je…

Elle se tut soudain, ce qui rendit Nathaniel songeur. Ses pensées avaient-elles dérivé vers Rendell ? Enviait-elle le sort de ses amies ? Espérait-elle… Désirait-elle que le vicaire se déclare et lui donne une joie semblable ?

— Encore ! Encore ! demanda Clara en sautillant.

Aussi Nathaniel recommença-t-il obligeamment à empiler les blocs de bois.

— Joanna dit qu'Isabel et William se sont installés dans leur mariage, reprit Grace au bout d'un moment, et qu'ils sont plus heureux qu'au début.

— Vous voyez, je vous avais bien dit que l'amour ou la romance ne sont pas nécessaires pour qu'un mariage réussisse !

— Joanna pense qu'Isabel est tombée amoureuse de William, mais que ce n'est pas réciproque, se désola Grace en fronçant les sourcils et en pinçant les lèvres. Ou, du moins, qu'il nie ses sentiments.

Nathaniel sentit qu'il ne pourrait pas soutenir le regard de Grace, aussi se focalisa-t-il sur Clara.

— À présent, Miss Bertram, je vais reconstruire ma tour

et, cette fois, malheur à toute jeune demoiselle qui essaiera de la faire tomber !

Il agita le doigt à l'intention de Clara, qui piailla d'excitation à l'autre bout de la pièce.

Mais Grace, semblait-il, n'entendait pas dévier de son idée.

— Je ne puis croire que cela puisse rendre Isabel heureuse, dit-elle, baissant la voix tout comme les paupières, de sorte qu'il dut faire un effort pour saisir la fin de sa phrase. L'amour non partagé doit être la pire de toutes les croix à porter.

Il fallait que cette conversation s'achève. Elle déviait trop vers la réalité, et menaçait le confort de Nathaniel.

— Il n'y a rien que je puisse faire à ce sujet, trancha-t-il. Je vous suggère donc de vous sortir cela de l'esprit.

— Whoooaaaa !

Clara prit son élan pour traverser la pièce, fonça droit sur Nathaniel qu'elle heurta de plein fouet, le faisant basculer en arrière. Élan qu'il mit à profit pour s'allonger sur le dos et la soulever au-dessus de lui, la tête en bas.

— Clara vole comme un oiseau ! s'écria-t-il.

Il surprit alors Grace le regardant avec ce même air de désir nostalgique. Si ce n'était pas pour Rendell, il pourrait penser… mais non. Formuler cette impression plus clairement le conduirait droit à la folie. S'il voulait s'en convaincre il lui suffisait de la regarder, puis de se regarder, lui, dans un miroir. Non, cette expression languissante était sans doute le regret que cela ne soit pas le père de Clara qui joue avec elle.

Il s'assit, remit la fillette debout sur ses deux jambes, puis se leva, et brossa ses pantalons et sa redingote. De nouveau, Grace le regardait, suivait le mouvement de ses mains : le pouls de Nathaniel s'accéléra, lui fouettant le sang.

Si seulement…

— Je dois y aller, déclara-t-il.

Grace aussi se leva.

— Nous sommes attendues à la cuisine, expliqua-t-elle. J'ai dit que j'aiderais Mrs Sharp à faire des tartelettes de Noël au gingembre, et j'ai promis à Clara qu'elle pourrait jouer avec Sweep.

— Sweep ? Jouer Sweep ?

— Oui, confirma Grace, qui attrapa sa fille et l'embrassa sur la joue. Nous devons aller voir Sweep maintenant. Il a pris goût à rester dans la cuisine, ajouta-t-elle pour Nathaniel. Je suspecte Sharp de le nourrir avec des friandises, et Mrs Sharp est contente maintenant, car il maintient les souris à distance. Mais Clara est moins heureuse, car elle voudrait jouer tout le temps avec lui.

— Espérons que ses nouveaux jouets, à Noël, l'aideront à moins penser au chat, commenta Nathaniel, comme ils sortaient de la nurserie, côte à côte.

Tam avait fabriqué pour elle une arche de Noé en bois, aussi Ned et lui s'affairaient-ils à sculpter les animaux qui la peupleraient. Grace aussi avait été très occupée à confectionner des cadeaux. Nathaniel en avait vu certains — les tricots et les broderies —, car elle aimait les apporter au salon après dîner et y travailler pendant qu'il lisait à haute voix. Cependant, lui avait-elle dit, il ne pourrait pas voir avant le jour de Noël la peinture qu'elle avait réalisée pour le salon. Son affairement avait incité Nathaniel à laisser de côté son indifférence pour les festivités de fin d'année, et à acheter des cadeaux pour Clara et Grace. Conformément à la tradition, les domestiques recevraient leurs étrennes le lendemain de Noël.

— Laissez-moi porter Clara, proposa-t-il, lorsqu'ils arrivèrent en haut de l'escalier. Elle commence à faire son poids, le bleu que j'ai sur la poitrine peut le prouver.

En attrapant sa nièce, il effleura par inadvertance la main de Grace. Il perçut un léger soupir au moment où ils s'écartèrent l'un de l'autre, Grace abandonnant rapidement sa prise sur l'enfant. Le cœur de Nathaniel se mit à battre plus fort et une chaleur inhabituelle pulsa dans ses veines.

Les joues de Grace s'étaient joliment teintées quand elle se releva les cheveux et en refixa les épingles. Puis elle lissa sa jupe et, finalement, le regarda avec un sourire tendu.

— Merci, dit-elle.

Quand Nathaniel parvint aux bois de Shiverstone, il appela Ned. Un faible cri se fit entendre dans les profondeurs de la forêt et il guida son cheval dans cette direction. Cinq minutes plus tard, il se trouvait dans une clairière et fit stopper Caesar, avec un très violent mais silencieux juron.

Il y avait d'autres personnes ici, des étrangers

Tam, Ned et Grace le regardaient, et il eut très envie de faire faire demi-tour au cheval et de déguerpir au galop. Il regrettait de n'avoir pas choisi Zéphyr. Il aurait pu prétexter que l'étalon ne pourrait sagement l'attendre, tandis qu'il collectait et coupait des branches pour les guirlandes de Grace. Mais, en l'occurrence, il n'avait aucune excuse.

Caesar renâcla et redressa la tête, en réaction à sa tension. Il ne pouvait pas s'en aller, non, alors que Grace venait à sa rencontre, avec un sourire si accueillant ! Combien d'autres personnes y avait-il ? Combien d'yeux à le regarder bouche bée ? Combien de doigts à le pointer ? Comment…

— Merci d'être venu nous aider ! lança-t-elle.

Elle posa une main hésitante sur sa manche. Il résista à l'envie de la repousser sans ménagement.

— Les villageois sont aussi venus aujourd'hui pour collecter de quoi décorer l'église.

— C'est ce que je vois.

Que pouvait-il dire d'autre ? Il se souciait de ce qu'elle pensait de lui.

Il balaya du regard la clairière et les arbres environnants. La plupart des gens continuaient à couper et rassembler du houx, du lierre et d'autres persistants. Il y eut bien quelques coups d'œil discrets, mais la majorité des villageois s'en tenaient à leurs tâches en cours.

Le rythme de son cœur s'apaisa. Cela lui prendrait à peu près une heure de sa vie, guère plus. Il pouvait le faire pour Grace. Il n'avait pas besoin d'adresser la parole à quiconque et, s'il ne parlait pas, on le laisserait tranquille.

— Par quoi voulez-vous que je commence ? demanda-t-il.

Le matin de la veille de Noël fut brillant et froid. Clara réveilla Grace de bonne heure, aussi l'emmena-t-elle en bas dans la cuisine pour son petit déjeuner. Il y ferait plus chaud. Elle entra, sa fille sur une hanche, et trouva Sharp dans sa chaise, suçotant sa pipe, Sweep pelotonné sur ses genoux. En revanche, pas de Mrs Sharp en vue.

— Bonjour, Sharp. Pensez-vous qu'il va neiger ?

Sharp enleva sa pipe pour répondre :

— Ne souhaitez pas trop avoir de la neige, mademoiselle ! Cela rend la vie bien difficile par ici.

Grace soupira. Il avait sans doute raison, mais elle ne voulait pas être trop terre à terre la veille de Noël. Elle souhaitait que les deux jours à venir soient pleins de joie, romantiques et beaux, et de la neige couronnerait le tout.

Le dernier Noël, à Salisbury, la neige était tombée. Elle avait recouvert le sol, et peint d'un blanc étincelant les toits et les branches nues des arbres. L'école et ses environs s'étaient métamorphosés en un lieu magique pour Joanna, Rachel, Isabel et elle, restées sur place pour les vacances d'hiver — leur dernier Noël en tant qu'élèves et le dernier qu'elles passeraient ensemble.

Grace refoula ces souvenirs et la nostalgie que leur réveil avait suscitée. Elle était à Shiverstone Hall, maintenant. Elle avait Clara, qui valait bien quelques sacrifices ! Et si son amour pour Nathaniel ne devait pas être partagé, elle apprendrait à l'accepter.

Madame avait bien survécu à son amour perdu, après tout.

La récente lettre d'Isabel, outre ses passages sur le mariage, donnait des nouvelles peu ordinaires de leur ancienne directrice, qui souffrait d'une grave pneumonie. Grace en fut attristée. Au cours d'une conversation sur l'éducation des filles avec le duc de Wakefield, Isabel avait mentionné l'École pour jeunes filles de Mme Dubois, et le duc en avait été bouleversé. Il lui avait alors conté son histoire, celle de deux jeunes gens éperdument amoureux l'un de l'autre. Mais, par devoir envers son domaine frappé par la pauvreté et sa famille, il avait sacrifié ses propres désirs et s'était résolu à contracter un mariage d'argent. Il avait ensuite financé l'école, comme le prétendaient les vieilles rumeurs, mais, avait-il précisé à Isabel, il s'était assuré que Madame ignorât le nom de son généreux bienfaiteur.

Ensuite il était parti en hâte, pour se rendre à Salisbury au chevet de Madame.

Pauvre Madame ! Grace espéra qu'elle se remettrait, et que le duc et elle seraient de nouveau réunis. Il n'était donc pas étonnant qu'elle eût recommandé à ses élèves de ne pas oublier leur position et de ne pas céder aux envoûtements de leurs employeurs, ou de leurs fils. Mais elle n'avait jamais évoqué le danger de tomber amoureuse. Grace, quant à elle, n'avait pas même l'excuse d'avoir été séduite. Elle avait succombé à l'homme lui-même — pas à des compliments susurrés, des regards énamourés ou des baisers tentateurs.

— Vous êtes bien silencieuse, mademoiselle, lui fit remarquer Sharp.

Grace sursauta. Elle s'était approché une chaise et assise à la table de la cuisine comme dans un rêve, Clara assoupie sur les genoux.

— Je suis désolée. J'étais en train de penser aux décorations des pièces. Les guirlandes…

— La patronne et Alice sont déjà allées les chercher dans la grange.

Mrs Sharp était inflexible et n'acceptait pas que le moindre brin de verdure passe le seuil de la maison avant la veille de Noël : ils avaient donc dû confectionner les guirlandes dans la grange, avec un brasero pour avoir chaud.

— Elles sont dans la salle à manger, prêtes à être accrochées.

Plus tard, ce matin-là, une ombre se projeta sur Grace alors qu'elle disposait l'ultime bougie de la guirlande ornant l'énorme cheminée en pierre sculptée du hall.

— La maison a un bel air de fête. Bravo, Miss Bertram.

Elle sourit à Nathaniel. Le léger bond de son cœur quand elle le voyait était devenu trop habituel pour être relevé.

— Merci. J'ai pris plaisir à le faire, mais cela a été un effort conjoint.

— Je sais. Venez, fit-il avec un geste du bras. J'ai une surprise pour vous, dehors.

Il l'accompagna à la porte d'entrée principale, rarement utilisée. Bill se tenait devant la maison, une imposante bûche attachée à son harnais au moyen de cordes et de chaînes.

— Une bûche de Noël ? demanda-t-elle, radieuse. Mais... Vous aviez dit...

— Cela n'aurait pas été une surprise, si je vous avais fait part de mon projet, n'est-ce pas ? Il y a quelque chose d'autre...

Il lui indiqua le côté du porche. Le sol était jonché d'une botte de branches aux ramifications chargées de baies.

— Du gui ! s'écria-t-elle.

Elle sentit ses joues rougir. Elle pourrait en accrocher au-dessus de la porte, pour respecter la tradition anglaise de la couronne des baisers que l'on tressait avec : à chaque baie cueillie un baiser ! Est-ce que Nathaniel voudrait...

Pour dissimuler sa gêne soudaine, elle aborda un autre sujet.

— Où pousse-t-il ? Je n'en ai pas vu dans le bois.

— Il y a un tilleul dans le parc, à Ravenwell Manor. J'ai envoyé Ned en chercher il y a quelques jours.

— C'est une bien belle botte qu'il a rapportée.

Avec beaucoup de baies... Donc beaucoup de baisers.

Un tourbillon de désir lui serra l'estomac.

Si je me tiens sous le gui, plus tard, quand il n'y aura plus personne, m'embrassera-t-il ?

Elle le regarda à la dérobée tandis qu'il dirigeait Ned et Tam pour rentrer la bûche. Tous trois la soulevèrent de conserve, mais Grace n'avait d'yeux que pour Nathaniel, dont l'effort faisait saillir les épaules et les muscles de ses cuisses, dont les formes étaient mises en valeur par ses pantalons.

En un rien de temps, la bûche fut placée dans l'imposante cheminée ouverte. Tam et Ned s'en allèrent alors, refermant la porte derrière eux, les laissant seuls.

Grace avait apporté la botte de gui. Nathaniel se retourna

et elle surprit son regard de braise. De nouveau, elle éprouva au plus profond de son être le tiraillement du désir. Son sang coula plus vite et, certaine qu'elle rougissait, elle s'éloigna, posant le gui sur le sol près de la table d'acajou qui ornait le centre du hall spacieux.

Puis Sharp fit son apparition, suivi par son épouse, Alice et Clara.

— J'ai apporté le petit bois pour allumer le feu, milord, dit Sharp qui se mit aussitôt à déposer des petites brindilles sèches autour de la bûche, tandis que Nathaniel disparaissait en direction de la cuisine.

D'où il revint bientôt avec un tas fumant de charbon de bois incandescent, dans une pelle.

Ils s'assemblèrent autour du feu, laissant Nathaniel placer le charbon sur les brindilles et en empiler davantage. Les flammes ne tardèrent pas à lécher les contours de la bûche.

Il y eut des cris de joie, puis les Sharp et Alice, accompagnés de Clara qui voulait jouer avec Sweep, se retirèrent dans la cuisine, laissant Nathaniel et Grace de nouveau en tête à tête.

Chapitre 22

— Pourquoi avez-vous allumé le feu de cette façon ? demanda Grace à Nathaniel.

— C'est la tradition, répondit-il. Chaque année, on conserve un morceau de la bûche, qui sert à allumer celle de l'année suivante. C'étaient donc les morceaux de l'année dernière.

— Je croyais que vous ne fêtiez jamais Noël ?

Grace se sentit absurdement déçue. Nathaniel n'avait manifesté aucun enthousiasme pour les célébrations, et elle l'avait félicité d'avoir changé d'état d'esprit.

— En effet, dit-il. Pas depuis que… Bon…

Il se toucha la joue, fugitivement. C'était la première fois qu'il évoquait ses cicatrices. Elle fut touchée par cette preuve de confiance.

— Mais ma famille est venue pour Noël, l'année dernière, et ce fut presque comme au bon vieux temps… Mais cette année, j'appréhendais… Sans Hannah et David, cela ne me semblait pas…

Sa voix se perdit dans le silence, et un muscle tressauta sur sa joue.

Pauvre Nathaniel ! songea-t-elle. Pour lui, toute festivité était vouée à éveiller de pénibles comparaisons avec le passé.

— Ce Noël sera différent, mais j'espère que vous vous en réjouirez néanmoins, dit-elle, en faisant silencieusement le vœu que Clara et elle l'aideraient à se recréer de bons souvenirs.

— Oui, certainement. Vous m'avez aidé à saisir l'importance de se réjouir en cette période, pour le bien de Clara, reconnut-il.

Puis, désignant le gui :

— Où vais-je donc accrocher ceci ?

Grace considéra le bouquet.

— Ici, peut-être, répondit-elle en indiquant le hall. Je vais l'attacher avec un ruban. Toutefois, je doute que nous ayons besoin de toute cette quantité.

Elle leva la tête et leurs regards fusionnèrent, propageant des spirales de chaleur dans son corps, et des picotements sur sa peau. Elle s'enhardit. Puisqu'on était à l'approche de Noël, et qu'elle lui avait proposé un baiser, plus d'un, même, et puisqu'en cet instant, elle se sentait un peu comme la Grace rebelle d'autrefois, elle se pencha, cassa d'un coup sec une branche et se redressa, arborant le brin de gui au-dessus de sa tête.

Nathaniel ne bougea pas. Pas un seul de ses muscles ne tressaillit, alors qu'il plongeait son regard dans le sien. Aucun sourire, ni froncement de sourcils. Il ne pouvait pas refuser cette fois encore ?

Ses yeux s'embrasèrent puis il la serra très fort contre lui, sa bouche recouvrant la sienne, chaude, dure, exigeante. Les lèvres de Grace s'entrouvrirent et il en prit possession, explorant chaque parcelle de sa bouche. Elle se cramponna à ses épaules, tandis que leurs langues s'entremêlaient, que des frissons de désir la traversaient et qu'elle percevait l'évidence de son excitation. Se fondant à lui, elle le sentait qui changeait soudain du tout au tout, comme s'il s'éveillait lentement, et que son cerveau se mettait à l'unisson de son corps.

Il détacha enfin sa bouche de la sienne. Elle s'agrippa plus fort, en vain. Avec douceur, il relâcha son dos, puis saisit sa main qui tenait encore le gui et cueillit une baie, qu'il leva entre le pouce et l'index.

— Vous avez raison, dit-il. Un si gros bouquet serait gaspillé, ici. Dites à Mrs Sharp et à Annie qu'elles peuvent prendre ce dont elles ont besoin, avant que vous ne disposiez du reste.

Grace détestait cette confusion des sentiments. Comment pouvait-il l'embrasser comme si son âme en dépendait, puis la congédier aussi facilement qu'il le ferait des restes d'un repas, une fois rassasié ?

— J'emporterai ce qui restera à l'église, cet après-midi, décréta-t-elle. Je suis sûre qu'il y a bien des hommes, au village, qui se réjouiront de suivre la tradition.

Elle prenait un risque en le provoquant ainsi, mais elle était en colère et voulait le faire réagir.

Il se renfrogna.

— Vous avez toujours l'intention d'aider à la décoration de l'église ?

— Oui, répondit-elle en haussant le menton. Vous devriez venir, vous aussi. Cela ne vous ferait pas de mal et Clara en serait ravie.

— Je n'ai jamais affirmé que cela me ferait du mal, grommela-t-il, les yeux étrécis. Soyez prête à 2 heures.

Il entra d'un pas raide dans la bibliothèque, et claqua la porte derrière lui.

Il ne voulait pas aller au village, mais le défi de Grace avait été la provocation de trop, après ce baiser. Jusqu'alors, il avait réussi à assumer ce moment, interrompant leur baiser en dépit du désir insistant de son corps qui en réclamait plus, simulant un détachement si loin de la vérité qu'il en était ridicule. Il avait provoqué Grace, qui lui avait aussitôt rendu la monnaie de sa pièce. Ensuite, son orgueil l'avait empêché de faire marche arrière.

À présent, alors qu'ils traversaient le gué et suivaient le chemin qui menait au village, il était trop tard pour se raviser. Il ne voulait pas paraître lâche aux yeux de Grace.

Lorsqu'elle l'avait incité à l'embrasser avec la branche de gui, il n'en avait pas cru ses yeux. C'était la tradition, certes. Un petit moment de plaisir, un baiser rapide. Et lui, pauvre idiot plein d'illusions, il avait perdu le contrôle de lui-même et l'avait embrassée tel un mort de faim à un festin ! Cependant... elle lui avait rendu son baiser. Il n'aurait jamais imaginé cela. Et il se sentait plus perdu que jamais. Il pensait que le cœur de Grace appartenait à Rendell. Alors, pourquoi lui avait-elle rendu son baiser avec une telle passion ?

Clara et elle étaient assises en face de lui. Elle était si belle, vêtue de sa cape émeraude et de la robe de mousseline à motifs de fleurs bleues que Mrs Campbell lui avait créée sur mesure. Ses yeux avaient étincelé de joie, quand Ned lui avait rapporté du village ses deux nouvelles toilettes. Elle savait faire bon cœur de ce que la vie lui offrait. Tout le contraire de lui Son courage le remplissait d'humilité : elle avait parcouru des centaines de kilomètres pour retrouver Clara, avec pour seule récompense l'assurance que sa fille serait heureuse et aimée.

Était-ce pour cela qu'elle lui avait rendu son baiser ? Était-ce son amour envers sa fille qui motivait ses actes ? Jouait-elle un rôle, à seule fin d'assurer l'avenir de son enfant ?

Ils marchaient à présent dans l'allée pavée qui montait à la porte de l'église, le murmure des voix, à l'intérieur s'intensifiant à mesure de leur progression.

Lorsqu'ils entrèrent, un grand silence se fit dans l'assistance. Sentant tous les regards se braquer sur lui, Nathaniel se raidit. Cependant, il puisa du courage dans la petite main de Clara logée dans la sienne. Une symphonie de chuchotements lui parvint aux oreilles, mais comment aurait-il pu les blâmer de leur curiosité, puisqu'il avait lui-même favorisé sa mauvaise réputation ?

Une silhouette familière émergea de la foule. Ralph Rendell descendit l'allée centrale à grandes enjambées, les mains tendues vers eux.

— Milord, Miss Bertram, comme je suis heureux que vous soyez venus tous deux ! Ainsi que la petite Miss Clara !

En dépit de leur baiser, Grace ne laissa transparaître aucun signe de gêne en saluant le vicaire, qui ne semblait pas surpris de sa propre présence, nota Nathaniel. Les villageois, parmi lesquels un ou deux qui avaient participé à la collecte des persistants, retournèrent vite à leurs tâches. Le pas énorme que sa présence ici représentait paraissait de peu d'importance pour les autres.

Il en eut mal à la tête.

— Bonjour Rendell, dit-il en se forçant à sourire. Il nous reste des plantes de la décoration du domaine : du houx, du gui et autres. Pensez-vous que vous pourriez les utiliser ?

Ils furent rejoints par un vieil homme replet, en habit noir et cravate blanche, accompagné d'une attirante jeune femme aux cheveux noirs.

— Merci, c'est très généreux, répondit le vicaire. Maintenant, Lord Ravenwell, puis-je vous présenter le révérend Dunn et sa fille, Miss Elizabeth Dunn ?

Nathaniel serra la main de l'ecclésiastique, et s'inclina devant sa fille, qui lui fit la révérence avec une tension due à l'œil ouvertement examinateur de son père.

— Les végétaux supplémentaires sont des plus appréciés, milord, lui dit le révérend. Mais je dois vous demander de ne pas apporter de gui à l'intérieur de l'église.

— Auriez-vous quelque chose à reprocher à cette plante, monsieur ? s'étonna Nathaniel. Je me rappelle en avoir vu autrefois dans la cathédrale de York.

— C'est une vieille tradition, et le doyen de York peut faire comme il veut. Pour ma part, j'estime que le gui est relié aux druides et au paganisme ; il n'a pas sa place dans la maison de Dieu. Cependant, il sera bienvenu pour le presbytère.

Le pasteur lui fit un grand sourire, et Nathaniel se détendit un peu.

— Papa, puis-je annoncer la nouvelle à Grace ? demanda Miss Dunn.

— Rendell ? interrogea son père en regardant l'intéressé, qui sourit.

— Je n'y vois aucune objection.

Elizabeth saisit alors les mains de Grace.

— Je déborde de bonheur, lui confia-t-elle, ses joues s'épanouissant de rose, et les yeux pétillants. Il faut que vous soyez la première à le savoir. Mr Rendell a parlé à papa, qui a donné son consentement. Nos fiançailles seront annoncées demain !

Nathaniel fut abasourdi par la nouvelle. Son regard s'envola vers Grace, qui ne montra aucun signe de désarroi. Elle enlaça au contraire son amie et félicita le vicaire. Quand les autres s'en allèrent enfin, Nathaniel posa brièvement sa main au creux de ses reins. Elle se raidit. Il baissa la tête pour s'adresser à elle.

— C'était inattendu. Est-ce que vous vous sentez bien ? Nous pouvons nous en aller, si vous le souhaitez.

Elle fronça les sourcils avec une perplexité apparemment sincère.

— Je n'ai pas été surprise, dit-elle. Elizabeth m'en avait fait la confidence, lors de ma dernière visite. Venez, allons chercher les plantes dans la voiture.

Ils apportèrent dans l'église le houx, le lierre, le laurier et le genévrier, et aidèrent à la décoration. Ensuite, le révérend Dunn revêtit l'habit sacerdotal et prononça un bref office, avant d'aller diriger la congrégation pour les chants de Noël. Clara, trop jeune pour en connaître les paroles, gazouilla joyeusement, et la voix douce de Grace retentit.

Oyez les anges hérauts chanter…

Nathaniel chantait machinalement, tandis que son esprit vagabondait.

Aucun mot ni regard de Grace n'avait exprimé autre chose qu'une joie pure pour le bonheur de ses amis, mais elle était déjà au courant de leurs projets. Elle avait eu le temps de se préparer à l'annonce. Elle était forte et avait confiance en elle, mais que Rendell eût choisi une autre femme qu'elle avait dû sans nul doute rouvrir ses blessures. Celles de l'enfant ni désirée ni aimée, celle de la jeune fille rejetée par le père de Clara. Il se rappela son propre désespoir, quand Lady Sarah Reece, malgré leur accord, avait accepté la demande en mariage d'un autre, après l'incendie.

Il connaissait les affres de ceux qu'on repousse.

Il se frotta la joue droite, involontairement. Deux femmes, Sarah et Miss Havers, l'avaient rejeté à cause de leur répulsion pour ses cicatrices. Il n'avait jamais eu le courage de révéler les autres ravages dus au feu. Dès lors, il avait mené une vie solitaire, si l'on exceptait ses domestiques et sa famille.

Jusqu'à présent…

Il embrassa du regard la congrégation : les gens chantaient joyeusement, et les rares regards qui croisaient le sien étaient des regards aimables. Tous semblaient avoir déjà accepté son apparence. Juste après l'accident, il avait dû affronter les regards choqués et les remarques désobligeantes d'étrangers, et vu ses amis de toujours l'éviter. Étaient-ce ces expériences qui lui avaient fait croire, à tort, que tout le monde réagirait toujours de la même manière ?

Il reporta son attention sur Grace. Elle lui sourit avec chaleur. Il n'y avait personne d'autre à côté de qui il aurait préféré se trouver, réalisa-t-il, et cette intuition le terrifia. Il ne pourrait jamais s'exposer de nouveau à être rejeté. Les souvenirs de son drame étaient trop vivaces, ils avaient encore le pouvoir de le faire souffrir. Tout comme Grace, sans doute, pouvait encore être blessée par les souvenirs de sa jeunesse sans amour.

Les fiançailles de Rendell et Miss Dunn avaient-elles ravivé en elle l'insécurité de son enfance ? Cela pourrait-il être la raison pour laquelle elle lui avait rendu son baiser sous le gui ? Cherchait-elle du réconfort ? Ou l'assurance qu'elle était acceptée et pouvait être aimée ? Était-ce pour cela aussi qu'elle avait succombé si facilement aux mots doux du père de Clara ?

Eh bien, il pouvait lui offrir du réconfort, et lui procurer un foyer ! Mais guère plus que cela car, tôt ou tard, une femme comme elle en voudrait davantage. Il avait vu le plaisir qu'elle prenait à ses relations avec les Dunn et les villageois : aussi, même si le danger que représentait le vicaire n'était plus d'actualité, il y aurait d'autres hommes.

Elle avait besoin de gens autour d'elle, de bonheur, de rires, et cela, il ne pouvait pas le lui offrir.

Les chants se terminèrent.

— Milord, Miss Bertram, vous plairait-il de vous joindre à nous pour un petit souper ? leur proposa alors le révérend. Rien de grandiose, mais je sais qu'Elizabeth et Ralph verraient d'un bon œil cette occasion de célébrer leur annonce avec leurs amis.

— Je ne suis pas sûr, dit Nathaniel. Il va bientôt faire sombre…

Du coin de l'œil, il vit le sourire de Grace se faner et il ne put y résister.

— … Mais, d'un autre côté, le ciel est clair et, bien que ce ne soit pas la pleine lune, nous pourrons y voir assez pour rentrer à la maison.

Ralph Rendell les rejoignit.

— Cela nous fera particulièrement plaisir, si vous pouvez rester un moment.

— Très bien, nous acceptons. Merci.

Grace semblait aux anges. Et il était heureux de la rendre heureuse.

Chapitre 23

Ils rentrèrent tard à la maison. Ned emmena la voiture à l'écurie. On entendit le cliquetis des roues et le martèlement des sabots, puis tout redevint silencieux. Le paysage gelé étincelait tels d'innombrables diamants sous le clair de lune ; l'air était calme et fleurait la fumée de bois.

Agréablement étourdie par les effets combinés du vin chaud, de la joie contagieuse du couple nouvellement fiancé et de l'intimité du lent retour de nuit en voiture avec Nathaniel et Clara, comme s'ils constituaient une véritable famille, Grace fut convaincue qu'il y avait de la magie dans l'air.

C'était une nuit où tout paraissait possible. Nathaniel s'était rendu au village et avait rencontré ses voisins pour la première fois en neuf ans. Il avait aidé à décorer l'église et accepté l'invitation du pasteur à souper au presbytère. Il avait commencé à changer, grâce à elle. Jusqu'où pourrait-il aller, avec son aide ?

Son avenir lui parut soudain plein de promesses, de possibilités et, pour la première fois, établi.

Elle avait trouvé un endroit qu'elle pouvait considérer comme sa maison, dont elle faisait partie, où elle était non seulement voulue mais aussi appréciée et reconnue à sa juste valeur.

Clara dormait déjà, au creux des bras de Nathaniel, aussi Grace ouvrit-elle elle-même la porte de devant. Brack, la queue fouettant l'air, les accueillit, tout comme Sharp. Grace posa un doigt sur ses lèvres et désigna Clara.

Sharp hocha la tête, et fit glisser doucement le verrou de la porte d'entrée pour refermer derrière eux.

— Aurez-vous encore besoin de moi pour quoi que ce soit d'autre ce soir, milord ?

— Non, vous pouvez aller vous coucher, Sharp. Merci.

Sharp disparut en direction de l'arrière de la maison. Nathaniel la regarda avec une telle chaleur dans les yeux que son estomac sembla se retourner.

— Je monte Clara dans sa chambre, murmura-t-il.

Ce fut à peine si la petite remua quand Grace la déshabilla pour la mettre en chemise de nuit, puis la borda dans son lit préalablement chauffé à la bassinoire. Elle l'embrassa sur le front, caressant doucement ses boucles indisciplinées, puis Nathaniel, à son tour, lui souhaita bonne nuit d'un baiser.

Ils quittèrent la chambre, Nathaniel tenant la porte pour que Grace le précède. Il referma ensuite derrière lui sans faire de bruit.

— Allez-vous vous retirer immédiatement ? lui demanda-t-il.

Elle hocha la tête sans mot dire. Elle voulait être avec lui. Elle brûlait de l'entourer de son amour, de le guérir et l'aider à renouer avec la vie qu'il aurait dû mener.

Si seulement il me prenait dans ses bras !

Elle se sentait enhardie — à cause de la nuit, du calme de la maison et du vin —, mais pas au point de faire le premier pas vers l'intimité qu'elle désirait presque maladivement. Elle était sûre qu'elle ne prenait pas ses désirs pour la réalité quand elle voyait le désir couvant au fond des yeux de Nathaniel, chaque fois qu'il la regardait. Pour autant, elle ne pouvait risquer de prendre l'initiative.

Elle joua à un petit jeu dans sa tête : *S'il ne tient pas à moi, il m'enverra dans ma chambre. Mais s'il tient à moi…*

— Je ne suis pas fatiguée, lui assura-t-elle. Mais si vous souhaitez rester seul, je me retirerai dans mon petit salon.

— Je serais ravi d'avoir votre compagnie, dit-il en faisant une demi-révérence.

Ils descendirent l'escalier côte à côte. Grace se sentait très nerveuse. Ne laissait-elle pas sciemment son imagination lui faire prendre de mauvaises décisions ? Était-ce parce qu'elle désirait si fort Nathaniel qu'elle se figurait qu'il ressentait la même chose ? Elle qui savait plus que quiconque ce qui pourrait résulter de cette nuit ! Clara en était la preuve. Pourtant, son cœur était si plein d'amour pour Nathaniel, si plein de l'envie de le prendre dans ses bras et d'apaiser jusqu'à l'oubli ses années de souffrance et de solitude, qu'elle voulait affronter ce risque les yeux grands ouverts, et sans regret.

Dans le salon de réception, le feu était encore allumé. Grace s'assit sur le sofa, tandis que Nathaniel leur servit deux verres de vin d'une carafe. Il s'assit sur une chaise. Grace fixa le verre de cristal rempli, qu'elle tenait à deux mains, se concentrant farouchement sur le jeu du feu qui faisait chatoyer la robe rubis du vin, réprimant sa déception. Elle était tellement certaine qu'il s'assiérait à côté d'elle ! Ses doutes avaient repris le dessus, alors qu'elle débordait d'espoir quelques instants plus tôt. Elle but du vin à petites gorgées. Le goût prononcé d'épices et de fruits lui taquinait la langue et la gorge. Elle s'exhorta à ne pas s'abuser et à ne pas se rendre ridicule.

Ses lèvres la picotèrent. Tandis qu'elle apaisait cette sensation du bout de la langue, elle jeta un coup d'œil, et vit que Nathaniel fixait intensément ses lèvres. En réaction, son pouls s'accéléra en flèche.

Il fallait qu'elle rompe le silence. Qu'elle dise une ineptie, au besoin, avant de laisser échapper sans ménagement la vérité qu'elle portait dans son cœur.

— Merci d'être venu avec nous aujourd'hui.

Il leva son verre en guise de salut, mais resta muet.

— Cela a dû être difficile pour vous, poursuivit-elle.

Une légère ligne se grava entre les sourcils de Nathaniel, puis disparut. Si elle ne l'avait pas dévisagé si attentivement, elle l'aurait manquée.

Il posa son verre sur la desserte et se pencha vers elle, afin de lui prendre les mains. Elle s'immobilisa et son cœur se mit à battre la chamade, alors que leurs regards se fixaient comme si plus rien d'autre n'existait. Elle aurait pu se noyer dans les profondeurs brunes de ses beaux yeux.

— Pas aussi difficile que je le pensais, affirma-t-il, ses doigts serrant plus fermement les siens. Et je dois vous remercier pour cela. Vous m'avez aidé à affronter mes peurs. Avant ce jour, les regards insistants et les chuchotements de ces étrangers m'auraient dérangé et je m'en serais éloigné. J'aurais laissé mes peurs me dicter ma vie, mais vous m'avez appris à donner aux autres l'occasion de m'accepter pour ce que je suis, au lieu de me juger d'après mon apparence. Vous m'avez appris qu'il y avait des choses plus importantes, comme l'avenir de Clara, ajouta-t-il sans reprendre sa respiration.

Puis ses yeux s'assombrirent.

— Je vous dois tant, Grace !

Elle retourna ses mains à l'intérieur de celles de Nathaniel, de manière à lui enserrer aussi les doigts.

— Vous ne me devez rien. En m'autorisant à rester ici avec Clara, vous me récompensez suffisamment. Je suis heureuse dans cette maison. C'est la mienne, maintenant, aussi longtemps que vous me permettrez d'y rester.

— Alors ce sera pour toujours, car j'ai promis que vous ne serez jamais séparée de votre fille.

— Merci. Les mots me manquent pour exprimer tout ce que cela signifie pour moi.

Elle voulait qu'il l'embrasse, s'efforçant de lui exprimer son amour et son désir par la vertu d'un seul regard, mais la chaleur qui couvait ne s'embrasa pas pour devenir passion.

Pourquoi hésite-t-il ? Redoute-t-il que je ne le rejette ?

Pourrait-elle, en l'aimant, bannir la souffrance du passé et lui montrer le chemin d'un avenir plus radieux ? Elle ne pouvait pas se méprendre. Cette âme perdue avait besoin d'elle. Et elle avait le pouvoir de guérir ses blessures et de lui rendre sa fierté.

Elle devait trouver le courage de faire le premier pas.

— Grace… Je…

— Chut, lui intima-t-elle.

Soutenant son regard, elle glissa du sofa et s'agenouilla devant lui. Elle posa les doigts sur ses lèvres puis, doucement, passa la main sur son visage, caressant sa joue abîmée, s'ajustant à sa texture irrégulière comme si des nœuds de corde affleuraient à la surface de sa peau, preuve tangible que le feu avait changé sa vie pour toujours.

Il se tut, tous ses muscles tendus, l'air hagard.

Elle ne pouvait pas lui dire combien elle était fière de lui, pour avoir affronté les villageois et pour sa volonté de changer. De tels mots auraient sûrement blessé son orgueil. En revanche, elle pouvait lui montrer toutes ces choses, et lui montrer également par des actes qu'à ses yeux, il était beau et inspirait l'amour.

Elle s'inclina contre lui, puis se pressa de tout son corps entre ses cuisses musclées, posant ses lèvres sur les siennes.

C'était comme embrasser une statue. Des lèvres dures, une mâchoire crispée. Elle se pressa plus fort contre lui, levant son autre main pour empaumer son visage, ses lèvres douces se mouvant contre les siennes. Chaque muscle de Nathaniel sembla se nouer plus encore, jusqu'à ce que, gémissant et haletant, il la prenne dans ses bras et la plaque contre lui, lui rendant enfin son baiser. Sa bouche s'ouvrit et leurs langues se joignirent, attisant un feu au plus profond d'eux-mêmes.

Grace épancha dans ce baiser son cœur et son âme, le désir en fusion grésillant dans ses veines, jusqu'à ne plus savoir où elle finissait et où lui commençait. Son corps s'était mêlé à celui de Nathaniel, avait coulé en lui tel du miel liquide. Une étrange douleur se répandit à travers elle, lestant ses bras et ses jambes du besoin qu'elle avait de lui.

Elle l'enlaça, attirant sa tête plus près d'elle, enfouissant ses doigts dans ses cheveux, perdant toute notion de l'espace et du temps. Nathaniel glissa sur le petit tapis, la tenant contre sa poitrine tandis qu'il s'allongeait, ses mains vagabondant librement sur son dos, son postérieur, ses cuisses, attisant la passion en elle.

Elle tritura maladroitement le nœud de sa cravate. Il lui emprisonna alors les mains dans les siennes. Elle leva les yeux pour étudier son expression soudain réservée.

— Qu'est-ce qui ne va pas ? demanda-t-elle.

— Je… Je ne peux pas…

Elle recouvrit ses lèvres des siennes.

— Si, vous pouvez, murmura-t-elle. Pour moi.

Il resserra brièvement sa prise puis, avec un grognement, lui lâcha les poignets pour se débarrasser de sa cravate. Elle n'avait pas besoin de voir son cou pour comprendre l'hésitation de Nathaniel. Ses doigts, puis ses lèvres, y découvrirent la même texture parcheminée que sur sa joue. Elle en effleura l'entière surface avec de petits baisers légers comme des papillons : le côté resté intact, doux, parsemé de barbe, aussi bien que la partie imberbe qui gardait les stigmates du feu.

Puis elle recula et se redressa pour s'arc-bouter, ses mains sur la poitrine de Nathaniel.

— Pouvez-vous sentir mes lèvres sur votre cou ?

— Non, dit-il en lui enserrant plus étroitement la taille. Vous me touchez si doucement.

Il gémit quand elle pressa ses lèvres plus fermement sur son cou.

— Sentez-vous cela ?

— Oui, mais seulement comme une pression. C'est comme manger sans percevoir les nuances du goût.

De nouveau, elle se cambra pour s'écarter de lui, et capter son regard.

— Alors, dites-moi ce qui vous donne du plaisir.

Un regard taquin s'insinua dans ses yeux. Ses larges mains lui caressèrent le postérieur, le pressant, tandis qu'il mouvait ses hanches et poussait contre elle la dure saillie de son érection.

— Ceci, dit-il en poursuivant son balancement, ceci me donne du plaisir.

Il leva sa tête et prit de nouveau possession de ses lèvres en un lent et envoûtant baiser.

— Un plaisir infini, ajouta-t-il.

Avec une promptitude qui arracha à Grace un cri de surprise, il la fit rouler sur le dos et se plaça au-dessus d'elle. La sensation de son poids sur elle fit irradier partout en elle les délicieux remous du plaisir anticipé, et ses cuisses s'ouvrirent de leur propre gré, la chair délicate en leur milieu n'étant que désir ardent et vide douloureux. Elle soupira, ferma les yeux et succomba au plaisir, alors que des mains douces frôlaient son cou, son corps, suivies par des lèvres chercheuses.

Elle agrippa les épaules de Nathaniel avec ses doigts pressants, se cambra sous lui comme il mordillait le bourgeon délicieusement sensible de son mamelon à travers la mousseline de sa robe.

Une main légère remonta le long de sa jambe, repoussa son bas ainsi que sa jarretière pour caresser sa chair nue, alors même que Nathaniel prenait ses lèvres en un autre baiser torride. En proie à un désir fébrile, elle défit les boutons de son gilet, puis glissa les mains à l'intérieur pour caresser son large dos, se délectant du jeu de ses muscles affûtés sous le fin tissu de lin de sa chemise. Il était si imposant, si pleinement viril ! Et elle le désirait avec une urgence qu'elle avait peine à contenir. Elle se tordit sous lui, vaguement consciente qu'elle gémissait, et ne sentit soudain plus son poids. Elle ouvrit aussitôt les yeux. Il s'était soulevé à la force de ses bras.

— Êtes-vous sûre, Grace ? demanda-t-il. Vous ne serez pas… Mon apparence…

Son incertitude était poignante.

— Chut, répondit-elle en pressant les doigts sur ses lèvres. Je suis sûre.

Elle n'osa en dire plus. En rajouter aurait pu faire tourner les choses au plaidoyer. Alors qu'elle le désirait tant.

Nathaniel se releva en un mouvement fluide et la prit dans ses bras, pour la porter comme il l'avait fait un peu plus tôt avec Clara.

— Je ne vais quand même pas vous prendre sur le sol, dit-il avant de l'embrasser à nouveau.

Il se dirigea au pas de charge vers la porte et, en moins de temps qu'il n'en fallait pour le dire, ils furent en haut de l'escalier, puis dans la chambre de Grace. Il la déposa sur le lit et la rejoignit aussitôt, ouvrant le décolleté de sa robe pour en libérer un sein. Il prit dans sa bouche son mamelon en forme de perle, le suçant et le mordillant jusqu'à ce qu'elle s'embrase.

Ils se débarrassèrent de leurs habits. Ce fut à peine si Grace remarqua comment et quand. Ils furent enfin peau contre peau, lui se mouvant sur elle et en elle, et elle se cambra pour le rejoindre, mue par l'urgence... Elle saisit à pleines mains ses cheveux, alors qu'il replongeait de nouveau la tête vers ses seins... Enfin elle s'envola, libre, son corps palpitant de plaisir, tandis que Nathaniel se retirait d'elle et, avec un gémissement venu du fond du cœur, répandait sa semence.

Haletant, il l'attira contre sa poitrine et les enveloppa tous deux avec les couvertures. Il pressa les lèvres sur le sommet de sa tête et Grace, heureuse, contente, rassasiée, sombra aussitôt dans un sommeil satisfait.

Chapitre 24

Grace s'éveilla avec la vague conscience qu'un nouveau jour venait de se lever, mais pendant un moment, elle ne put saisir ce qui était différent. Son esprit était flou, ce qui n'était pas déplaisant. Elle reposait calmement, comme dans la chaleur d'un cocon, tandis que les images de la veille flottaient, avant de se ruer dans sa mémoire tels des papillons apparaissant au gré des taches de lumière qu'ils traversent.

De la veille, qui était aussi la veille de Noël… Ce qui signifiait qu'aujourd'hui… Ses pensées oisives se mirent alors à divaguer, puis s'arrêtèrent net. Ses souvenirs hésitants se rassemblèrent quand elle prit conscience d'une légère douleur entre les cuisses, ainsi que de la présence d'un grand corps chaud dans son lit, niché contre son dos. Un sentiment de panique afflua en elle, puis reflua. Ses lèvres se détendirent et s'épanouirent en un sourire spontané. Nathaniel ! Ses rêves s'étaient réalisés !

Elle se dégagea avec précaution pour lui faire face. Elle le regarda dormir dans la faible lueur du petit matin, débordante d'amour.

Maintenant, ils pouvaient être une vraie famille, lui, Clara et elle. Et qui sait si, à l'avenir, ils ne pourraient pas avoir d'autres enfants ? Des frères et des sœurs pour Clara. Et Nathaniel n'éprouverait plus le besoin de s'isoler à Shiverstone Hall.

Il ouvrit les yeux, cligna les paupières et elle se pencha pour l'embrasser, suivant les contours des muscles sculptés de sa poitrine couverte de poils drus. Elle inspira profondément. Son odeur était merveilleuse, et elle se pelotonna plus près de lui. Il ôta doucement les cheveux qui lui retombaient sur le visage et l'embrassa. Un baiser lent, enivrant. Puis la main de Nathaniel glissa sur son sein, y demeura, et elle sentit la chair entre ses jambes palpiter en réponse.

— Bonjour, Grace, murmura-t-il.

Inclinant la tête, il lécha le pourtour de son mamelon, qu'il attira ensuite dans sa bouche. Elle haleta, lui mordit l'épaule.

— Vous aimez ça ?

Un sourire coquin flottant sur ses lèvres, il fit glisser sa langue le long du corps de Grace, jusqu'à son mont de Vénus. Elle soupira de plaisir, s'ouvrit pour l'accueillir, s'abandonna aux sensations merveilleuses qui vrillaient dans son corps, alors qu'il lui faisait l'amour.

— Nous serons si heureux tous les trois, comme une famille ! murmura-t-elle plus tard, alors qu'il s'écartait d'elle et roulait pour se mettre sur le dos.

Il fixa le plafond, un sillon profond entre ses sourcils.

— Une famille ?

— Eh bien, oui. Vous, Clara et moi, répondit-elle, s'appuyant sur une épaule, et passant le bout des doigts sur les lèvres de Nathaniel. Elle en profitera quand elle sera plus grande. Vous ne serez plus obligé de vous terrer à Shiver…

Il tourna la tête pour la dévisager.

— Mais j'aime être ici.

— Oui, bien sûr, je le sais. Seulement, avec moi à vos côtés, cela sera différent. Nous pourrions vivre une partie de l'année à Ravenwell. Nous pourrions inviter des amis à séjourner…

— Je n'ai pas d'amis, objecta-t-il.

Il s'assit brusquement, tout en disciplinant avec ses mains ses cheveux ébouriffés par le sommeil.

Le moral de Grace fluctua un moment, avant qu'elle se reprenne. Si seulement elle pouvait lui faire comprendre combien sa vie pourrait s'améliorer ! Et devenir tellement plus heureuse.

— Peut-être pas pour le moment, mais vous aimerez Joanna et Isabel, quand vous les rencontrerez. Et je suis sûre que leurs maris sont…

— Non !

Il bondit hors du lit, lui dérobant son profil abîmé. Il attrapa sans ménagement sa chemise reléguée sur le sol et l'enfila.

— Je vous aiderai. Vous n'avez pas à avoir peur.

Il la considéra avec un regard froid.

— Je n'ai pas besoin de votre aide. Ni de votre pitié. Je dois partir. Il ne faut pas que Clara me voie ici.

— Non, bien sûr que non, mais… elle finira par le savoir, n'est-ce pas ? dit Grace, qui ne put masquer son inquiétude.

— Savoir que nous couchons ensemble ? Ce serait bien peu convenable pour une fillette de deux ans ! Ce qui s'est passé n'aurait pas dû avoir lieu.

L'instinct de Grace prit aussitôt le dessus. Elle saisit intuitivement ce qu'il était en train de faire. Il se retirait en lui-même. Il était si habitué à se protéger qu'il ne se rendait pas encore compte qu'il n'en avait plus besoin. Elle repoussa avec force les couvertures et se rua vers lui, sans égard pour sa nudité.

— Nathaniel ! s'écria-t-elle en lui agrippant le poignet, ne dites pas cela. La nuit dernière était… Vous ne le comprenez pas ? Nous pouvons être une famille désormais. Pensez à Clara, comme ce sera beau pour elle d'avoir un nouveau papa et une maman.

À mesure qu'elle parlait, l'expression de Nathaniel devenait plus dure. Comment pourrait-elle franchir sa carapace, et lui faire comprendre combien leur avenir pourrait être merveilleux ?

— Avec Clara et moi à vos côtés, vous pourrez occuper de nouveau la place qui vous revient dans la société.

— Je ne veux pas reprendre ma place dans la société, répliqua-t-il en écartant sa main. La nuit dernière était une erreur. Nous étions tous les deux sous l'emprise du vin que nous avions bu en excès. Nous étions deux solitaires cherchant du réconfort. Point.

Grace attrapa son châle d'un coup sec, et s'en enveloppa avec la même promptitude.

— Ce n'était pas seulement le vin. Ce n'était pas la seule raison pour laquelle vous m'avez fait l'amour, gémit-elle alors que les larmes affluaient dans sa gorge, lui étouffant la voix, au point qu'elle dut déglutir à plusieurs reprises pour tenter de les endiguer.

— Je n'ai jamais offert autre chose que du confort. Je ne peux pas être ce que vous voulez que je sois. Je n'ai pas envie de changer de vie. Je veux que vous partiez.

Grace sentit ses poumons se vider, et ses jambes flageoler.

— Partir ? Que voulez-vous dire ?

— Que vous vous en alliez. Je ne veux plus de vous ici. Je ne peux plus supporter de vous voir, ou que vous soyez sous mon toit.

Il remit ses pantalons, rassembla le reste de ses vêtements et se dirigea à grands pas vers la porte.

— Vous ne pouvez pas dire cela, Nathaniel… Milord… Vous avez promis de ne jamais me renvoyer.

Il fit volte-face et lâcha un grognement à travers ses lèvres devenues méprisantes.

— Je ne veux pas de vous ici. Je veux que vous partiez, aujourd'hui.

— Mais je n'ai nulle part où aller, lâcha-t-elle en puisant un lambeau de souffle.

Il fallait qu'elle lui résiste. Cela ne pouvait pas se passer comme ça.

— Non, je ne m'en irai pas ! Je ne vous quitterai pas, et je ne quitterai pas Clara.

Il se figea. Ses yeux bruns se firent durs.

— Allez à Ravenwell, dit-il. Prenez Clara avec vous. C'est elle que vous voulez en réalité et Dieu sait que vous avez plus de droits sur elle que moi !

— Mais…, protesta-t-elle, les larmes lui brûlant les yeux.

— Prenez-la. Je ne veux pas de vous ici. Vous vous êtes imaginé trop de choses, Miss Bertram.

Grace sentit sa colère monter, et submerger sa détresse.

— Je m'imagine trop de choses ? cracha-t-elle. Et vous, milord ? Qu'en est-il de votre présomption ? Présumiez-vous que, parce que j'ai fait une faute autrefois, je me réjouirais que mon corps servît à assouvir votre lubricité ? Et présumez-vous à présent que les besoins de votre nièce de deux ans ne comptent pour rien, dès lors qu'ils ne s'accordent pas à vos caprices ?

— Je ne négligerai jamais les besoins de Clara, répondit-il. Je vais vous pourvoir d'une maison sur le domaine de Ravenwell et de revenus. Aucune de vous deux ne manquera jamais de rien.

Il ouvrit la porte.

— Sauf d'amour ! cria Grace en une ultime tentative. Et qu'en sera-t-il de mon cœur ? Comment pourrai-je être heureuse sans vous ?

— L'amour ? Vous connaissez déjà mon opinion à ce sujet.

Son rire amer s'interrompit net quand il claqua la porte derrière lui.

La colère de Grace la soutint, tandis que, la mort dans l'âme, elle dut préparer ses affaires et prendre congé du personnel, leur disant qu'elle amenait Clara en visite chez sa grand-mère, visite arrangée précédemment. Pour rien au monde elle n'aurait laissé sa fille avec ce monstre sans cœur.

Nathaniel fut remarquable par son absence. Il était parti avec Zéphyr dans les collines, d'après Sharp, qui lui tendit une bourse pleine de pièces.

— Sa Seigneurie a dit que vous devez prendre ceci, afin de couvrir vos dépenses.

Grace dut résister à l'envie pressante de la lancer à la figure de Sharp. Le pauvre homme n'y était pour rien. En outre, elle aurait besoin d'argent. Fruit de la désespérance et de la fureur, un plan avait commencé à germer dans son esprit. Elle avait le cœur en mille morceaux, mais elle dissimula minutieusement son désespoir, tâchant d'être efficace et pratique, alors qu'elle rangeait les habits de Clara et quelques jouets dans un sac de voyage, ce qui comprenait tous les cadeaux qu'elle avait faits pour elle, avec tant d'amour.

Elle distribua les présents prévus pour les domestiques et reçut des Sharp et d'Alice de charmants savons parfumés. Dernière chose qu'elle fit avant de partir, elle se rendit dans la chambre d'amis vide, où elle avait caché le portrait de Clara et de Brack peint pour Nathaniel. Son premier mouvement avait été de le brûler. Elle l'emporta dans la chambre de Nathaniel et le déposa sur le lit. Elle espérait qu'il souffrirait chaque fois qu'il le regarderait. Elle avait épanché son cœur et son âme en faisant l'amour avec lui, et il les lui avait renvoyés en pleine face.

Elle avait été prise pour une imbécile. Une fois encore.

Il était convenu que Ned les conduirait à Ravenwell, aussi à 11 heures s'en allèrent-ils, avec une longue route devant eux. Grace attendit qu'ils aient dépassé les limites du domaine et le village de Shivercombe pour demander à Ned de s'arrêter.

— Oui, mademoiselle ?

— Il y a eu un changement de programme, Ned. Conduisez-moi à Lancaster, s'il vous plaît.

— Lancaster ? Mais, mademoiselle, on m'avait dit…

— Qui, Ned ? Sa Seigneurie ?

— Eh bien, non, mademoiselle. Vous.

— Je vous avais donné l'instruction de me conduire à Ravenwell, Ned, et à présent, je vous donne celle de me conduire à Lancaster à la place. Tout se passe pour le mieux. J'ai simplement changé d'avis concernant ma visite à Ravenwell.

Elle passerait la nuit dans cette ville, puis prendrait la direction du sud. Elle se sentait coupable de berner le pauvre Ned, mais refusait catégoriquement d'être expulsée chez la marquise, si réprobatrice envers elle. Elle avait calculé que l'argent de la bourse serait juste suffisant pour qu'elles puissent se rendre à Salisbury. Elle ne se souciait guère de ce qui arriverait ensuite, la seule chose dont elle avait besoin était un endroit familier et des gens aimables.

Miss Fanworth saurait quoi faire.

Quatre jours plus tard, après un voyage tortueux fait de diligences bondées et bruyantes, de nuitées dans de douteux relais de poste à Manchester, Birmingham et Bristol, Grace et Clara descendirent à l'arrêt de Cathedral Close, devant l'imposante façade de l'École pour jeunes filles de Mme Dubois.

Grace contempla cet environnement familier avec une boule

dans la gorge. Tant de ses souvenirs y étaient liés ! Elle ne s'était pas attendue à y retourner si tôt, ni dans pareilles circonstances.

L'obstination sans faille qui l'avait fait tenir durant ces quatre journées de voyage vacilla. Miss Fanworth, bien qu'elle fût très compréhensive, ne pourrait approuver ce qu'elle avait fait. Même si Grace s'était dit bien souvent que Nathaniel méritait de perdre Clara, elle savait au fond d'elle-même qu'elle avait eu tort d'amener la petite jusqu'ici à son insu et sans sa permission. Et qu'en dirait Madame ? Son cœur chavira en imaginant ce que serait la réaction de la terrifiante directrice de l'école.

Un geignement de Clara fut l'aiguillon qui renouvela sa résolution. Elles étaient allées si loin ! Elles étaient épuisées. Elle serra plus fort la main de sa fille, ramassa leurs sacs et autres bagages, puis monta l'escalier de l'entrée pour frapper à la porte. Beaucoup d'élèves et de membres du personnel seraient rentrés chez eux pour les congés de Noël, elle le savait, mais il en resterait quand même quelques-uns. Ni Madame ni Miss Fanworth n'avaient d'autre demeure.

La porte s'ouvrit en un mouvement de balancier, les gonds bien huilés comme toujours, et les sombres traits du *signor* Bertolli apparurent. Il écarquilla ses yeux qui surplombaient sa superbe moustache.

— Miss Bertram ! s'exclama-t-il en lui faisant signe d'entrer et de s'asseoir sur l'une des robustes chaises disposées le long des murs du spacieux hall d'entrée.

Lequel était fort bien éclairé, doté de corniches classiques au plafond, et d'un majestueux escalier.

— Je vais prévenir Miss Fanworth que vous êtes ici.

Il se hâta de traverser le hall en direction de la porte close du bureau de Madame. Une soudaine peur l'ébranla, tandis qu'elle se souvenait de la dernière lettre d'Isabel l'informant que Madame était malade.

— Attendez, *signore* !

Le maître de beaux-arts s'arrêta, et regarda par-dessus son épaule.

— Où est Madame ?

— Elle a souffert d'une pneumonie, mais elle va mieux. C'est Miss Fanworth qui a dirigé l'école pendant ce temps.

Ces nouvelles soulagèrent doublement Grace. D'abord, Madame se rétablissait ; ensuite, elle n'aurait pas à l'affronter immédiatement. Se pourrait-il que Miss Fanworth et elle parviennent à concocter ensemble une histoire pour expliquer la présence de Clara ? La mine pâlotte de sa fille lui déchira le cœur. Le voyage avait été fatigant pour elle, mais plus encore pour cette enfant de deux ans qui ne comprenait pas pourquoi on la déracinait une fois de plus de son monde familier et l'arrachait aux gens qu'elle aimait. Durant cet interminable voyage, Grace avait failli être submergée de culpabilité chaque fois que Clara demandait son « oncle Naffaniel ». Mais il était trop tard pour faire marche arrière. En outre, elle ne se sentait pas le courage d'affronter une nouvelle fois le maître de Shiverstone Hall.

Aussi, quand *signor* Bertolli la fit entrer dans le bureau de Madame et que Miss Fanworth, dodue et maternelle, accourut vers elle les bras grands ouverts et un sourire gentil quoique préoccupé sur les lèvres, Grace éclata en sanglots. Clara hurla aussitôt. Miss Fanworth s'agita en tous sens autour d'elle, telle une mère poule.

— Demandez à Cook d'apporter du thé, dit-elle au maître de beaux-arts. Et fermez la porte derrière vous, s'il vous plaît.

Elle invita Grace à s'asseoir sur l'une des deux chaises placées au coin du feu, puis s'assit sur l'autre, récupérant Clara pour la mettre sur ses genoux.

Elle attendit que la servante apporte le thé et leur en serve une tasse à chacune, avant d'entamer la conversation.

— Dites-moi tout, ma chère.

Grace épancha alors son cœur en un récit entrecoupé de sanglots et de hoquets, et finit sur ces mots :

— S'il vous plaît, ne racontez pas cela à Madame. Elle nous renverrait. Laissez-nous rester ici quelques jours jusqu'à… jusqu'à… Oh ! Miss Fanworth, qu'est-ce que je vais faire ?

— Je ne sais pas, ma chère Grace, dit Miss Fanworth avec un hochement de tête qui fit s'échapper de son chapeau de fines mèches châtaines. Vous avez toujours été une jeune fille impétueuse, mais je pensais que l'histoire qui vous était arrivée vous avait incitée à vous montrer plus prudente. Cependant, nous n'avons pas à prendre de décision maintenant. La petite Clara semble épuisée. Vous aussi. Nous en rediscuterons demain matin. Je suis sûre que tout vous semblera plus clair alors. Aimeriez-vous dormir dans votre ancienne chambre, avec Clara ? Elle est libre pendant les vacances.

— Oui, je vous remercie. Et vous ne direz rien à Madame ?

— La seule chose que je lui dirai, c'est que vous êtes ici, mais il faudra que vous fassiez votre examen de conscience quant à ce que vous déciderez de lui révéler. Ce n'est pas une ogresse, vous savez. Elle se soucie beaucoup de chacune de ses élèves, les anciennes comme les actuelles.

Dûment admonestée, Grace courba la tête. Miss Fanworth se leva, soulevant Clara assoupie qui geignit en réaction à ce mouvement.

— Venez. Je vous ferai apporter dans votre chambre un souper pour vous deux. Vous vous sentirez mieux après une bonne nuit de sommeil, et je ne doute pas que vous trouverez bientôt la meilleure direction à prendre.

Nathaniel chevauchait Zéphyr sur la haute colline de Shiver Crag, et regardait distraitement l'étendue qui s'étirait devant lui. Il avait l'œil sec, mais à l'intérieur de lui s'ouvrait un vide aussi vaste que la vallée. Non seulement son cœur s'était desséché à en mourir, mais chacune de ses cellules, jusqu'à la dernière, avait dépéri, et il avait la sensation de n'être plus qu'une vilaine enveloppe vide.

Pourquoi avait-il renvoyé Grace ? Pour la punir ? Pour se punir lui-même ? Il s'était raconté qu'il avait agi pour la libérer, comme il l'avait fait avec Amber. Mais la vérité était que la façon dont Grace envisageait l'avenir l'avait totalement déstabilisé. Il s'était persuadé qu'il ne pourrait jamais la rendre heureuse et qu'elle le rejetterait tôt ou tard.

Leur ultime échange le hantait.

« *Aucune de vous deux ne manquera jamais de rien.*

— *Sauf d'amour ! Et qu'en sera-t-il de mon cœur ? Comment pourrai-je être heureuse sans vous ?*

— *L'amour ? Vous connaissez déjà mon opinion à ce sujet, Miss Bertram.* »

Elle n'avait jamais parlé d'amour avant cela. Pourrait-elle aimer un homme tel que lui ?

La réponse était aussi claire que la vue qui s'étendait devant lui. Oui. Elle le pouvait et elle le faisait. Elle l'avait regardé et n'avait pas vu ses cicatrices. Elle l'avait vu, lui. Elle l'aimait, lui. Le courage inébranlable de cette femme lui donnait une leçon d'humilité.

Quel idiot il avait été !

Un idiot absolu.

Entêté, sans cœur, cruel.

Un lâche.

Et, à sa plus grande honte, il savait que ce dernier reproche était le plus vrai de tous. Il avait paniqué devant les attentes de Grace. Il avait eu peur de la perdre, au cas où elle le rejetterait, et c'était pour cela qu'il l'avait renvoyée. Était-il possible qu'on pût se fourvoyer autant que lui ?

Il guida Zéphyr en direction de la maison.

Le matin suivant s'annonça gris et froid. Rien ne parvenait à calmer Clara, qui avait les yeux creusés de fatigue, éternuait et réclamait son oncle Naffaniel. Aussi, dans l'après-midi, quand Madame l'envoya chercher, Grace se sentit presque soulagée de remettre cette belle petite fille aux bons soins de Miss Fanworth.

Quelle sorte de mère suis-je donc ?

La migraine, la culpabilité et le sentiment de son incapacité la tourmentèrent tandis qu'elle montait l'escalier menant à la chambre de Madame, ralentissant le pas à mesure qu'elle se rapprochait de la porte. Comment pourrait-elle se confronter à Madame, qui voyait tout et savait tout, avec des pensées si confuses et à vif ?

Elle frappa.

— Entrez !

La voix familière était toujours aussi impérieuse. Grace entra, son cœur battant la chamade, et referma la porte derrière elle.

Chapitre 25

Grace n'avait jamais eu l'occasion, auparavant, d'entrer dans la chambre de Madame. Sans surprise, tout y était gracieux et de bon goût, avec des meubles en élégant bois de rose et du papier peint rose à rayures ivoire.

Madame était allongée sur une chaise longue, rose également, devant une fenêtre. Sa chevelure foncée striée d'argent était retenue en tresses lâches. Madame elle-même avait le teint pâle, mais ses yeux gris étaient toujours aussi perçants. Aussi Grace sentit-elle une appréhension familière s'éveiller au creux de son estomac.

Cependant, quelque chose chez son ancienne directrice avait changé, que Grace ne saisissait pas tout à fait. Une certaine douceur de traits, pas uniquement due à l'absence de son habituel chignon serré. Les contours de ses yeux et de sa bouche semblaient adoucis, ce qui lui donnait l'air moins sévère.

Madame lui fit signe d'approcher, lui indiquant un siège à côté de sa chaise longue.

— Venez, Miss Bertram. Asseyez-vous et dites-moi ce qui vous a fait revenir, car j'ai du mal à croire que c'est parce que vous vous languissiez de l'école.

Grace s'assit et, d'une façon hésitante, avoua à Madame ce qui s'était passé, omettant seulement le fait que Clara était sa fille naturelle.

— Cet homme me semble malheureux, commenta alors Madame. Il est effrayé. Il vous rejette avant que vous ne le rejetiez.

— Mais… Je ne voulais pas le rejeter. Je l'aime !

— Et vous le lui avez dit ?

— Il ne croit pas à l'amour.

— Il prétend ne pas croire à l'amour, nuança Madame avec un haussement d'épaules, mais c'est un homme. Il veut se sentir aimé. Il veut être le centre de votre monde. Il est plus complexe que la plupart de ses congénères, mais, au fond, c'est ce dont il a besoin, même s'il ne le comprend pas.

Grace repensa au matin de Noël.

— Je lui ai dit que nous pourrions être une famille. J'ai essayé de lui faire comprendre que nous serions heureux, que Clara en bénéficierait, que nous aurions des amis qui nous rendraient visite, et qu'il pourrait retrouver sa juste place dans la société.

— Ah ! Et n'avez-vous pas considéré un instant qu'il pût ne pas souhaiter changer de vie ? Que cet homme, qui s'est mis à l'écart du monde pendant tant d'années, pourrait avoir besoin de temps pour se faire à l'idée d'un nouvel avenir ?

— Non, avoua Grace en se mordant les lèvres.

Ses joues s'embrasèrent tandis qu'elle réalisait à quel point elle avait été irréfléchie.

— C'est bien ce que je pensais ! Vous n'avez pas changé, Miss Bertram, vous êtes toujours aussi impétueuse, ne prenant jamais la peine de vous arrêter pour mesurer les conséquences de vos actes. Cela dit, je n'arrive pas à comprendre le rôle de cette Clara dans votre affaire. Vous êtes-vous prise d'affection pour elle en si peu de temps ?

— Il est si facile de l'aimer ! Tout le monde l'adore, à Shiverstone Hall.

— Et son oncle l'a laissée partir avec vous ? Pour quel motif ? Est-ce qu'il ne l'aime pas ? N'est-il pas un homme d'honneur ? Et n'est-il pas son tuteur ?

— Il l'adore ! Et elle aussi l'adore, répondit Grace en sentant son visage s'enflammer sous l'effet de sa réponse passionnée.

— Pourtant, il est prêt à la perdre. Et vous l'enlevez à l'homme que vous prétendez aimer, tout en sachant fort bien qu'elle lui manquera.

La voix de Madame se fit plus sévère pour ajouter :

— Dites-moi toute la vérité, Miss Bertram. Comment pourrais-je vous aider, sinon ?

— C'est ma fille, avoua alors Grace, les yeux pleins de larmes.

— Donc, reprit Madame d'un ton plus doux, voilà ce qui est arrivé à votre bébé. Je me le demandais, bien sûr, mais je ne pouvais pas vous poser la question.

— Vous saviez ? s'étonna Grace en tournant vivement la tête.

— Naturellement. Je sais tout ce qui se passe dans mon école. En doutiez-vous ?

— Mais…

Grace la regarda fixement, et tout ce qu'elle avait cru comprendre à son sujet se modifia, pour se reformer en un tout autre portrait.

— Mais… pourquoi n'avez-vous jamais… ?

Elle s'interrompit, voyant Madame lever une main impérieuse.

— Ma position était telle que, eussé-je reconnu que vous aviez fait cette bêtise, j'aurais été obligée de prendre une décision que je ne souhaitais pas prendre. C'est pourquoi j'ai choisi de fermer les yeux.

Grace baissa la tête, honteuse de sa stupidité qui avait forcé Madame à compromettre ses principes.

— Vous m'amènerez Clara lors d'une prochaine visite, dit Madame. Je suis très fatiguée à présent. Il faudra que nous reparlions de tout cela.

Grace descendit l'escalier, bouleversée. Ce que lui avait dit Madame lui faisait considérer les agissements de Nathaniel sous un jour nouveau. Et cela lui donnait matière à réflexion.

En bas, Miss Fanworth venait juste de faire entrer un gentleman distingué, aux larges épaules, qui enleva son chapeau, découvrant ainsi une épaisse chevelure argentée. Puis, après un échange murmuré, il s'engagea dans l'escalier, saluant Grace d'un signe de tête au passage.

Elle arriva dans le hall d'entrée, où Clara accourut, en larmes, dès qu'elle la vit.

— Elle a été très agitée, dit Miss Fanworth. Je pense qu'elle a peur que vous ne l'abandonniez ici.

Ces paroles frappèrent Grace avec la force de la foudre. Qu'avait-elle fait à sa fille ?

— Et elle n'arrête pas de parler d'un certain Sweep. C'est du moins ce que je crois avoir compris.

— Sweep est son chaton.

— Sweep, Brack ?

L'appel chagriné de Clara déchira le cœur de Grace.

Comment la consoler ? Elle ne pouvait pas lui promettre qu'elle reverrait bientôt Sweep et Brack. Elle ignorait de quoi l'avenir serait fait. Elle serra bien fort sa fille dans ses bras.

— Qui était ce gentleman ? demanda Grace, s'efforçant de faire diversion pour elle-même.

— C'est le duc, répondit Miss Fanworth.

— Le duc ?

— De Wakefield. Il rend visite à Madame tous les après-midi à 3 heures.

Grace regarda le haut de l'escalier, mais le duc était déjà hors de vue.

— Est-ce vrai ce que m'a écrit Isabel à son sujet ? Que Madame et lui avaient été amoureux l'un de l'autre, il y a bien longtemps.

— Oui, c'est vrai. Et maintenant, ils se sont retrouvés. Oh ! c'est tellement romantique ! s'extasia Miss Fanworth dont les yeux s'embuèrent. Les visites du duc ont fait un grand bien à Madame, les changements sont stupéfiants. Et il a fait le vœu de venir la voir chaque jour jusqu'à ce qu'elle soit pleinement rétablie.

Avant de poursuivre, Miss Fanworth soupira, une main pressée sur sa généreuse poitrine.

— Une telle dévotion ! Ah, si seulement je pouvais inspirer cela à un homme !

Et si je le pouvais, moi aussi. À Nathaniel !

À la seule évocation de son prénom, Grace flageola sur ses jambes, et du plus profond de son être monta un désir qui ne lui laissa pas de répit. Les paroles récentes de Madame tournaient en boucle dans sa tête, et la conviction se forgea qu'elle devait retourner d'où elle venait.

Cette pensée même la terrifia, mais c'était inévitable. Il fallait bien qu'elle affronte le gâchis qu'elle avait fait de sa vie. Et de celle de Clara.

La veille du jour de l'an, Grace lisait une histoire à Clara dans la bibliothèque, quand Miss Fanworth entra précipitamment dans la pièce, agitant deux lettres.

— Elles sont de notre très chère Rachel, annonça-t-elle. Une pour chacune de nous. Je suppose qu'elle n'avait pas encore reçu ma lettre lui donnant votre adresse, quand elle a posté celle-ci. C'est un coup de chance, n'est-ce pas ?

Elle s'assit en face de Grace et elles ouvrirent en même temps leurs lettres respectives. Grace apprit l'annonce des fiançailles de Rachel avec son employeur, le cheikh Malik ben Jalal al-Mahrouky, ainsi que leur projet de se marier au printemps, puis elle se mit à regarder distraitement par la fenêtre.

— Bien, quelles splendides nouvelles ! dit Miss Fanworth.

Ce qui fit sursauter Grace.

— Oui, en effet. Je suis ravie pour elle.

Mais alors pourquoi son cœur débordait-il d'apitoiement sur elle-même ? Quel genre de personne était-elle pour envier le bonheur de son amie ? Joanna, Isabel et Rachel étaient désormais installées, elle était sincèrement heureuse pour elles, mais…

Mais moi, je suis celle qui reste seule et sans amour. Comme toujours.

Même enfant, elle n'avait pas inspiré d'amour. Les larmes lui piquèrent les yeux. Elle se leva brusquement et s'adressa à Miss Fanworth :

— Est-ce que vous verriez un inconvénient à… Pourriez-vous finir de lire l'histoire à Clara ? Je n'en ai pas pour longtemps.

Elle se hâta de quitter la pièce et grimpa l'escalier sans bien savoir où elle allait, jusqu'à ce qu'elle se trouve devant la porte de Madame. Elle ne s'autorisa pas à changer d'avis et frappa.

— Eh bien, Miss Bertram ? Avez-vous pris votre décision ?

— Je ne sais pas ce que je dois faire, répondit-elle.

— Écoutez votre cœur. Il vous conseillera au mieux.

Le mieux pour moi ? Pour Nathaniel ? Ou pour Clara ?

Grace songea au duc, à ses cheveux d'argent et à sa dignité. Madame avait affronté un grand chagrin, durant toutes les années qu'elle avait passées sans lui.

— Aviez-vous écouté votre cœur, Madame ?

— Ah !

Madame ferma les yeux, perdue dans ses pensées.

— Non, ma chère, répondit-elle finalement. J'ai écouté ma conscience. Je l'ai abandonné sans combattre, parce que je l'aimais et que je ne pouvais rien lui offrir. J'ai ignoré mon cœur, croyant que c'était ce que j'avais de mieux à faire. Peut-être que s'il m'avait suivie, s'il avait essayé de me persuader... Mais il ne l'a pas fait. C'est un homme d'honneur, pour lui le devoir passe avant tout. Je l'ai regretté chaque jour de ma vie. À présent, nous avons une seconde chance et nous savons tous les deux que l'amour ne meurt jamais. Il s'enfuit pour se cacher. Il attend son heure, jusqu'à ce qu'il puisse briller à nouveau. Grace, vous avez la chance que je n'ai pas eue. Celle de pouvoir encore vous battre pour votre amour, pour assurer à votre marquis que ce qu'il offre est suffisant, et que vous en serez satisfaite. Il a peur de ne pas être capable de vous rendre heureuse. Si vous êtes sûre qu'il le peut, retournez lui dire ce que ressent votre cœur. Voilà ce que je vous conseille. Que pourrait-il arriver, dans le pire des cas ?

— Il pourrait me rejeter à nouveau.

— En effet. Vous devez donc apprendre à accepter le fait que vous ne pouvez modeler la vie des autres pour qu'elle s'accorde à vos désirs. Et quand bien même il vous rejetterait... Vous êtes forte, vous survivrez. Car alors, seriez-vous plus malheureuse que vous ne l'êtes à présent ?

Les paroles de Madame hantèrent Grace tandis qu'elle retournait à la bibliothèque retrouver Miss Fanworth et Clara, dont le visage affligé s'illumina dès qu'elle la vit.

— Je pense, dit Miss Fanworth, que Clara a terriblement peur que vous disparaissiez vous aussi. Elle a grand besoin d'être rassurée.

Ma petite fille est malheureuse, et c'est ma faute.

Pourrait-elle risquer de retourner à Shiverstone ? Si Nathaniel ne l'aimait pas, s'il la renvoyait, elle perdrait Clara aussi.

Mais Clara n'est plus mienne. Je l'ai abandonnée et je ne puis subvenir à ses besoins seule. Quel qu'en soit le risque, je dois la rendre à Nathaniel. Il l'aime et il prendra soin d'elle quoi qu'il advienne de notre relation.

— Miss Fanworth ?

— Oui, ma chère ?

— Pourriez-vous, s'il vous plaît, vous occuper un moment encore de Clara ? Je dois acheter un billet pour rentrer à la maison.

Le doux visage de son ancien professeur rayonna d'un beau sourire.

— J'en suis si heureuse ! Pourtant, vous me manquerez, ainsi que Clara. Quand allez-vous partir ?

— Après-demain ! cria Grace en se ruant hors de la pièce.

Jour de l'an, 1812

Grace était dans sa chambre avec Clara, préparant ses bagages pour leur voyage du lendemain, quand elle entendit une voiture à chevaux s'arrêter devant l'école. Il devait être 3 heures. Elle se mit à la fenêtre pour voir une dernière fois le duc de Madame.

La voiture était éclaboussée de boue. Le souffle des chevaux semblait de la brume dans l'air gelé, et le conducteur était… Ned ! Grace fut aussitôt folle de joie. Elle s'empara vivement de Clara qui était dans le lit.

— Il est ici, Clara ! Oncle Nathaniel est ici !

Nathaniel battait la semelle dans le froid, sur le seuil de l'École pour jeunes filles de Mme Dubois. La porte s'ouvrit enfin sur une femme d'allure digne, au sourire accueillant.

— Bonjour, puis-je vous aider ?

— Miss Grace Bertram, dit-il. Je viens pour elle et pour ma nièce.

Le sourire de la dame s'estompa, et elle ne fit aucun mouvement pour le laisser entrer.

— Nous sommes une école pour jeunes filles, monsieur. Puis-je m'enquérir du motif qui vous amène à rechercher Miss Bertram ?

Elle n'évoqua à Nathaniel qu'une seule chose : une mère poule qui gonfle ses plumes pour protéger ses poussins.

En dépit de son irritation, il se fit plus chaleureux.

— Je suis venu pour la ramener à la maison.

Elle s'apaisa visiblement et ouvrit plus grand la porte.

— Elles sont à l'étage. Entrez, je vous en prie.

Nathaniel s'avança à grands pas jusqu'à l'escalier. Plusieurs jeunes filles, murmurant et gloussant, l'observaient du haut de la balustrade. Il avait dû affronter bien pire lors de son voyage vers le sud, mais il avait découvert que si l'on ignorait les réactions des gens, ceux-ci se désintéressaient bien vite de vous. Et ce n'étaient pas quelques jeunes étourdies qui allaient le stopper !

Ce qui lui importait plus que tout, c'était de trouver Grace et Clara. Il monta l'escalier quatre à quatre et c'est alors qu'il les vit. Que pouvait-il dire ? Quels mots pourraient guérir les blessures et abolir l'abîme qui existait entre eux ? Mais ce n'était pas de mots qu'ils avaient besoin. Le sourire de Grace s'illumina et elle accourut à lui.

Grace et Clara, de nouveau dans ses bras, auxquels elles appartenaient.

Ils se séparèrent. Nathaniel portait maintenant Clara, ses petits bras ronds autour de son cou.

— Oncle Naffaniel, dit-elle en lui embrassant la joue.

— Est-ce que je t'ai manqué, mon cœur ? Toi, tu m'as manqué. Et tu as manqué à Sweep aussi.

Tandis qu'il parlait à Clara, ses yeux étaient posés sur Grace ; ils en dévoraient la moindre miette, oublieux de ceux qui les regardaient.

— Comment avez-vous fait pour nous trouver ? demanda-t-elle.

— Quand il vous a déposé à Lancaster, Ned vous a entendue vous enquérir d'une diligence pour Salisbury.

La mère poule arriva au sommet de l'escalier, le souffle court.

— Les filles ! Allez à la salle commune immédiatement !

Les jeunes filles dévalèrent l'escalier tel un tourbillon, et disparurent.

— Milord, je vous présente Miss Fanworth, dit Grace. Miss Fanworth, le marquis de Ravenwell.

En dépit de ses appréhensions, Nathaniel perçut la fierté dans la voix de Grace, et son cœur déborda d'espoir.

— Puis-je prendre Clara pendant que vous parlez ?

Miss Fanworth essaya d'attraper la fillette, qui resserra alors son emprise sur le cou de Nathaniel. Ce fut seulement lorsqu'elle eut pris possession de son chapeau qu'elle consentit à suivre Miss Fanworth, satisfaite, car elle savait que son oncle ne s'en irait jamais sans son chapeau.

— Elle a été très malheureuse sans vous, dit Grace. Je suis tellement désolée !

— Vous n'avez pas à l'être. C'est moi qui vous ai renvoyée. Et je l'ai regretté chaque jour depuis. Vous m'avez tant manqué, Grace !

Il devait le lui dire à voix haute. Il ne voulait pas continuer à vivre dans la peur d'être rejeté.

— Je vous aime.

Grace avança plus près, et le fixa avec toute l'intensité de son regard vert et or.

— Je vous aime aussi, Nathaniel. Et je suis désolée, parce que vous aviez raison. Je présume beaucoup trop. Je ne me suis jamais demandé si la vie que j'imaginais vous rendre heureux était celle que vous vouliez réellement.

— Avec vous à mes côtés, ma chérie, je peux changer. Je vais changer.

Il effleura les lèvres de Grace des siennes, écarta de son visage une mèche de cheveux.

Elle se pencha pour se lover contre sa main, tourna la tête pour presser un baiser sur sa paume.

— Il n'est pas nécessaire que vous changiez, dit-elle. C'est vous que je veux, Nathaniel, pas la vie que vous pouvez m'offrir. Du moment que nous sommes ensemble, je serai heureuse.

— Mais je veux changer ! J'ai eu le temps de réfléchir. Et je ne souhaite plus désormais me terrer à Shiverstone. Vous m'avez aidé à m'accepter, avec mes cicatrices et le reste. Vous m'avez donné le courage dont je manquais. Avec vous à mes côtés, je pourrai de nouveau affronter le monde.

Le parfum de muguet, si familier, de Grace lui parvenait par vagues. Il la serra très fort contre lui et s'empara de ses lèvres en un baiser torride, perdant la notion du temps et de l'espace, comme leurs langues se mêlaient et qu'il caressait ses courbes, la désirant douloureusement.

Le claquement d'une porte au rez-de-chaussée leur fit reprendre conscience du monde extérieur.

— Y a-t-il un endroit où nous pouvons aller ? murmura-t-il contre ses lèvres.

— Ma chambre, proposa-t-elle.

Et elle lui prit la main pour le conduire dans une pièce contenant quatre lits et une grande valise à demi faite.

— C'est mon ancienne chambre, celle que je partageais avec mes amies, expliqua-t-elle. L'atmosphère est différente maintenant, en dépit des souvenirs. Nous avons toutes déménagé.

— Vous avez déménagé pour vous créer d'autres souvenirs, dit-il en la prenant dans ses bras. Les anciens sont encore ici, pour être conservés précieusement, mais vous ne pouvez pas remonter le temps.

— Je n'ai plus aucune envie de revenir en arrière. Tout ce que je désire, à présent, c'est un avenir avec vous, quelle que soit la façon dont vous voudrez de moi.

Les doigts si doux de Grace caressèrent son visage. Il lui prit la main et les embrassa un par un.

— Je suis désolé, j'ai douté de vous. Je vous aimais et vous désirais, mais j'avais peur, et je luttais contre mes sentiments pour vous.

— Chut, mon amour, plus d'excuses ou d'explications, susurra-t-elle, son souffle lui effleurant la peau, tandis qu'elle pressait ses courbes suaves contre lui. Nous n'avons plus besoin des mots maintenant. Venez.

Elle l'entraîna vers un lit. Il se laissa choir sur le matelas et elle s'installa sur ses genoux, lui tenant délicatement le visage tandis qu'il l'embrassait. Il lui caressa les lèvres avec sa langue et elle s'ouvrit à lui. Il y eut un silence de quelques minutes, pendant que leurs lèvres, leurs langues et leurs mains exprimaient leur amour.

Puis il rompit leur baiser.

— Je n'aurais jamais pu croire qu'une belle femme comme vous puisse regarder un horrible monstre tel que moi.

Il couvrit son visage et son cou de baisers légers, son sang s'accumulant avec chaleur et force dans son entrejambe.

— Vous êtes loin d'être horrible ou monstrueux, affirma-t-elle en lui touchant la joue. Vous êtes beau, à l'intérieur comme à l'extérieur.

La vue de Nathaniel se troubla et il cligna les paupières, tout en s'efforçant de rire.

— Beau ? Là c'est exagéré, même pour vous, ma chère !

Elle secoua la tête, et de fines mèches de cheveux encadrèrent son visage.

— La beauté ne veut rien dire, rétorqua-t-elle en plaçant sa main sur le cœur de Nathaniel. C'est ce qu'il y a là, à l'intérieur, qui compte.

Avec un grognement, il inclina la tête dans le cou de Grace. Elle se tortilla et gloussa, ce qui ne lui en échauffa que plus le sang. Il la souleva alors, l'allongea sur le lit étroit, lui écrasa les lèvres des siennes, la recouvrant de tout son corps. Elle était chaude et souple sous lui.

Elle lui rendit son baiser, et sa main chercha sous sa veste pour le libérer de sa chemise. Quand ses mains chaudes glissèrent sur sa poitrine nue, un calme bourdonnement de satisfaction monta du fond de la gorge de Nathaniel.

Puis Grace entreprit de faire descendre ses pantalons, les yeux embrasés de désir. Le peu de retenue qu'il restait à Nathaniel n'y résista pas. Il tira de toutes ses forces sur le bas de sa robe. Elle souleva les hanches pour l'aider. Il effleura ses cuisses satinées, et s'attarda à plaisir dans les doux replis nichés en leur creux, ce qui suscita de la part de Grace un « oui » haletant. Elle frémit, écarta les jambes, le pressant de continuer.

Il s'installa sur elle et pénétra d'une poussée son accueillante chaleur, savourant cette sensation, comme elle se resserrait autour de lui. Il s'empara de ses lèvres pour un autre brûlant baiser, se retira lentement, puis entra en elle à nouveau. Elle haletait contre sa bouche, soulevait les hanches pour le rejoindre, tandis qu'ils bougeaient de concert, en un rythme irrésistible.

Il sut d'instinct qu'elle était prête. Il avait senti la tension monter en elle, l'avait sentie vaciller à l'approche du plaisir. Alors, il la pénétra une fois encore, les projetant tous les deux dans l'extase.

Quelques minutes plus tard, il ouvrit un œil et reprit conscience de l'endroit où ils se trouvaient. Il regarda Grace encore étendue sous lui, les yeux clos, un sourire de satisfaction sur les lèvres. Elle était extrêmement belle. Il mourait d'envie de l'attirer dans ses bras et de dériver avec elle dans le sommeil de l'assouvissement. Mais ils ne pouvaient pas prendre ce risque. Pas ici, pas maintenant.

Il se força à se lever, rentra sa chemise dans ses pantalons, tout en traversant la chambre pour aller regarder par la fenêtre.

— Nathaniel ?

L'inquiétude perceptible dans cet unique mot le fit se retourner impulsivement. L'incertitude dans les yeux de Grace le désarma presque. *Bon sang !* En deux enjambées, il fut près du lit, la releva et l'enveloppa dans ses bras.

— Je suis là, murmura-t-il, je ne vous laisserai plus jamais partir.

La tension de Grace se dissipa et elle se détendit. Son corps s'ajustait parfaitement au sien. Il posa son menton sur le haut de sa tête, heureux pour la première fois en neuf longues années de solitude.

— Je vous aime, Nathaniel.

Il souleva son menton avant de répondre :

— Moi aussi, je vous aime, Grace, beaucoup, et plus encore.

Il devait encore faire quelque chose. Il avait une question à lui poser. Mais d'abord... il baissa la tête, l'embrassa tendrement, avec adoration, et la douce perfection des lèvres de Grace apaisa son âme.

On frappa à la porte, et, sursautant, ils s'écartèrent l'un de l'autre. C'était Miss Fanworth, qui les scruta, le rose aux joues.

— Clara commençait à être contrariée, aussi ai-je pensé que je devrais vous l'amener.

Nathaniel prit la fillette dans ses bras, remercia le professeur, puis la reconduisit à la porte, qu'il referma derrière elle. Il se retourna vers Grace, Clara toujours dans les bras, puis, le cœur battant, il mit un genou à terre. Grace écarquilla les yeux.

— Il me semble juste que Clara participe à ceci, dit-il. Grace Bertram, je bénis le jour où vous êtes entrée dans ma vie. Vous avez ouvert le verrou de mon cœur et de mon âme, et je vous aime davantage chaque jour. S'il vous plaît, me ferez-vous l'honneur de devenir ma femme ?

— Oui, oh oui ! s'écria Grace, tombant à genoux et les étreignant tous les deux.

— Moi aussi, oncle Naffaniel ?

Nathaniel et Grace rirent en chœur et Nathaniel étreignit Clara un peu plus fort.

— Toi aussi, Clara, mon cœur, toi aussi. Nous serons une vraie famille et tu seras notre fille adoptive. Mais nous n'oublierons jamais Hannah et David.

— Non, nous n'oublierons jamais Hannah et David, répéta Grace. Même si je ne les ai jamais rencontrés, ils occuperont toujours une place particulière dans mon cœur.

Nathaniel inclina la tête ; le souvenir de sa sœur et de son beau-frère était encore douloureux, bien que moins à vif.

— Quand ils sont morts, j'ai maudit le destin, qui avait emporté mes seuls amis et forcé ma vie à prendre un autre chemin. Mais l'amour et l'espérance en un avenir nouveau sont nés de cette tragédie, et je bénis le jour où vous êtes entrée dans ma vie, ma belle et ma très chère Grace chérie.

— Moi aussi, oncle Naffaniel.

Épilogue

Ravenwell Manor, 23 décembre 1812

— Milady ! appela Alice, arrivant en trombe dans le salon de réception, ses joues rondelettes toutes frémissantes. Milady ! répéta-t-elle en dérapant pour s'arrêter, une main soutenant sa poitrine. Il y a des voitures qui arrivent. Trois !

— Les trois ensemble ? C'est merveilleux !

Grace se leva d'un bond, puis se figea, portant la main à la bouche.

En moins de temps qu'il ne faut pour le dire, Alice fut à ses côtés.

— Oh ! Milady, ça recommence ?

— Non, dit Grace. Non, ce ne sont pas les vomissements. Je me suis levée trop vite et je me sens étourdie, c'est tout. Maintenant, venez. Nous avons des invités à accueillir.

Grace jeta alors un coup d'œil à la pièce. Tout était net et brillait.

— Voudriez-vous demander à Fish d'avertir Sa Seigneurie ?

— Me voici !

Grace se retourna pour faire face à Nathaniel, superbe, d'une virilité innée, et tout à elle. Son cœur fit son habituelle pirouette, puis fondit lorsqu'elle vit Clara, tenant la main de son oncle. Elle devenait si grande, ses douces boucles brunes tombant en anglaises dans son dos. Grace voulait sans délai présenter sa nouvelle famille à ses amies.

— Alice, voulez-vous prévenir la cuisinière qu'il nous faudra le déjeuner dans une heure, s'il vous plaît ? Est-ce que les chambres sont prêtes ? Et les logements des domestiques ?

— Oui, milady. Est-ce que j'emmène Clara maintenant ?

— Non. Elle va saluer avec nous nos invités.

Alice, qui était revenue à Ravenwell Manor avec eux après leur mariage, quitta prestement la pièce. Les Sharp avaient choisi de demeurer à Shiverstone Hall en tant que gardiens. Tam et Annie y étaient également restés pour s'occuper des animaux et des faucons si chers au cœur de Nathaniel. Par intervalles de quelques semaines, il se rendait à cheval jusqu'au domaine pour faire voler ses oiseaux, et y restait dormir la nuit. Ils avaient prévu d'y retourner en famille pour un séjour plus long, au printemps.

Si je le peux.

Grace caressa son ventre gentiment arrondi, et une chaude lueur de contentement se répandit en elle.

Le regard de Nathaniel ne perdit rien de ce geste. Il leva ensuite le visage vers Grace, qui éprouva un rayonnement de chaleur. Elle ressentit au plus profond d'elle-même le tiraillement du désir, mais ce n'était pas le moment de badiner.

— Comment vont Ralph et Elizabeth ? Se sont-ils installés au presbytère ? demanda-t-elle pour faire diversion.

Nathaniel et Clara avaient rendu visite aux Rendell, récemment mariés, dans leur nouvelle maison, leur apportant un beau bouquet de gui fraîchement cueilli. L'ancien titulaire de l'église Saint-Thomas ayant pris sa retraite, Nathaniel avait offert à Ralph le logement correspondant.

— Oui, c'est fait, et ils sont heureux comme j'ai rarement vu des tourtereaux l'être, nous mis à part, ma chérie, mon irrésistible épouse.

Il prit délicatement le visage de Grace dans ses mains et effleura ses lèvres d'un baiser. Puis ses yeux se firent plus sombres et il s'inclina de nouveau pour l'embrasser, jusqu'à ce qu'elle fondît au plus profond de ses entrailles. Mais cette fois, il fallait qu'elle résiste. Elle le repoussa donc en appuyant les mains sur sa poitrine.

— Nathaniel ! Nos invités seront là d'un instant à l'autre.

Il gloussa et l'embrassa encore.

— C'est précisément parce que leur arrivée est imminente que j'en profite pendant que je le peux. Vous ne pouvez pas me refuser une petite nourriture pour que je survive pendant les quatre heures qui vont suivre.

— Papa ! Maman ! piailla Clara, en tirant la manche de Nathaniel pour attirer son attention.

Le cœur de Grace déborda d'émotion. Clara ne saurait jamais qu'elle était sa mère naturelle, mais dès que Nathaniel et elle s'étaient mariés, ils étaient tombés d'accord pour faire d'elle leur fille adoptive et qu'à compter de ce jour, elle les considère comme son père et sa mère.

Nathaniel souleva la fillette bien haut. Il posa les lèvres sur sa joue et souffla à grand bruit, ce qui la fit se tortiller et glousser dans ses bras, tandis qu'ils se dirigeaient vers l'entrée principale. Les domestiques commençaient à se rassembler dans le hall, prêts à conduire les invités dans leurs chambres.

— Le révérend Rendell a fort apprécié le gui, dit Nathaniel avec un grand sourire, alors qu'ils arrivaient à la double porte d'entrée, grande ouverte. En fait, poursuivit-il en inclinant la tête vers Grace et en baissant la voix, rien ne vaudrait mieux pour notre nouveau pasteur que d'étrenner sa nouvelle femme sous le gui. Ils ont accepté avec plaisir notre invitation à se joindre à nous pour le dîner de Noël.

— Quel bonheur ce sera d'avoir tous nos amis ici ! se réjouit Grace. Mère est enchantée à l'idée d'avoir au manoir un dîner avec une pleine tablée.

Après des débuts méfiants envers elle, la mère de Nathaniel avait bientôt accepté Grace, et une réelle amitié s'était tissée entre elles. Elle vivait à présent dans la propriété réservée à la douairière, située sur le domaine, et leur rendait visite presque chaque jour.

La rumeur des roues de voitures et les claquements de sabots des seize chevaux — trois attelages de quatre, plus quatre cavaliers d'escorte — ne cessaient de s'amplifier. Le convoi atteignait la longue chaussée en ligne droite qui partait de la route et aboutissait, après un virage, à l'entrée principale de Ravenwell Manor.

Le ciel était uniformément blanc, sans le moindre ton de gris, et l'air était calme, comme s'il retenait son souffle, anticipant ce qui allait survenir. Nathaniel avait prédit de la neige, et Grace se félicita intérieurement qu'elle ne fût pas encore tombée : ses amis avaient ainsi pu effectuer leur voyage en toute sécurité.

Les voitures firent halte et le silence — ponctué de temps à autre par un tintement de mors ou un tapement de sabots — fut assourdissant à sa façon.

Grace était en proie à un soudain accès de nervosité. Cela faisait près d'un an et demi qu'elle n'avait pas vu ses si chères amies.

Auront-elles changé ? Que penseront-elles de moi ? À quoi ressembleront leurs maris ?

Elle sentit alors dans le creux de son dos la main de Nathaniel, large et rassurante. Elle le regarda.

— Ne soyez pas nerveuse. Tout se passera bien vous verrez.

Il lui rendit son regard. Il était solide et confiant, sans le moindre signe d'appréhension. Grace s'émerveilla des changements qui s'étaient produits en lui depuis le jour où elle l'avait rencontré. Puis il n'y eut plus de temps pour s'inquiéter, car les portes des voitures furent ouvertes en grand, et elles furent là.

Joanna, Rachel et Isabel, trois chers et familiers visages.

Grace en eut aussitôt les yeux brouillés de larmes. Elle cligna prestement les paupières, afin de ne pas paraître stupidement émotive, et pourtant…

Ses amies arrivèrent ensemble, en trombe, et ce furent des étreintes, des embrassades et des cris.

Des larmes également, y compris pour Joanna que l'on n'avait jamais vue pleurer auparavant.

Isabel s'approcha de la fenêtre.

— Maintenant que nous sommes bien arrivées, je déclare que la neige peut tomber autant que cela lui chantera.

Elles étaient réunies dans le salon de réception, après un délicieux déjeuner léger.

Grace alla la rejoindre.

— Je crois que ton vœu sera exaucé, dit-elle, avant d'ajouter, baissant la voix : Tu me diras si tu as besoin de quoi que ce soit, n'est-ce pas, Isabel ?

— Merci, Grace chérie, mais tu ne dois pas te faire de souci pour moi. Je me sens excessivement bien. Je m'épanouis comme une fleur, pourrait-on dire.

Isabel sourit et, avec un soupir d'aise, plaça les mains de part et d'autre de son ventre gonflé.

Comme il faisait froid près de la fenêtre, elles se rapprochèrent du feu de cheminée.

— Pensez-vous vraiment qu'il va neiger, Lady Ravenwell ?

Grace sourit devant l'expression sérieuse du joli garçon qui venait de s'adresser à elle. Aahil, le beau-fils de Rachel, n'avait jamais vu de neige de sa vie. De même que sa sœur et son frère, Ameera et Hakim, tous deux étendus par terre à côté de Clara, qui jouait avec son arche de Noé.

— Je pense en effet qu'il va neiger, Aahil. Ainsi, ajouta Grace en regardant ses amies tour à tour, nous ferons un bonhomme de neige. Est-ce que vous vous rappelez…

— L'avant-dernier Noël ! s'exclama Isabel, les yeux pétillants. Nous étions toutes restées à l'école, et nous avons fait le plus gros de tous les bonshommes de neige.

Joanna sourit, assise sur le sofa, berçant Edward, son nouveau-né.

— C'était vraiment un joyeux Noël ! confirma-t-elle.

— Celui-ci sera encore mieux, leur assura Rachel, qui s'assit à côté d'elle et se pencha pour admirer le bébé.

— Il est si mignon, Joanna ! s'extasia-t-elle avec une note d'envie dans la voix. Puis-le tenir ?

— Bien sûr, acquiesça Joanna en lui tendant son fils.

Rachel chantonna doucement, jusqu'à ce que le bébé s'apaise à nouveau.

— Notre bonhomme de neige sera encore plus gros et plus beau ! proclama Hakim, tout excité, rejoignant Aahil en trépignant. Vous êtes vraiment certaine qu'il va neiger, Lady Ravenwell ?

À son arrivée, il avait paru timide, mais avait bientôt perdu sa réserve au contact de toutes ces nouvelles personnes. Son père, Malik, un brun d'une beauté à couper le souffle avec ses yeux perçants, interrompit alors sa discussion avec Nathaniel à propos de la fauconnerie, un type de chasse très populaire dans le royaume de Huria, et cher à son cœur.

— Calme-toi, Hakim, ou je t'envoie à la nurserie, le tança-t-il. Si le destin nous sourit, il neigera. Bombarder de questions Sa Seigneurie n'y changera rien.

— Il est excité, Malik. Et plein d'énergie, après avoir été confiné tant de jours dans la voiture, l'excusa Rachel, sans cesser de bercer Edward.

— Tout comme moi ! renchérit Luke, le mari de Joanna, qui se leva en s'étirant. Veuillez m'excuser, mesdames, mais j'ai besoin de dépenser un peu de cette même énergie. Ravenwell, vous avez mentionné, je crois, de nouveaux chevaux pour la chasse ? Ne serait-ce pas l'occasion idéale pour qu'ils montrent ce qu'ils ont dans les jambes ?

Les quatre hommes s'animèrent de concert, et Grace se surprit à échanger avec ses trois amies des regards entendus et amusés.

— En effet. Cependant, avant cela…

Nathaniel se tourna vers Aahil.

— Aimerais-tu nous aider à rapporter la bûche de Noël à la maison, jeune homme ? Je ne sais pas si cette tradition vous est familière, Al-Mahrouky, poursuivit-il à l'intention de Malik, mais la bûche de Noël est spécialement choisie pour pouvoir brûler durant les douze jours de la période de Noël. Elle est apportée et allumée dans la maison la veille de Noël puis, si c'est possible, on en garde un morceau le douzième jour, pour allumer la bûche de Noël de l'année suivante.

— Mais la veille de Noël n'est que demain, rétorqua Joanna, toujours assise sur le sofa. Cela ne va pas porter malheur ?

— Nous n'allons pas tenter le sort et ne la rentrerons pas à l'intérieur avant demain, mais nous devons la rapprocher de la maison avant qu'il neige. Nous la laisserons dans l'une des dépendances pour la nuit. Qu'en penses-tu, Aahil ? Est-ce que tu te sens assez fort ?

— Est-ce que je peux, Père ?

— Bien sûr, mon fils.

— Est-ce que je peux venir aussi ? demanda Ameera en se levant.

— Moi, moi, moi ! cria Clara, se précipitant pour s'aligner à côté d'Ameera et Hakim, en face de Nathaniel. Papa, papa. S'il te plaîîît.

— Clara, je ne pense pas que…

— S'il te plaîîîîîîît, insista-t-elle en tournant vers Grace ses yeux suppliants. Maman !

Grace haussa un sourcil à l'adresse de Nathaniel. Elle le vit se retenir de sourire, et elle sut qu'il ne serait d'aucun secours pour opposer un refus aux trois petits visages implorants.

— Al-Mahrouky ? demanda-t-il, redirigeant sa question vers le cheikh, qui acquiesça d'un signe de tête.

— Très bien, répondit Nathaniel à l'intention des trois enfants. Si vous me faites la promesse de faire exactement ce qu'on vous dit, vous pouvez venir.

— Merci ! entonnèrent-ils en chœur.

Ameera, entraînant Clara avec elle, se rapprocha de Nathaniel.

— Est-ce que ça fait mal ? lui demanda-t-elle en désignant sa joue couverte de cicatrices.

On entendit Nathaniel inspirer brusquement. Rachel se redressa comme si elle allait faire une observation à Ameera, mais Grace intercepta son regard et l'en dissuada d'un signe de tête.

— Plus maintenant, répondit-il en souriant à Ameera.

Puis il s'accroupit devant les trois plus jeunes enfants.

— Mais cela m'a fait très mal quand ça m'est arrivé,

continua-t-il. C'est pourquoi vous devez toujours faire très attention avec le feu.

— Je suis contente que ça ne fasse pas mal, déclara Ameera. Est-ce que nous pouvons aller dehors maintenant, s'il vous plaît, Lord Ravenwell ?

Nathaniel sourit en se relevant.

— Oui, Ameera. Allons-y !

Puis il s'adressa à Grace, avec un clin d'œil :

— Nous allons demander à quelques valets de pied de nous accompagner pour nous aider avec les enfants. Cela vous donnera, mesdames, l'occasion de mettre à jour vos bavardages.

William, dont les yeux marron clair se plissèrent malicieusement, intervint à son tour :

— À en juger par l'incessant papotage qui règne depuis notre arrivée, je ne jurerais pas qu'il reste encore des sujets non abordés. Elles semblent avoir déjà fait l'inventaire de tous les événements de chaque journée écoulée depuis leur dernière rencontre.

— Oh ! que vous êtes taquin, Mr Balfour ! s'esclaffa Isabel en tapotant facétieusement le bras de son mari. Dépêchez-vous d'aller jouer ailleurs, messieurs, et laissez vos femmes en paix. Nous avons encore beaucoup de sujets importants à aborder.

— Des sujets importants ! Laissez-moi rire ! s'exclama Luke en s'inclinant pour embrasser Joanna sur la joue. Les enfants et les bébés, j'en suis sûr !

— Seriez-vous en train de suggérer qu'ils ne sont pas importants, mon cher ? demanda Joanna en adressant un regard perplexe à son mari.

— Là, je dois m'incliner, mon ange, concéda Luke. Les enfants et les bébés sont naturellement ce qu'il y a de plus important au monde. Je bats ma coulpe.

Avant de poursuivre, il chatouilla doucement la joue ronde d'Edward.

— Je crains, mon fils, que tu ne doives encore attendre un an ou deux avant de te joindre à nous. Mais au moins resteras-tu bien au chaud à l'intérieur, pendant que les hommes braveront les éléments.

Quand tous furent partis, la nurse d'Edward l'emmena à la nurserie et les quatre amies se retrouvèrent entre elles.

— Ravenwell Manor est une merveilleuse demeure, Grace, dit Isabel. Tout y est si moderne, meublé avec goût, et cette pièce est exquise !

Rachel et Joanna opinèrent du chef.

— Tout a été reconstruit après l'incendie, expliqua Grace en embrassant du regard le salon de réception, sa pièce favorite, décorée dans des tons verts et crème. C'est la mère de Nathaniel qui en a conçu le décor.

— Est-ce ce même incendie qui a blessé Nathaniel ? demanda Joanna à mi-voix.

— Oui. Il est retourné à l'intérieur pour sauver son père, mais c'était trop tard.

Grace s'emplit de fierté à la pensée de la bravoure et du courage qu'avait eus Nathaniel pour affronter de nouveau la vie, pour son bien et celui de Clara. Ainsi que — elle posa la main sur son ventre — pour leur future famille.

Elle releva la tête ; Rachel la regardait, avec une expression insondable.

— Est-ce que tout va bien de ton côté, Rachel ?

Le rose se diffusa alors sur les joues de Rachel.

— Est-ce que tu es… Tu grossis, Grace ?

Isabel eut un vif mouvement de tête, qui fit rebondir ses boucles cuivrées.

— C'est vrai, Grace ? Tu es… ? Pourquoi ne nous l'as-tu pas dit plus tôt ? Comme c'est excitant ! Nous allons toutes les quatre être mères.

— Isabel ! Vraiment, calme-toi, la réprimanda Joanna en riant. Grace n'a pas encore répondu à Rachel que vous êtes déjà toutes les trois à vous monter la tête. Vous n'avez pas changé !

Elles rirent de concert.

— Je suis désolée, Grace. Alors… C'est vrai ?

— Oui ! Clara aura un petit frère ou une petite sœur au début de l'été, si Dieu le veut.

Puis Grace se souvint de l'expression de Rachel. Ces bonnes nouvelles la concernant perturbaient-elles son amie ? Elle avait perçu quelque chose, un peu plus tôt, comme une pointe d'envie dans sa voix, et dans son regard, quand elle avait tenu le petit Edward.

Espérant que son amie n'avait pas de problème, elle lui dit :

— Ton moment viendra, Rachel. Cela ne fait que neuf mois que tu es mariée et…

— Je crois que j'attends un enfant, révéla celle-ci en rougissant.

Toutes se mirent à parler en même temps, surexcitées.

— En es-tu sûre ?

— Mais n'avais-tu pas dit que tu ne voulais pas avoir d'enfants ?

— Une lady peut changer d'avis, protesta l'intéressée d'un ton pincé, puis elle éclata de rire. Je n'en suis pas encore certaine, mais quasiment. Je n'ai encore rien annoncé à Malik… Je n'ai pas osé, de peur qu'il ne m'empêche de faire le voyage jusqu'ici.

Une lueur de contentement illumina son visage.

— Il est très protecteur, ajouta-t-elle.

— Donc, nous serons bientôt toutes mères. Avec des enfants dont les pères sont les hommes que nous aimons N'est-ce pas magnifique ? souligna Isabel, ouvrant les bras pour faire de grands moulinets. Et dire qu'il y a deux ans, nous redoutions un avenir de bêtes de somme ! Alors qu'aujourd'hui… Regardons-nous. Toutes des ladies mariées, avec des enfants que nous n'aurions jamais pensé avoir.

— Sauf Grace, fit remarquer Joanna. Tu vois, Grace, pendant cette épreuve terrifiante pour toi, je t'ai enviée d'une certaine façon. Je pensais alors que tu serais la seule d'entre nous à être mère. Bien que tu aies dû abandonner Clara, tu avais néanmoins vécu l'expérience la plus merveilleuse que puisse vivre une femme.

Grace lui étreignit les mains, car elle comprenait l'enfance douloureuse de son amie, privée d'une famille aimante. C'était leur point commun.

— Je n'ai jamais deviné que tu ressentais cela, Joanna. Je n'ai jamais cru que quelqu'un pût envier mon sort. Mais je comprends ce que tu veux dire. J'ai toujours su que, quelque part en ce monde, il y avait une partie de moi. Je bénis le jour où Miss Fanworth m'a révélé le nom des parents adoptifs de Clara !

— Nous avons toutes deux trouvé nos vraies familles maintenant. Quoique…

Joanna s'interrompit un instant, son front se plissant pensivement.

— … J'ai finalement compris que Mme Dubois m'aimait, à sa façon. Les autres professeurs et elle constituaient une sorte de famille pour moi, mais j'étais trop occupée à envier les autres filles et leurs familles conventionnelles pour m'en rendre compte.

Rachel rit, avant d'intervenir.

— Personne n'aurait pu accuser ma famille d'être conventionnelle. À propos de Madame, c'est une chance qu'elle n'ait jamais découvert l'existence de ton bébé, Grace, sinon ta vie aurait pris un tour bien différent.

— Eh bien, c'est là que tu te trompes, dit Grace qui leur apprit ce que Madame lui avait révélé, lors du précédent Noël. Elle a fermé les yeux parce qu'elle savait que mon oncle me chasserait de chez lui, s'il l'apprenait.

— Ainsi, cette vieille finaude savait tout depuis le début… Bien, bien, s'amusa Joanna, en s'affaissant dans son fauteuil. J'ai de merveilleuses nouvelles d'elle, ainsi que de l'école et de Miss Fanworth.

Elle s'arrêta pour ménager ses effets, ses yeux étincelant de malice.

— Allez, raconte-nous !

— Arrête de nous tenir en haleine !

— Raconte-nous avant que je ne meure d'impatience !

— Bon-on…, temporisa Joanna, qui prenait visiblement grand plaisir à être celle qui apportait les nouvelles.

— Joanna ! la pressa Isabel, s'asseyant à côté d'elle pour la pousser légèrement du coude. Raconte-nous. Tu dois pourtant savoir que, dans ma délicate condition, je ne dois pas être contrariée.

— Oh ! Très bien, céda Joanna en riant. Vous souvenez-vous du duc de Wakefield ?

— Oui, bien sûr. Je t'ai parlé de lui l'an dernier. Et j'ai aussi écrit à Grace et Rachel à son sujet.

— Il a rendu visite à Madame, quand Clara et moi séjournions à l'école, expliqua Grace. Et Madame m'a raconté sa tragique histoire d'amour. Je vous ai écrit à toutes à ce sujet. Je sais également, par une lettre de Miss Fanworth, que Madame s'est pleinement remise de sa maladie.

— Oui, elle a récupéré, confirma Joanna. Et ce à tel point qu'elle a épousé le duc la semaine dernière ! Aussi le courrier destiné à Mme Dubois doit-il être dorénavant adressé à Sa Grâce la duchesse de Wakefield.

— Une duchesse ?

— Comment le sais-tu ?

— Pourquoi ne pas nous l'avoir dit avant ?

— Oui, une duchesse, répéta Joanna. Je le sais, parce que Luke et moi avons assisté au mariage. Si je ne vous l'ai pas raconté plus tôt, c'est parce que nous avions tant d'autres choses à partager !

— Madame a donc son « et ils vivront heureux jusqu'à la fin des temps », conclut Rachel. Comme je suis contente pour elle !

— Et l'école ? demanda Grace. Tu as dit avoir des nouvelles concernant l'école.

— Madame en a fait don à Miss Fanworth, qui en est maintenant directrice.

— Alors, nous avons toutes les cinq trouvé nos princes charmants, mais cette pauvre Miss Fanworth n'a droit qu'à un tas de briques et de mortier.

— Isabel !

— Il y a toujours le *signor* Bertolli, plaisanta Grace en lançant à la cantonade un regard espiègle.

Elle singea l'accent italien de ce dernier, et entortilla de ses doigts une moustache imaginaire. Ses amies furent prises de fous rires. Elles avaient spéculé de longue date sur l'attrait qu'exerçait sur le *signore* la plantureuse et maternelle Miss Fanworth. En l'absence de Madame et sa discipline de fer, qui savait ce que ce fougueux gentleman italien pourrait entreprendre ?

La veille de Noël

Le matin suivant, Grace, sitôt réveillée, se retourna pour regarder Nathaniel. Il dormait encore : chaud, ébouriffé et délicieux. Elle se pencha et l'embrassa furtivement sur les lèvres. Il remua et chercha à l'atteindre, les yeux toujours fermés.

— Vous êtes insatiable ! grommela-t-il, tout en l'attirant à lui.

Elle se blottit contre lui, s'offrit à ses mains qui plongeaient sous sa chemise de nuit, et remontaient le long de sa jambe nue.

Quand ils finirent par émerger, ils découvrirent que le monde s'était métamorphosé. La neige tant espérée était tombée avec une telle abondance qu'elle ensevelissait la campagne à perte de vue, déformant la moindre silhouette familière. Le soleil brillait dans un ciel sans nuage, et le paysage enneigé qui scintillait et miroitait était enchanteur.

Curieusement, et Grace ne savait trop comment cela s'était produit, il avait été décidé qu'avant de rentrer la bûche de Noël, les hommes emmèneraient les enfants faire un bonhomme de neige, tandis que les femmes décoreraient la maison avec les guirlandes que Grace avait confectionnées la semaine précédente, avec l'aide des domestiques.

Elle ne fit pas part de sa frustration à ses amies. Après tout, elles n'étaient plus des enfants. Et Isabel, en particulier, pourrait ne pas vouloir se risquer dehors, étant donné sa condition.

Elles venaient de finir de décorer la salle à manger et s'apprêtaient à commencer la décoration du salon, lorsque la porte s'ouvrit soudain sur Isabel, vêtue de son manteau de velours bleu ciel bordé de fourrure, et faisant tournoyer dans ses mains un bonnet assorti. Grace ne s'était pas même rendu compte qu'elle s'était absentée.

— Pourquoi seuls les hommes devraient-ils s'amuser ? s'indigna Isabel. Je veux aller dans la neige. Nous pourrons finir de décorer la maison plus tard. Grace a déjà fait le travail le plus difficile. Est-ce que ça vous dirait de venir avec moi ?

Grace, Rachel et Joanna laissèrent tomber leurs guirlandes en même temps, et acceptèrent en chœur.

Grace sonna la cloche et envoya les bonnes chercher leurs manteaux, chapeaux et gants. Pendant qu'elles attendaient, Isabel continua de faire tourner son bonnet, jusqu'au moment où elle s'interrompit, avec une soudaine exclamation. Elle enleva alors la petite plume fixée au ruban de sa coiffe, la jeta à terre, et cueillit sur la couronne de baisers une petite branche de gui, qui remplaça la plume.

— Voilà, dit-elle en souriant de façon provocante. Et avec trois baies, en plus ! Maintenant, c'est sûr, je vais bien m'amuser !

Elles sortirent et coururent jusqu'au jardin, où Luke et William roulaient la grosse boule de neige pour le corps du bonhomme, tandis que Nathaniel, Brack à ses côtés, aidait les trois plus jeunes enfants qui faisaient rouler celle qui en serait la tête. Malik et Aahil observaient ces opérations, à l'écart.

Rachel interpella son mari avec un « tssst » réprobateur.

— Il faut qu'Aahil joue avec les autres. Il veut imiter son père, mais il n'a que neuf ans. S'il n'est pas enfant maintenant, quand le sera-t-il ?

Sur ce, elle ramassa une poignée de neige et la lança sur Malik qu'elle atteignit à la tête, faisant dégringoler son chapeau. Il fit volte-face, ses yeux sombres dardant une fureur qui fondit aussitôt qu'il l'aperçut.

— Venez, les hommes ! cria alors Luke, à qui rien n'avait échappé. La guerre est déclarée !

Il ramassa aussitôt une poignée de neige et la lança sur Joanna.

La retenue de Malik ne dura que quelques secondes. Il se mit soudain à rire et rejoignit les autres. Ce fut alors un festival de lancers de boules de neige, d'éclats de rire et de cris, Brack gambadant autour d'eux, aboyant et se ruant pour essayer d'attraper les boules.

La trêve ne fut déclarée que lorsque Johanna tomba face contre neige. Luke fut près d'elle en un éclair.

— Vous, ma chère et belle épouse, dit-il, rentrez tout de suite vous débarrasser de ces vêtements mouillés, et vous changer.

Et il la porta bien vite jusqu'à la maison.

— Pouvons-nous finir le bonhomme de neige ? demanda Aahil en fixant Nathaniel de ses yeux sombres grands ouverts, les cheveux saupoudrés de neige.

— Bien sûr, répondit Nathaniel en lui tapotant l'épaule. Va chercher la tête, pendant que nous mettons en place le corps !

Malik aida Nathaniel à déplacer la plus grosse des deux boules en face des fenêtres du salon, et Ameera trottina dans la neige pour aider son grand frère. Clara et Hakim, quant à eux, pourchassaient Brack.

Grace, Rachel et Isabel regardèrent cette scène avec un vif bonheur, tout en reprenant leur respiration après avoir tant ri. William les rejoignit, les sourcils levés de manière suggestive, tandis qu'il détaillait son épouse de la tête aux pieds.

— C'est un nouveau chapeau, ma chère ? demanda-t-il.

— Oh ! Cette vieille chose ? dit Isabel avec un rien de coquetterie. Je l'ai juste un peu rafraîchie…

William la prit dans ses bras et la gratifia d'un baiser sonore. Puis il cueillit une baie de gui.

— Il n'en reste plus que deux, je suis déçu, dit-il. Et il l'embrassa encore, cueillant une baie après chaque baiser. C'est mieux ainsi, comme ça, personne d'autre ne pourra vous embrasser.

Le bonhomme de neige fut bientôt terminé et Aahil, en tant qu'aîné et le plus grand des enfants, le couronna avec un vieux chapeau de Nathaniel. Ensuite, Ameera lui enroula une écharpe autour du cou. Puis tous ensemble façonnèrent le visage : du charbon pour les yeux, une carotte en guise de nez et des noisettes alignées pour dessiner la bouche. Hakim et Clara, quant à eux, figuraient le long de son corps une rangée de boutons quelque peu sinueuse, à l'aide de charbon de bois. Une vieille pipe d'argile paracheva la création.

Les enfants se reculèrent, et leurs yeux s'ouvrirent bien grand, tout comme leurs sourires.

— Est-ce un bonhomme magique ? murmura Hakim. Est-ce qu'il va devenir vivant et vivre plein d'aventures quand il fera nuit et que nous ne pourrons pas le voir ?

Rachel vint s'accroupir à côté de lui, et l'étreignit.

— Il le fera si tu crois en lui, dit-elle.

Réchauffés et vêtus de sec, tous étaient réunis dans le salon de réception quand Luke et Joanna finirent par arriver.

— Enfin ! s'écria Isabel. Nous vous attendions pour allumer la bûche de Noël.

Deux valets de pied avaient rentré la bûche dans la cheminée — juste assez grande pour l'accueillir.

— Désolé, dit Luke, qui ne semblait pas le moins du monde contrit.

— Nous étions en train de jouer avec Edward, renchérit Joanna en rougissant et en réprimant un gloussement.

— Nous voilà donc tous réunis, déclara William, l'œil jovial. J'étais impatient de vivre ce moment.

On alluma le feu avec un morceau noirci de la bûche de Noël précédente, que Sharp, Dieu le bénisse, avait soigneusement préservé. Ensuite, tous les adultes aidèrent à disposer les guirlandes autour de la pièce, tandis que les enfants jouaient avec Sweep, visiblement fasciné par toute cette verdure.

Isabel confectionna une jolie coiffe pour Ameera, avec du genièvre entrelacé de rubans rouges et de petites pommes de pin. Clara et Hakim en voulurent une également. Isabel s'exécuta, tandis qu'Ameera dansait dans la pièce.

Finalement, il ne resta plus qu'à suspendre la couronne des baisers. Après quelques disputes entre les hommes quant à savoir qui était le plus grand — Malik l'emporta de deux centimètres sur le mètre quatre-vingt-sept de Nathaniel —, la couronne fut suspendue au grand lustre, à une hauteur suffisante pour que Malik pût se tenir dessous sans la frôler.

Ensuite, les domestiques apportèrent du vin chaud, des cocktails de fruits et des tartelettes sucrées, et débarrassèrent les branches inutilisées pour le décor.

Isabel, dont la riche chevelure cuivrée brillait à la lumière des chandelles, chanta un chant de Noël, emplissant la pièce de sa voix exquise. Puis tous chantèrent en chœur, en un généreux mélange de voix. Grace se surprit à retenir ses larmes. Nathaniel, assis à côté d'elle sur le sofa, l'enlaça. Clara grimpa bientôt pour les rejoindre et s'unir à eux dans le chant, les rires et l'amour.

Quand le chant prit fin, Malik leva la main pour demander le silence.

— Je vous remercie de m'avoir invité, ainsi que ma famille, à partager cette célébration de Noël dans votre maison.

Il se tenait droit, solennel, mais Grace détecta un indéniable pétillement dans ses yeux.

— J'ai trouvé réjouissantes toutes vos traditions, continua-t-il. Mais celle que j'apprécie entre toutes, c'est celle-ci.

Il prit la main de Rachel et l'attira près de lui sous le gui. Il se pencha pour embrasser son épouse, qui mit les bras autour de son cou et l'embrassa en retour, avec enthousiasme.

Malik cueillit alors une baie de la couronne, et embrassa Rachel à nouveau. Un silence stupéfait se propagea dans l'assistance.

Puis William se leva, adressant un clin d'œil à Isabel.

— Dites donc, Al-Mahrouky ! Laissez-en un peu pour que les autres puissent en profiter !

— Vous avez déjà eu votre juste part de baies dans le jardin, Balfour, lui répondit Malik. Ne croyez pas que ce soit passé inaperçu !

Ces dernières paroles déclenchèrent l'hilarité générale.

Puis Nathaniel prit le relais. Il leva son verre, et la pièce fut aussitôt plongée dans le silence. Un par un, ceux qui étaient encore assis se levèrent.

— J'aimerais proposer un toast, dit-il.

Sa voix profonde fit naître un frisson de désir le long de

l'échine de Grace. Comme s'il avait senti sa réaction, il capta son regard, tandis qu'un léger sourire étirait le coin de sa bouche. Sa position, près du feu, faisait ressortir sa joue abîmée, mais Grace le remarqua à peine. C'était une partie de lui qu'elle aimait tout autant, voire plus que le reste.

— Je lève mon verre à la période des fêtes de Noël, qui est un moment partagé avec les amis et la famille, et un moment de joie. Aux amis chers de notre passé et aux amis solides de notre avenir. Aux familles heureuses, à leurs membres ici présents et — son regard fougueux se posa fugacement sur le ventre de Grace — à ceux dont nous avons encore à faire la connaissance.

Du coin de l'œil, Grace vit Malik poser sa main sur le ventre de Rachel, qui la regarda. Il acquiesça d'un signe de tête, et passa le bras autour de sa taille pour la serrer tout contre lui.

Il est donc au courant.

Grace croisa le regard de son amie et elles se sourirent, contentes l'une pour l'autre.

Luke et Joanna se tenaient debout côte à côte, n'ayant d'yeux que pour leur bébé, tandis qu'ils buvaient pour célébrer le toast.

— Une dernière chose, mais pas des moindres, continua Nathaniel. Célébrons la nouvelle duchesse de Wakefield, dont la discrétion et les sages conseils sont grandement appréciés par le mari que je suis, du moins.

— Et par moi également, ajouta Luke, en levant à nouveau son verre, les yeux plongés dans ceux de Joanna

— À Madame, dit celle-ci, pour tout ce qu'elle a fait pour moi et pour m'avoir renvoyée. Elle a été sage, en effet, car si elle avait accédé à mon souhait de rester à l'école comme professeur, je ne vous aurais jamais rencontré, mon chéri.

— Et à Miss Fanworth, ajouta Grace. Sans elle, je n'aurais jamais retrouvé Clara, ni ne vous aurais rencontré, mon très cher amour.

— Oui, à Miss Fanworth ! renchérit Rachel, sans laquelle je n'aurais jamais voyagé jusqu'à Huria, ni rencontré Malik et mes merveilleux beaux-enfants.

— À Madame, à Miss Fanworth, et leur École pour jeunes

filles, dit Isabel, en larmes, levant bien haut son verre, alors que le bras de William serpentait autour de sa taille.

La satisfaction de Grace s'accrut, telle une bulle paisible. Elle leva alors son verre pour porter l'ultime toast.

— À nous tous, à l'amitié éternelle, aux souvenirs heureux et à l'avenir radieux. Nous avons tant de raisons d'être reconnaissants !

Vous avez aimé ce livre ?
Découvrez très bientôt le recueil de nouvelles
« Un Noël au bal », dans votre collection Les Historiques.

Les Historiques HARLEQUIN

Retrouvez prochainement,
dans votre collection

Les Historiques

Éveillée par le chevalier, d'Ella Matthews - N°992

ANGLETERRE, XIVE SIÈCLE

SÉRIE : LES CHEVALIERS DU ROI - TOME 4

Un tout nouveau monde s'ouvre à Adela alors qu'elle rejoint la cour de Windsor, ses jeux de pouvoir et ses intrigues, pour épouser son promis, le chevalier de Monceaux. Si ce dernier a la réputation d'être un homme puissant, froid et austère, si les rumeurs murmurent qu'il n'est intéressé que par sa dot pour financer la guerre du roi en France, peu lui importe ! La voici enfin libérée du joug de son père qui la maintenait enfermée au château familial depuis son enfance... Seulement, Adela se sent bien vite troublée et déstabilisée. Car, même si leur union reste un mariage de convenance, les nuits passionnées que son époux lui fait vivre dans la chaleur de leur chambre à coucher l'interrogent. Son amant est-il réellement incapable d'aimer ?

Un Noël au bal, d'Annie Burrows, Lara Temple, Joanna Johnson - N°993

Une invitation à trois merveilleux bals de Noël !

Découvrez les histoires de Clara, Bella et Maria dans ce recueil festif, glamour et rempli de romance !

• Venez tout d'abord danser avec *Le lieutenant de Noël*, sur les lieux d'un incroyable mariage aristocratique, où luxe et prestige étourdiront vos sens, surtout si votre cavalier se trouve être le troublant lieutenant Hugo Warren...

• Passez ensuite les fêtes en compagnie du comte Nicholas Deverill dans *Sous la neige avec un lord*, cet ennemi chez qui vous vous retrouvez bloquée lors d'une nuit glacée...

• Enfin, terminez cette parenthèse magique par *Le baiser du bal d'hiver*, aux côtés du charmant vicomte de Stanford, qui vous protégera d'une tempête de neige et vous fera valser avec ferveur dans la salle de bal de son domaine, au cœur de l'hiver...

Les Historiques

La rebelle et le Viking, de Joanna Fulford - N°994

Northumbrie, 866

Fragilisée après la soudaine disparition de son frère, Elgiva se voit contrainte d'accepter une demande en mariage. Certes, cette union ne lui apportera pas le bonheur dont elle rêve depuis toujours, mais au moins le domaine de Ravenswood sera à l'abri des convoitises. Hélas, à peine les fiançailles prononcées, Ravenswood est pris d'assaut par une horde de Vikings sans foi ni loi dont le chef, un guerrier sombre et arrogant, s'impose comme maître des lieux. Et, pour asseoir son autorité, le ténébreux Viking exige qu'Elgiva l'épouse sur-le-champ. Bouleversée, et troublée malgré elle, la jeune femme comprend vite qu'elle n'a pas le choix : si elle veut sauver Ravenswood, elle doit se soumettre au Viking. Du moins, le lui faire croire…

La princesse d'Alhambra, de Carol Townend - N°995

Espagne, XIVe siècle

Toute sa vie, Leonor a dû se contenter d'observer le monde à travers les volets clos de sa prison dorée. Mais aujourd'hui, elle est plus que jamais résolue à fuir la tyrannie du sultan Tariq. Même si pour cela il lui faut supplier le comte Alvarez de Cordoue, son pire ennemi, de l'emmener avec lui en Castille sur les traces de son passé. Au risque de provoquer une guerre entre leurs deux pays si la nouvelle de sa fuite venait à se répandre…

HARLEQUIN

Réveillez la lady qui est en vous !

HARLEQUIN
www.harlequin.fr